Luise Rist

Morgenland

Die Geschichte einer Liebe auf der Flucht

Foto: © Random House/Isabelle Grubert

DIE AUTORIN

Luise Rist, geboren 1970, schreibt Romane, Theaterstücke und Drehbücher. Bereits während des Literatur-Studiums in Heidelberg und Berlin hat sie mit dem Schreiben und Inszenieren von Theaterstücken begonnen und eine freie Theatergruppe gegründet. Danach war sie acht Jahre lang am Deutschen Theater Göttingen als Dramaturgin und Autorin, bevor sie das Freie Theater boat people projekt mitbegründete, ein Theater inmitten einer Unterkunft für Geflüchtete. Luise Rist leitet die Jugendgruppe MAHALA INTERNATIONAL an den Pfalzbau Bühnen Ludwigshafen und das junge boat people projekt, zu dem ein Mädchen gehört, das die Romane ROSENWINKEL und MORGENLAND inspiriert hat.

LUISE RIST

MORGEN LAND

Die Geschichte einer Liebe auf der Flucht

Dieses Buch ist auch als E-Book erhältlich.

MIX
Papier aus verantwortungsvollen Quellen
FSC® C014496

Verlagsgruppe Random House FSC® N001967

1. Auflage
Originalausgabe Februar 2018

Umschlaggestaltung: init | Kommunikationsdesign, Bad Oeynhausen,
unter Verwendung einer Illustration von
© Thomas Kirchberg/BILDWERFER;
Thinkstock/piovesempre
kk · Herstellung: UK
Satz: KompetenzCenter, Mönchengladbach
Druck: GGP Media GmbH, Pößneck
ISBN 978-3-570-31139-4
Printed in Germany

www.cbj-verlag.de

für Ali und Reshad

1

»Es ist doch nur ein Typ«, sagt Anita am Telefon. Was heißt denn *nur ein Typ*? Meine Mutter hat Verständnis für mich. Verlassen werden ist eine Disziplin, in der sie sich auskennt. Wie eine Kranke liege ich auf dem Sofa, Mama kocht Tee und verabreicht mir eine Handvoll Kügelchen, die ich im Mund zergehen lassen soll.

»Belladonna«, sagt sie.

Ich checke den Eingang neuer WhattsApp-Nachrichten. Jakob hat natürlich nicht geschrieben.

Als Nächstes soll ich einen Schluck aus dem Fläschchen mit *Wiesenblumen* nehmen.

»Ist das Gras?«

»Mehr so die Erinnerung an Gras.«

»Was?«, sagt Anita.

»Nichts. Ich habe mit meiner Mutter gesprochen.«

Mama lacht. Man kann, sagt sie ungefragt, Gleiches mit Gleichem heilen, also die innere Wut zum Beispiel mit einer Essenz aus der Tollkirsche.

»Oh nein«, sage ich.

Anita hat mitgehört. »Oh ja«, ruft sie, »gute Idee! Du kannst deine WhatsApp-Kontroll-Sucht mit einer Google-Recherche-Sucht besiegen.«

»Mit was für einer Recherche?«

Anita mochte meinen Freund nicht so sehr. Deswegen ist ihre Anteilnahme begrenzt.

»Wenn du zwanghaft nach deinem Handy greifst, verbiete es dir nicht, aber ruf ihn nicht an, geh nicht auf WhatsApp, Facebook oder Instagram, sondern stattdessen auf Google und such nach einem Urlaubsziel. Guck dir irgendwelche Orte an.«

»Was denn für Orte?«

»Das ist egal. Googel so viel, bis du nicht mehr kannst, bis dein Handy kaputtgeht und dein Herz repariert ist.«

»Was laberst du da?«

»Das ist Homöopathie.« Anita lacht. »So ein Quatsch.« Ich stehe auf, um den Teebeutel zu entsorgen.

»Jedes Mal, wenn du ihn anrufen willst, tipp einen Ort in die Suchmaschine.«

Meine engste Freundin wird von der Sorge umgetrieben, dass ich wegen ihr schon zu viel Zeit habe verstreichen lassen, Zeit, in der ich fast ausschließlich mit ihrer Familie beschäftigt war. Anita ist letzten Sommer mit ihrer Familie aus Deutschland abgeschoben worden. Nach Bosnien. Vor einem Jahr wusste ich so gut wie nichts von dem Land und nichts von den Abschiebungen, die laufend passieren, ohne dass man das in den Nachrichten hören würde. Ich bin ihr hinterhergereist, wodurch sich mein ganzes Weltbild verändert hat. Vor allen Dingen weiß ich jetzt, warum Anitas Familie da, wohin sie abgeschoben wurde, auf keinen Fall leben kann.

Illegal ist sie wieder nach Deutschland eingereist. Auf verschlungenen Behördenpfaden ist es uns immerhin gelungen, einen neuen Asylantrag für die Familie zu stellen. Der Ausgang ist ungewiss, wie ihr gesagt wurde. Sie sollen warten. Und zwar in einem Erstaufnahmelager für Geflüchtete, und das, obwohl Anita in dieser Stadt aufgewachsen ist. Ihre Wohnung ist längst neu vermietet worden. Bei mir zu Hause darf ich sie auch nicht einquartieren; sie muss sich täglich morgens und abends im Heim melden.

»Ich will nicht, dass du andauernd mit mir wartest, Frida!«

Seit der Geschichte mit der Abschiebung habe ich tatsächlich viele Stunden auf Behörden verbracht, mit Facebook-Postings und auf Demonstrationen und darüber meine berufliche Planung aus den Augen verloren. Meine Mutter meint, dass ich ein Ziel brauche. Aber ich habe ja ein Ziel vor Augen. Ich will erreichen, dass Anitas Familie hierbleiben kann. Meine Mutter versteht das, aber allmählich sollte ich trotzdem mit einer Ausbildung anfangen oder studieren. Zurzeit habe ich noch nicht einmal einen Job. Mir kommt leider vieles so sinnlos vor. Und jetzt bin ich auch noch verlassen worden von einem Typen, der, wie ich finde, gut zu mir gepasst hat. Er studiert im ersten Semester Jura und unterstützt die Refugee Law Clinic, eine kostenlose Rechtsberatung durch Studierende. Dort bin ich mit Anita gewesen.

»Du musst mal raus, Frida!«

Ich kann regelrecht sehen, wie sie die Augenbrauen hochzieht.

»Geh auf die Insel! Wie wäre es mit … Mallorca?«

»Ich hasse Mallorca.«

Wir lachen beide. Vor einem Jahr wusste Anita nicht einmal, wo Mallorca liegt. Diese typischen Urlaubsziele der Deutschen waren ihr unbekannt. Ihre Eltern stammen aus dem ehemaligen Jugoslawien. Wir haben uns erst vor eineinhalb Jahren kennengelernt, aber sie ist mir näher als andere Freundinnen, die ich schon seit der Grundschule kenne.

Der Tee hat zu lange gezogen. Mama lächelt bitter. Sie genießt es schon ein bisschen, dass sie mich umsorgen kann. Früher habe ich ihr oft den Tee ans Bett gebracht, wenn sie zu schlecht drauf war, um aufzustehen.

Anita und ich verabschieden uns ohne viele Worte. Eine von uns ruft sowieso bald wieder an; lange halten wir es in der Regel nicht aus ohne einander.

Ich klicke meine WhatsApp-Nachrichten an. Starre auf *sein* Profilbild. Braune lockige Haare, helle, sehr wache Augen. Viele stehen auf ihn. Auch diese Mädchen, die sich mit Kussmund und weit geöffneter Bluse präsentieren. Dass er diese Frauen nicht gut findet, hat er mir gesagt, aber dann habe ich gesehen, dass er mit einer gewissen Lina chattet, die sich genau so auf Instagram zeigt. Da hab ich geheult, das hat ihn genervt. Ich hab noch mehr geheult, weil ich so enttäuscht war von ihm, und habe ihm vorgeworfen, dass er sich mit ihr trifft. Dann hat er Schluss gemacht.

Fünfzehn Uhr siebenundvierzig war er zuletzt online. Ob er sich manchmal mein Profilbild anguckt? Oh Mann. Jetzt tut es mir leid, dass ich so krass reagiert habe.

Ich würde gerne seine Stimme hören. Aber was soll ich sagen? Ich kann ihm ja wohl kaum erzählen, dass ich ein Tollkirschen-Kügelchen im Mund zergehen lasse, um von ihm loszukommen.

Anita schreibt mir, dass ich ihm nicht schreiben soll. Geh sofort aus WhatsApp raus, befiehlt sie mir. Tipp lieber was in die Suchmaschine. Dann sendet sie mir die drei Affen, die sich Ohren, Augen und Mund zuhalten. *Denk immer schön an Mallorca:-)*

Ich schreibe in die Suchmaschine, was mir in den ersten drei Sekunden in den Sinn kommt. *Ich hasse Mallorca. Ich hasse Inseln, ich hasse Urlauber, ich hasse gut gelaunte Menschen, ich hasse Liebeskummer.* Ich gebe *Eifersucht* ein, ich schreibe: *kotzen, Wolke, Kreaturen.* Ich lese alles, was mir unter diesen Stichwörtern angegeben wird. Ich klicke mich durch, gucke mir Bilder und Videos an, die ich normalerweise nie aufgerufen hätte. Lese sämtliche Antworten bei GUTE FRAGE.de auf Fragen, die ich nie stellen würde. Bei *Wolke* gelange ich auf esoterische Seiten. Schadet Fluorid beim Öffnen des dritten Auges? Beim Schlagwort *Depression* gelange ich auf eine Seite über Syrien, auf der Hunderte Bilder unter *Vorher* und *Nachher* gelistet sind. Ich klicke ein Video an. *Crossing Borders*, höre ich, heißt das Programm, bei dem junge Leute aus aller Welt in Flüchtlings-Camps zusammenkommen, um dort Hilfe zu leisten. Eine Gruppe trifft sich in Athen, eine andere in Istanbul. Besonders dringlich, lese ich, ist die Situation gerade in Belgrad. Serbien! Ehemaliges Jugoslawien – ich merke sofort, wie etwas in mir angesprochen wird.

Crossing Borders in Belgrade needs YOU.

Im Trailer kochen Typen mit Bart und Mütze, ein Mädchen berichtet von ihren Erfahrungen bei der Essensausgabe im Camp, und »that my life changed a lot«. Dann sieht man Geflüchtete, die vor einem Grenzzaun stehen und schreien.

Am Ende des Trailers kommt man direkt zum Online-Anmeldeformular. Ich schicke Anita den Link.

»Willst du dahin?«, fragt sie, als sie eine Minute später zurückruft.

»Findest du es schlimm, wenn ich da bin, wo du nie freiwillig hinfahren würdest?«

Anita lacht laut. »Weil es ein Ex-Jugo-Land ist?«

»Ja.«

»Es stimmt übrigens nicht«, sagt Anita, »dass ich da nicht hinfahren will. Wenn ich einen deutschen Pass hätte und einfach reisen dürfte wie du, dann würde ich gerne noch einmal diese Frau besuchen. Du weißt schon …«

»Ich weiß schon.«

Wir reden nie über »diese Frau«, aber die Begegnung mit ihr hat Anitas Leben verändert und meines in gewisser Weise auch. Irgendwann wird noch einmal von ihr die Rede sein, das spüre ich, aber nicht jetzt, nein, noch lange nicht.

»Ka dikhamen«, sagt Anita. Das ist Romanes. Anita ist selbst eine Roma. Sie lacht tief und herzlich.

»Ja«, antworte ich, »wir sehen uns.«

2
دو

Mit dem Nachtzug fahre ich nach Wien und von dort weiter über Budapest nach Belgrad. Das ist ziemlich umständlich, aber *Crossing Borders* bittet die Community, zu der ich seit meiner Anmeldung auch gehöre, Kosten zu sparen bei der Anreise und an die Ökobilanz zu denken. Das Flugzeug kam also nicht infrage, was mir echt egal ist. Ich fahre gerne Zug. Beograd, wie Belgrad auf Serbisch heißt, ist vergleichbar mit Berlin – arm, aber sexy – und international absolut im Kommen. Das sagt mir eine Deutsche, deren Mann aus Serbien stammt. Sie sitzt mir seit Budapest gegenüber und weiß Bescheid. Man kann dort Tage und Nächte durchfeiern.

Aha. »Ich habe mich bei *Crossing Borders* angemeldet«, sage ich ihr.

»Was ist das?«, fragt sie.

Vor wenigen Tagen hatte ich selbst auch noch nie davon gehört. »Das ist so eine NGO.«

Ich weiß nicht, ob sie weiß, was das ist. »Nicht-Regierungs-

Organisation«, füge ich hinzu. »Wir helfen Geflüchteten, die in Serbien gestrandet sind.«

»Toll«, sagt die Frau. Aus den Augenwinkeln beobachte ich ein Liebespaar auf dem Gang. Mein Herz klopft laut, unweigerlich kommen mir die Tränen, als ich sehe, wie der Junge das Mädchen anguckt.

Die Frau lächelt mir zu. »Schlimm, wie es den Flüchtlingen in Serbien geht«, meint sie, »an der Grenze müssen schreckliche Zustände herrschen.«

»Schlimm, ja.« Ich nicke.

»Alles Gute!« An der nächsten Station verabschiedet sich meine Mitreisende von mir.

Ungarn zieht vorbei. Ich gehe zur Toilette, hauptsächlich um einen Blick in den Spiegel zu werfen. Strom gibt es hier keinen, jedenfalls keine Steckdose für mein Handy. Meine Augen sind rot. Ich begebe mich in einen Speisewagen, in dem vier Männer im Blaumann sitzen. An einen Stehtisch gelehnt trinke ich eine Tasse Kaffee und beobachte, wie der Regen an den Fensterscheiben herunterläuft.

Es regnet in Strömen die ganze Fahrt über. Die Kleider, die ich eingepackt habe, sind bestimmt zu dünn. Der Zug kommt abrupt zum Stehen. Einer der Blaumänner flucht. Cola rinnt über die Tischplatte, tropft auf den Boden. Beim Wiederanfahren rumpelt es heftig, der Boden bebt, man meint jede Schwelle der Trasse einzeln zu spüren.

Wir fahren jetzt parallel zur Grenze. Hinter einer leichten

Kurve ist der Zaun zum ersten Mal zu sehen. Ich scanne mit den Augen die Felder, im Kopf das Bild von *Crossing Borders*, auf dem die vielen Menschen am Zaun stehen und schreien, weil sie nicht von Serbien nach Ungarn dürfen. Jetzt bin ich in umgekehrter Richtung unterwegs. Nah am Zaun springt ein Tier durch das regennasse Gras. Ein Fuchs! Ob er einen Weg über die Grenze kennt?

Passport please!

Zwei Männer und eine Frau gucken mich ungeduldig an.

Border Control!

Meinen Ausweis, den ich in der Handtasche mit mir trage, studieren sie akribisch genau. Aber das reicht ihnen nicht. Die Fahrkarte?

»Border Control«, wiederholt die Frau, gibt mir meinen Pass zurück.

Sie wollen wissen, wo mein Gepäck ist, übersetzt der Speisewagenkoch.

Ach so! Mein Koffer. »Der ist auf der Ablage, an meinem Platz!«

Sie schütteln den Kopf über mich, die Frau verdreht die Augen. Erst jetzt fällt mir selbst auf, wie dumm ich war, meinen Koffer unbeaufsichtigt zu lassen. Die drei Kontrolleure wollen ihn sehen. Okay. Ich gehe vor. Mit verschränkten Armen und gelangweilten Gesichtern verfolgen sie, wie ich meinen Rollkoffer herunternehme und vor ihnen auf den Boden stelle. Muss ich ihn etwa öffnen?

Meine Mutter wollte unbedingt, dass ich mich gut absichere. Sie hat mir diesen Koffer mit Zahlenschloss am Griff extra für die Reise gekauft. Tatsächlich wollen sie hineingucken.

Als ich die Nummer eingebe, klemmt es. Ich versuche es mehrere Male, aber es funktioniert nicht. Den Code weiß ich hundertprozentig. Wie kann das sein?

Die drei wenden sich ab; mein Koffer ist dann wohl doch nur mäßig interessant für sie. Der Trupp entfernt sich. Ein Mann muss seine Tasche vor aller Augen komplett ausräumen. Da habe ich ja noch mal Glück gehabt. Obwohl es mich nun wirklich wundert, dass mein Zahlenschloss nicht aufgeht.

Insgesamt dauert die Grenzkontrolle eineinhalb Stunden. Selbst die Toilettenräume werden durchsucht, die Türen aufgestoßen, jeder Winkel überprüft.

Dann endlich setzt sich der Zug wieder in Bewegung. Ich habe meinen Kaffee noch gar nicht bezahlt, merke ich, als ich meinen Pass ins Portemonnaie stecke. Diesmal nehme ich den Koffer gleich mit; genauso gut kann ich ja dort sitzen bleiben.

Zurück im Speisewagen erwarten mich leere Tische mit ausgetrunkenen Coladosen. Die Blaumänner sind ausgestiegen. An der Theke ist keiner, auch das Küchenabteil ist nicht besetzt, soweit ich das überblicken kann. Ich habe noch kein Geld umgetauscht, nehme aber an, dass sie hier im Zug Euro akzeptieren.

Durch den Dauerregen geht es über die Grenze nach Serbien, wo die Landschaft genauso sattgrün glänzt wie eben noch in Ungarn und wo die Häuser ähnlich verwaschen gelb und grau an der Bahnlinie stehen. Die Ortsnamen an vorbeiziehenden Stationen kann ich nicht lesen, weil sie auf kyrillisch geschrieben sind. Bis eben dominierten ungarische Ortschaften, deren Namen ich zwar lesen, aber keineswegs auszusprechen vermochte. Der Koch, der gleichzeitig Kellner ist und jetzt zum Kassieren an meinen Tisch kommt, sagt, dass Ungarisch die schwerste Sprache der Welt sei.

»Und Serbisch?«

Er schüttelt den Kopf. »Ich bin fünfzig Jahre alt«, sagt er, »und ich kenne nur Jugoslawisch.«

»Ich verstehe«, murmele ich.

Ein Paar mit kleinen Kindern betritt den Speisewagen.

Der Zaun ist bestimmt vier Meter hoch. Mit den Augen suche ich das Gras nach Tieren ab. Wahrscheinlich können die einen Tunnel graben.

»Ich bin Jugoslawe«, sagt der Mann, »und nicht Serbe.«

Ich nicke.

Wie gerne würde ich Jakob schreiben, dass ich verreist bin, mich auf dem Weg zu einem internationalen Camp befinde. Das würde Eindruck auf ihn machen. Als ich ihm von meiner Bosnienreise erzählt habe, war er richtig begeistert, dass ich mir so etwas zutraue. Das fand er stark. Wahrscheinlich war er deshalb so entsetzt, als ich rumgeheult habe und er gemerkt hat, wie schwach ich eigentlich bin.

Anita war von Anfang an nicht so überzeugt von ihm. Sie

fand ihn ein bisschen streberhaft, wie sie sagte. Na ja. Immerhin hat er für sie den Kontakt zu Anwälten hergestellt.

Hallo!?

Mein Koffer ist weggerollt. Einmal durch den ganzen Waggon. Die Kinder, vor denen er zum Stehen kommt, lachen.

Ich sollte mir in Belgrad schleunigst einen Rucksack kaufen. Keiner in diesem Camp wird mit Rollkoffer anreisen. Rollkoffer mit Zahlenschloss! Als Mama mir dieses Ding in die Hand drückte, war ich geistig nicht anwesend. Bis kurz vor der Abfahrt habe ich wieder nur an – na, ich sage jetzt nichts mehr – gedacht, anstatt vernünftig zu planen. Ich klemme meinen Koffer zwischen die Beine.

Bei jedem Abbremsen des Zuges droht mein blassrosa Begleiter sich selbstständig zu machen.

3
سه

Ein kalter Wind weht mir in Belgrad entgegen. Schirme werden aufgespannt, Schultern hochgezogen. In der Bahnhofshalle stehen Palmen mit halb verdorrten Blättern verloren herum wie Reisende, die keiner abgeholt hat. An einem einzigen Schalter hockt ein winziger Mann in brauner Uniform, hinter dessen viereckiger, ebenfalls brauner Hornbrille die Augen übergroß hervorlugen. Müde schiebt er mir eine Umrechnungstabelle unter der Glasscheibe durch den Spalt.

»Dobro vêce«, spreche ich zu seinen müden Augen, das heißt »Guten Abend«.

Damit er nicht denkt, dass ich darüber hinaus der serbischen Sprache mächtig bin, rede ich schnell auf Englisch weiter. »I want to change one hundred Euro, please.« MENJACNICA steht an der Glasscheibe, die uns trennt, darunter EXCHANGE OFFICE und WECHSELSTUBE.

Für meine Euro bekomme ich ein Riesenpaket mit Geldscheinen ausgehändigt. *Marka* hieß das Geld in Bosnien. Wie heißt bloß die Währung hier? Während der kleine

Mann die Bündel abzählt, betrachte ich die vergilbten Werbeplakate in seinem Rücken. Neben dem schiefen Turm von Pisa hängt der Eiffelturm.

»Voilà«, sagt er.

Ach so, nein. Er hat natürlich »Hvala« gesagt.

»Danke. Hvala«, murmele ich zurück.

Dinar heißen die Scheine.

Mein Portemonnaie geht kaum mehr zu. Jetzt erst mal raus hier und die Lage checken.

Auf dem Weg Richtung Ausgang rufen die blöden Palmen eine schmerzhafte Erinnerung an Jakob in mir wach. Hildesheim im Herbst. Da bin ich gestrandet, kurz nachdem ich ihn kennengelernt hatte, weil die Züge nicht mehr weitergefahren sind. Jemand hatte einen Koffer am Gleis stehen lassen. Drei Stunden ging ich in der Bahnhofshalle auf und ab zwischen Zimmerpalmen, die dort genauso hässlich aussahen wie hier, bis ich mich traute, ihm zu schreiben.

Ich hol dich ab, antwortete er sofort und lieh sich extra ein Auto.

Die Erinnerung killt mich.

Ich hol dich ab!!!

Ich bin hier, um selbst Leute abzuholen. In ein paar Minuten gehöre ich zum Team von *Crossing Borders* und kümmere mich um hier gestrandete Menschen. Dann darf ich nicht mehr meinen Gedanken nachhängen, sondern muss anpacken.

Beim Verlassen der Bahnhofshalle kommt mir eine große

Gruppe entgegen, die ich sofort als *Gestrandete* identifiziere. In der Nähe der Tür bleibe ich stehen, kann mich kaum vom Anblick der Leute lösen. Männer in nassen Pullovern und Shirts, viele barfuß in Sandalen oder in durchgelaufenen Stoffschuhen, alle mit blassem Gesicht, stoppeligem Bart, lassen sich auf dem kalten Boden nieder. Manche holen Zeitungspapier aus den Mülleimern und setzen sich darauf. Zwei Jungen um die zehn Jahre legen sich quer über ihre Taschen. Der eine legt den Arm um den anderen. Sie sehen aus wie Brüder.

Vor meinen Augen entsteht in Windeseile ein Lager. Bestimmt kommt bald die Polizei und schickt alle Leute weg. So erschöpft, wie sie wirken, wäre mit Gegenwehr vermutlich nicht zu rechnen.

Noch während ich unschlüssig herumstehe und versuche, nicht zu aufdringlich zu ihnen hinüberzustarren, sinken Köpfe auf Knie, umklammern Hände Tüten und Säcke, greift der Schlaf nach den todmüden Menschen. Reisende, die soeben die Halle betreten, werfen verwunderte, eher scheue als verärgerte Blicke auf die Schlafenden, bevor sie ihren Weg fortsetzen. Drei große, dünne Frauen im Regenmantel trippeln auf klackernden Pumps an dem Nachtlager vorbei, ohne einen Blick auf die hier Liegenden zu werfen. Der kleine Mann am Schalter sitzt regungslos wie ein Wächter hinter den Ankommenden, den Abreisenden, über den am Boden in Schlaf Gesunkenen. Er selbst kommt mir vor wie nicht ganz von dieser Welt. Durch das stille Bild bewege ich mich möglichst leise nach draußen, wo mich ein ziemlich kaltes, tristes Belgrad erwartet.

Immerhin, der Regen hat aufgehört. Auf der gegenüberliegenden Straßenseite rasen Autos an einer grauen Häuserzeile vorbei. Pfützenwasser spritzt hoch. Ich ziehe mir die Sweatshirt-Kapuze über den Kopf. Keine Ahnung, in welchem Viertel der Bahnhof liegt und wie weit man hier von der Innenstadt entfernt ist.

An einer Fassade leuchtet eine riesige, die gesamte Hauswand einnehmende Werbung. Ein glitzernder Fluss, auf dem ein Kreuzfahrtschiff fährt, die BEOGRAD. Goldene Buchstaben auf dem Bug. Am Horizont leuchtet eine Skyline und das Logo BW: *Belgrade Waterfront.*

Der Treffpunkt für das Team von *Crossing Borders* befindet sich zwischen Hauptbahnhof und Busbahnhof direkt an einer vierspurigen Straße, auf einem Platz, der viel zu klein ist für die drängende Menge, die sich versammelt hat. Es müssen Hunderte sein, die hier eine Anlaufstelle suchen und in verschiedenen Sprachen durcheinanderrufen und telefonieren. INFOPARK lese ich, als ich mich in die Schlange vor einer Art Kiosk quetsche, und darunter *Refugees welcome to Belgrade.* Ein Aushang auf Arabisch ist an einem kahlen Baum befestigt.

Es ist sehr windig. Die Leute haben keine Jacke an, nur dünne Pullover oder Sweatshirts. Meine Jacke ist im Koffer.

»Hello, hello!« Eine Frau winkt mich aus der Reihe. Sie

heißt Carine und ist seit ein paar Monaten für *Crossing Borders* unterwegs. Von ihr erfahre ich, dass es einen Notstand bei der Unterbringung der Helfer gibt.

Aha?

»Not enough space?«

»No«, entgegnet Carine. Platz ist genug, aber man darf nicht mehr hinein.

Wo denn hinein?

Meine Frage bleibt unbeantwortet, Carine runzelt die Stirn, verdreht die Augen. Kurz bevor ich angekommen bin, muss etwas vorgefallen sein. Eine Unterkunft ist wohl geräumt worden.

Von wem? Gab es einen Anschlag?

Carine verneint. Ihr Telefon klingelt. Auf Französisch erklärt sie jemandem, dass die Gruppe der Helfer auf der Straße steht. »Comme les réfugiés!« Carine trägt einen kurzen, akkurat geschnittenen Pony. Als sie das Gespräch beendet, sagt sie mir auf Englisch, dass *Belgrade Waterfront* die Räumung veranlasst habe. Und dass die Regierung das alles bezahlt. Mit Steuergeldern! Die Serben seien also genauso angeschmiert wie die Geflüchteten.

Ich vermute, dass Waterfront eine Immobilienfirma ist.

Für diese Nacht können wir zu Carlos, sagt Carine jetzt, als müsste ich wissen, wer das ist. Bei Carlos, erfahre ich, trifft sich die Community.

»Okay, fine.«

»If you are interested«, fügt sie hinzu mit einem giftigen

Lächeln. Natürlich bin ich interessiert. In mir regt sich Widerstand, obwohl ich nicht sagen könnte, wogegen er sich richtet. Irgendwie habe ich keine Lust auf Leute, die sich wichtig fühlen, weil sie mehr Informationen haben als andere. Vielleicht stelle ich mich jetzt aber auch an. Bis jetzt habe ich ja nur eine Person kennengelernt. Und bestimmt steht sie unter Stress.

»Let's go«, sagt Carine. Sie will mich mitnehmen, »to the factory.« Dort soll ich Carlos treffen.

Ich nicke. Carine notiert meine Telefonnummer. Ich bekomme eine Plakette, die ich mir anheften soll: *Crossing Borders*, darunter mein Name. Sie hat ihn falsch geschrieben, aber das ist mir egal. Frieda.

»Everything fine?« Sie lächelt gezwungen.

»Ja, fine, thank you.«

Auf einem Stadtplan, den sie mir in die Hand drückt, ist eingekringelt, wo Carlos wohnt. Wie viele Leute sind denn hier?

»More than thousand«, sagt Carine. Ich meinte eigentlich die Helfer. Ich wollte wissen, wie viele Leute bei Carlos unterkommen.

»I have seen refugees at the station«, sage ich überflüssigerweise.

»Don't worry«, entgegnet sie. Ich soll keine Angst haben. »They are tired.«

Hat sie mich falsch verstanden?

Carine mustert mich von Kopf bis Fuß.

»Extremely tired«, setzt sie hinzu.

Ihr Englisch hat irgendwie einen französischen Akzent.

»Tu viens de la France?« Meine Frage nach ihrer Herkunft scheint sie zu nerven. Wahrscheinlich ist das politisch nicht korrekt.

»German«, antwortet sie knapp.

»Du bist auch Deutsche?« Ich muss kurz auflachen, denn wir haben ja die ganze Zeit Englisch miteinander geredet.

»Yes«, sagt Carine. Ihre Aufmerksamkeit gilt dem dichten Verkehr. Ein schneller Blick aus zusammengekniffenen Augen bedeutet, dass ich ihr folgen soll. Wir sprinten über die Straße, sobald sie den richtigen Moment abgepasst hat.

Wenige Minuten später sind wir dem Verkehr entkommen und stehen auf einem düsteren Fabrikgelände nah am Ufer eines breiten Flusses. Das Wasser schimmert schwarz. Hohe Fabrikgebäude stehen mitten auf einer verkommenen Industriebrache. Müllcontainer liegen umgestürzt im Dreck, auf einer Garage stehen Einkaufswagen. Aus einem Fabrikdach wächst ein Baum.

Carine geht zu einer Gruppe von Leuten, die verschwörerisch miteinander murmeln. Ich höre den Wind und sehe an einem der Fabrikfenster ein Licht aufflackern. Sonst ist alles dunkel, der Himmel ist wolkenverhangen und das ganze Gelände gänzlich unbeleuchtet.

Niemand beachtet mich. Ich überwinde mich und stelle mich näher zu der Gruppe. Mein Rollkoffer ist mir peinlich.

»Hi«, sagt jemand.

»Carlos?«, frage ich.

»Sorry, but I'm Jesus.« Der Bärtige grinst. Jesus.

»Frida.«

Er hat es englisch ausgesprochen. Ob der echt so heißt?

»Chesús«, ruft jemand. Bestimmt sind das Spanier. Eilig läuft der Gerufene davon, gefolgt von fünf, sechs anderen. Sie verschwinden in der Fabrik. Ich verspüre den Drang, diesem *Jesus* ebenfalls zu folgen und nach den Leuten zu sehen, die ich in dem Gebäude vermute.

»Bleib hier«, sagt Carine auf Deutsch zu mir.

Anita würde sich nicht von ihr einschüchtern lassen. In ihren Augen wäre Carine *pseudo*. Wahrscheinlich heißt sie einfach Karin.

Ich würde jetzt gern heiß duschen.

Unauffällig checke ich mein Handy. Das Internet geht. Nur mein Akku hält nicht mehr lange durch. Ein Hotel namens *Meridian* wird mir angezeigt für dreiundzwanzig Euro fünfzig die Nacht.

Auf einmal kommen ganz viele Menschen aus der Fabrik, die mit Sack und Pack Richtung Fluss rennen. Männer, Frauen, Kinder, und ganz hinten schiebt ein junger Mann einen älteren im Rollstuhl durch den Matsch. Es sind bestimmt über hundert Leute, die das Gebäude verlassen. Sie laufen alle zum Ufer und sind in kurzer Zeit in der Dunkelheit verschwunden. Der Junge mit dem Rollstuhl ist als

Letzter noch zu sehen, bevor die Polizei mit mehreren Wagen vorfährt und das Gebäude binnen Minuten umstellt hat. Wie gut, dass die Leute rechtzeitig entkommen sind. Wenn das Carines Organisation zu verdanken ist, nehme ich alles zurück.

Ansagen durch Megafone ertönen laut und verzerrt und sind bestimmt auch noch da zu hören, wo sich die Geflüchteten jetzt befinden. Die Polizei stürmt in die Fabrik und ist nach kurzer Zeit wieder draußen.

Carine bekommt einen Anruf und steigt in ein Auto, das soeben neben uns im Matsch anhält, in dem jedoch kein Platz mehr für mich ist.

»Carlos' Adresse hast du ja«, sagt sie nur.

Ich komme mir vor wie eine Verräterin, als ich am Busbahnhof ein Taxi in die Innenstadt zum Hotel *Meridian* nehme. Morgen gehe ich zu Carlos, ganz bestimmt, aber jetzt kann ich einfach nicht. Auf der Fahrt gucke ich auf Instagram, was *Crossing Borders* postet. *Zwangsräumung in Belgrad*, steht unter einem Foto, das in einer der Fabrikhallen aufgenommen worden sein muss, die ich gerade gesehen habe. Auf dem Bild sieht man Taschen, Jacken, leere Supermarkttüten, auf nacktem Beton abgemagerte Kinder mit großen Augen; es scheint der Schlafplatz der Leute gewesen zu sein, die ich gerade aus den Gebäuden habe rennen sehen. Auf der offiziellen Website von *Crossing Borders* sieht man weiterhin den Trailer mit lachenden Menschen, die gemeinsam kochen.

Ich frage den Taxifahrer, was *Belgrade Waterfront* bedeutet. Er lacht bitter auf. *Belgrade Waterfront* ist ein riesiges Bauvorhaben der Saudis, erklärt er, die ein milliardenschweres Luxusquartier für Reiche bauen, am Ufer, da, wo sich die Flüsse Sava und Dunav treffen. Alle Leute, die dort wohnen, müssen weg. *Arme Leute.*

Die Innenstadt von Belgrad liegt hoch oben auf einem Berg. Kleine Gassen schlängeln sich hinauf, und je höher wir gelangen, desto heller wird es. In den Häusern brennt noch Licht, Geschäfte präsentieren ihre Auslagen in bodentiefen Fenstern, eine Bar stößt an die andere.

Als ich das passende Geld zusammensuche, wobei ich nicht klarkomme mit den Scheinen, sagt der Fahrer, dass ganz Serbien für *Belgrade Waterfront* blutet.

Ganz Serbien?

»Jawoll«, ruft er auf Deutsch. Er hebt meinen Koffer aus dem Wagen. Im Restaurant gegenüber sitzen Leute beim Wein.

»Sehr schön«, lobe ich die Umgebung, um das Gespräch irgendwie positiv enden zu lassen. Russen, knurrt der Taxifahrer, alles Russen. Die sich das leisten können, das Leben hier oben auf dem Berg. Er guckt mich an.

»I'm from Germany«, sage ich wie zur Entschuldigung.

»Nema problema«, sagt er, kein Problem.

Ich gebe ihm Trinkgeld.

Das *Meridian* ist ein verstaubtes Etablissement im wahrsten Sinne des Wortes. Staub liegt auf dem Empfangstresen, der Rezeptionist wirkt wie aus der Zeit gefallen mit seinen wirren Haaren, und die Broschüre über Belgrad stammt aus dem Jahr 1999.

Aus einem Stapel Zeitschriften, der in meinem Zimmer auf dem Nachttisch liegt, fische ich ein Faltblatt der Zeugen Jehovas. Auf Deutsch! Jedenfalls bin ich froh, dass ich allein bin. Jetzt erst mal duschen. Vorher hänge ich mein Handy an die Steckdose. Mein Koffer geht leider nach wie vor nicht auf. Das Problem hatte ich ganz vergessen. Es funktioniert beim besten Willen nicht. Ich versuche es ungefähr dreißig Mal, aber irgendetwas klemmt. Das gibt es doch nicht! Ich sehe keine andere Möglichkeit, als das Schloss aufzubrechen. Nur wie? Inzwischen ist es schon nach elf; bleibt nur zu hoffen, dass ich in diesem verschlafenen Hotel jetzt noch jemanden an der Rezeption antreffe.

Als ich mit meinem Koffer hinunterkomme, denkt der Mann natürlich, ich will wieder abreisen, weil mir das Zimmer nicht gefällt. Er guckt enttäuscht und fährt sich durch die Haare. Leider spricht er kein Wort Englisch.

»No, no«, sage ich, zwinge mich zu einem gewinnenden Lächeln und deute auf das Schloss. »Geht nicht«, sage ich auf Deutsch. »Kaputt!«

Mhm, macht er. Mhm. Dann schiebt er die Glocke, die vor ihm steht – das Wort RECEPCIJA ist in großen Goldlettern eingraviert –, zur Seite, kommt hinter dem Tresen hervor und beugt sich über den Koffer. 1234 stellt er ein, oder 0364, was weiß denn ich. Er denkt natürlich, dass ich meinen Code vergessen habe. Ich schüttele den Kopf.

9876, 4235.

Nein, nein! Es macht mich verrückt, dass er immer weitere Zahlenkombinationen ausprobiert. Aber ich kann ihn nicht davon abhalten. Die schütteren Haare fallen ihm in die hohe Stirn, Schweiß perlt. Das Gesicht des Rezeptionisten ist hochrot, es glüht richtig. »Nula«, ruft er, »tschetiri, oßam, dewet.« Oder: »Dewet, tschetiri, dwa, tri. Nula, tri, dwa, tri.«

Ich bereue es bereits, ihn mit dem Koffer behelligt zu haben. Er lässt sich nicht bremsen. Es ist wie ein Sprachkurs für mich, Lektion »Zahlen von eins bis zehn«. Nach dem gefühlt siebzigsten Mal kann ich jede Zahl übersetzen. Ein Miniatur-Eisenbahnwaggon aus Blei oder aus was auch immer, aus irgendeinem schweren Metall jedenfalls, fällt mir ins Auge. Ich hebe den Waggon hoch und tue so, als ob ich damit das Zahlenschloss zertrümmern wollte.

Mhm, mhm. Der Mann hält inne und verschwindet in einem Abstellraum, um kurze Zeit später mit einem Bolzenschneider zurückzukommen. Nema problema!

Das sieht ja ganz gut aus. Ich nicke ihm aufmunternd zu.

Der Mann sieht auf die Uhr. »Momente«, ruft er, »eine Momente«. Er will eben noch den Fernseher anstellen, der an der Wand hängt. Den Bolzenschneider in der rechten, die Fernbedienung in der linken Hand, wendet er sich nun wieder meinem Koffer zu. Eine Tiersendung fängt gerade an.

Während sich der Mann an meinem Schloss zu schaffen macht, wird hinter ihm die Evakuierung eines Zoos gezeigt. Ein wildes Tier ist ausgebrochen, die Kamera fokussiert das Loch in einem Absperrgitter und schwenkt auf Besucher, die in Scharen das Gelände verlassen.

Mit einer Art Grunzen, von dem ich erst denke, es ist Teil der Zoo-Doku, sackt der Mann in sich zusammen. Mein Kofferschloss springt auf.

Der Mann liegt reglos am Boden.

»Was ist passiert? Hallo? Hören Sie mich?«

Ich kann ihm nicht aufhelfen, er ist zu schwer. Er hört mich nicht. Seine Hände sind eiskalt. Ist denn hier niemand? Der Mann liegt da wie tot. Seine Augen unter halb geöffneten Lidern sind verdreht.

Ich drücke meine übereinandergelegten Hände erst zaghaft, dann etwas fester und schließlich ziemlich fest auf sein Herz und pumpe. Ein Mal, zwei Mal, drei Mal. »Hilfe«, flüstere ich. »Hilfe.« Dann schreie ich »Hilfe!«, so laut ich kann. »Help me! Hello! Ist hier denn gar niemand?«

Ich höre nicht auf zu pumpen. Wie lange das geht, weiß ich nicht. Im Fernsehen ertönt eine typische Tierfilm-Männerstimme, beruhigend sanft, unterlegt mit dem Meckern einer Ziegenherde. Eine Frau steht draußen vor der Glastür. Hallooooooo! Ich habe solche Angst, dass der Mann tot ist.

In null Komma nichts sitzt die Frau neben mir auf dem Boden und übernimmt das Pumpen. Ist sie Ärztin? Ich springe zum Telefon und rufe die 112 an in der Hoffnung, dass mich jemand versteht.

»Hotel *Meridian*, Belgrad. We need a doctor!« Neben dem Telefon liegt eine Visitenkarte des Hotels. Mühsam lese ich die Adresse ab und sage den Namen des Rezeptionisten: Dragan Mihanovic.

Die Frau sieht auf.

Tot? Ist er tot?

Sie holt Luft. Beugt sich über den Mann, presst ihre Lippen auf seinen Mund. Ich halte den Atem an. Drei Mal zuckt sein Körper, der Brustkorb hebt sich, ein Geräusch ist zu vernehmen, ein lautes Stöhnen, das seiner Seele entfährt. Diesen Laut werde ich nie vergessen. Als der Krankenwagen vorfährt, schlägt sein Herz wieder.

»Herr Mihanovic«, flüstere ich, »bitte bleiben Sie am Leben.«

Flackerndes Blaulicht spiegelt sich in den Fensterscheiben. Der Ton der Sirene fährt in sich verengenden Kreisen in mein Ohr.

Die fremde Frau und ich stehen in dem kleinen Empfangsraum des Hotel *Meridian*. Ich höre den Krankenwagen immer noch. Oder ist das ein anderer? Oder die Polizei?

Mir wird schlecht. Mir wird nicht schwarz, sondern blendend weiß vor Augen, mein Bewusstsein schwindet. Ich lasse mich vor dem Empfangstresen auf den Boden sinken, lehne mich an und schließe die Augen.

»Are you German?«

Langsam heben sich meine Lider.

Die Frau heißt Agnes Dobra und ist Schauspielerin.

»Are you German?«, wiederholt sie.

»Ja.«

Auf Englisch erzählt sie mir, dass sie gerade Theater gespielt hat und im Anschluss an die Vorstellung mit den Kollegen etwas trinken gehen wollte, als sie bemerkte, dass sie den *wine* im Hotel vergessen hatte.

Aha, sie wohnt also auch hier im Hotel. Wine? Warum kann man den Wein nicht an der Bar trinken?

Agnes schüttelt mir die Hand: »Nice to meet you.« Sie fängt an zu lachen. »Crazy situation, crazy, crazy.«

In der Tiersendung über uns schwimmt ein Taucher mit einem Delfin. Agnes fischt einen Zimmerschlüssel mit der Nummer 23 vom Schlüsselbrett und verschwindet, um sogleich mit einer Flasche Sekt im Arm wiederzukommen. Der Korken fliegt an die Decke. Wir trinken direkt aus der Flasche, immer abwechselnd. Meine Hand zittert so stark, dass der Sekt an meinem Kinn herunterläuft.

»Was bedeutet eigentlich *Meridian*?«

»This is a line across the earth«, sagt Agnes.

Wir lachen, als wäre das ein richtig guter Witz. A line across the earth, haha, Agnes kann sich kaum beruhigen. Es wundert mich, dass niemand hereinkommt; gibt es denn außer uns keine anderen Gäste? Oder ist es so spät, dass alle schon schlafen? Ich habe längst jedes Zeitgefühl verloren.

Agnes ist vierzig Jahre alt, sie trägt einen Pferdeschwanz

und eine große grüne Hornbrille und lebt in einem Ort namens Kelebija direkt an der Grenze zu Ungarn. In Belgrad, sagt sie, spielt sie zurzeit in einem Low-low-budget-Theater die Hauptrolle – kurioserweise eine Ärztin –, und da es »no money, no money at all«, also überhaupt kein Geld gibt für die Schauspieler, muss sie von Kelebija nach Belgrad pendeln. Das Hotel würde ihr ja keiner zahlen. Nur heute ist wegen eines Polizei-Einsatzes am Bahnhof kein Zug mehr gefahren, und daher ist sie im *Meridian* gelandet.

Ich versuche, Agnes zu erklären, warum *ich* hier gelandet bin, aber es gelingt mir nicht so recht. »I lost my boyfriend in Germany«, sage ich.

»Is he dead?«

»No«, rufe ich aus.

Dass ich Hals über Kopf nach Serbien gereist bin, weil ich meinen Typen verloren habe, kommentiert sie mit einer wegwerfenden Handbewegung. »You will find a better one here!« Sie richtet sich kerzengerade auf. »Nema problema, Frida, nema problema!«

Wir haben hinter dem großen staubigen Empfangstresen Platz genommen, an dem mich der Rezeptionist vor wenigen Stunden begrüßt hat. Neben einem klappigen Holzstuhl, auf dem Agnes thront wie die Hotelbesitzerin höchstpersönlich, hänge ich etwas erschlagen auf einem Barhocker, den sie mir hingeschoben hat. Ich bin zu nichts mehr zu gebrauchen. Der Hocker ist unbequem, und ich kann mich nicht gerade halten. Wir zwei müssen einen komischen Anblick bieten, aber wie gesagt, es kommt überhaupt niemand mehr herein. Wahrscheinlich ist es schon zu spät.

Ob ich zum ersten Mal in Belgrad bin, fragt Agnes.

»First time here«, bestätige ich, erzähle jetzt aber, wahrscheinlich etwas wirr, dass ich vor gar nicht langer Zeit schon einmal eine Reise ins ehemalige Jugoslawien unternommen habe.

»Ex-Yugoslavia«, unterbricht mich Agnes schief grinsend. »What do you know about our country?«

Wahrscheinlich will sie darauf hinaus, dass ich von nichts eine Ahnung habe und schon gar nicht von dem Krieg, der hier vor zwanzig Jahren stattfand, also als sie so alt war wie ich. In meinem momentanen Zustand ist es ausgesprochen schwer, ihr überzeugend zu widersprechen.

»I know that there has been a war.« Ich sage ihr, dass ich in Bosnien war und viel von der Geschichte mitbekommen habe. »My best friend got lost in Bosnia.«

Agnes verschluckt sich. Die Flasche ist bereits halb leer. Ihre Stimme kippt weg. Bei mir würden wohl viele Leute verloren gehen. Beifall heischend blickt sie nach vorn, als hätte sie vergessen, dass sie nicht mehr im Theater ist und wir gar keine Zuschauer haben.

»Attention«, raunt sie, die Augen immer noch schnurgeradeaus gerichtet. »First trip on your own!«

Was soll das heißen? »I travelled alone«, beharre ich. Und fange an, von Anita zu erzählen, die aus Deutschland abgeschoben wurde, obwohl es ihre Heimat ist. Dass ich keine Adresse hatte und trotzdem nach Bosnien gefahren bin, um sie zu suchen. Und dass ich dort auf ein Geheimnis der Familie gestoßen bin.

»A secret«, wiederholt Agnes leicht spöttisch.

»Ja«, sage ich, »it was …« Ich unterbreche mich selbst. Was war es denn? Wie kann ich das beschreiben? Eine Weile hänge ich meinen Gedanken an die vergangene Reise nach und schrecke hoch, als ich Agnes' Stimme wieder höre. Vielleicht bin ich kurz eingeschlafen.

»We have no money for nobody in our country«, klagt sie.

Sie redet sich in Rage. Ich nehme den letzten Schluck aus der Flasche und habe auf einmal großen Hunger. »Let's go in a restaurant, please«, sage ich, was Agnes in Anbetracht der Uhrzeit – es muss ja weit nach Mitternacht sein – ignoriert. Sie guckt sich um, schiebt mir kommentarlos eine Schale mit Fruchtgummis auf dem Tresen zu. Ich esse die ganze Schale leer. Vampire mit Lakritz, Kirschen und Herzen, Känguruhs, Affen, Löwenköpfe. Agnes redet gerade von der Nicht-Existenz der Polizei in Serbien. »Police doesn't exist«, beharrt sie, »do you know what I mean?«

In meinem Bauch grummelt es. Wegen Anita kaufe ich jetzt auch immer diese Veggie-Bären. Ohne Schwein. Durch meinen Bauch zieht sich ein dumpfer Schmerz. Alkohol und Gelatine. Pfui, würde das Anitas Großmutter finden, pfui!

»Policija!«, höre ich Agnes wie von weit her. Werde ich jetzt angezeigt?

Jemand muss die Polizei verständigt haben. Die *Policija* steht in Gestalt zweier uniformierter Beamter in der Tür.

Von Agnes können sie allenfalls den Kopf sehen, da sie sehr klein und der Tresen sehr hoch ist. Mich auf meinem Barhocker haben sie dafür sofort im Visier. Einer der beiden Eindringlinge stellt eine Frage. Agnes steht auf. Was mag der gefragt haben? Agnes antwortet souverän und verbirgt gekonnt, dass sie betrunken ist. Was erzählt sie da bloß? Sie lächelt gewinnend. Die Männer treten näher, gehen gemessenen Schritts durch den Raum. Der eine guckt unverwandt Agnes an, der andere, der selbst etwas angeschlagen wirkt, starrt auf den Boden. Mitten auf dem Perserteppich liegt der Bolzenschneider.

Plötzlich bin ich vollkommen nüchtern. Wie kann ich der Polizei erklären, was passiert ist? Wie der Rezeptionist versucht hat, meinen Koffer zu öffnen, und so weiter und so fort? Aber die *Policija* fragt mich nicht; es scheint völlig normal zu sein, dass *wir* hier thronen und nicht der wiederbelebte Rezeptionist und dass ein Bolzenschneider auf dem Boden herumliegt wie eine Tatwaffe. Wirken wir nicht wahnsinnig verdächtig? Andererseits haben wir ja nichts getan. Im Gegenteil.

Ich muss jetzt dringend ins Bett. Die Polizei zieht ab, ziemlich seltsam. Ich habe keine Kraft mehr, mit Agnes darüber zu reden, weil jedes Thema, das ich anschneide, ein anderes nach sich zieht und Agnes überhaupt nicht müde zu sein scheint. Sie sagt noch etwas von Korruption, dass die

Polizei immer Geld haben will, um ihr Gehalt aufzubessern. Wir tauschen Telefonnummern und verabreden uns zum Frühstück. Agnes hilft mir, meine aus dem Koffer gefallenen Sachen einzusammeln.

»Laku noć, gute Nacht!«

Ich schließe meine Zimmertür hinter mir ab und kippe den Inhalt meines Koffers auf den Teppich, um mein Duschgel zu suchen und ein T-Shirt für die Nacht.

Dann schalte ich den Fernseher ein, denn sobald ich mit meinen Gedanken allein bin, sehe ich die verdrehten Augen des Rezeptionisten vor mir. Ich gucke unter meinem Bett nach wie früher als Kind, um zu prüfen, dass da auch keiner auf mich lauert. Neben einem Bettpfosten liegt eine Brille, mit spitzen Fingern nehme ich sie. Das Brillengestell macht mir Angst. Alles ist gerade unheimlich in diesem Zimmer. Ich dusche heiß, endlich. Das Wasser tut so gut. Bis ich etwas Seltsames höre. Aus dem Zimmer dringen komische Geräusche an mein Ohr. Tropfnass öffne ich die Tür, heißer Dampf strömt in das Zimmer. Im Fernsehen läuft tatsächlich die gleiche Szene wie vorhin. Die Evakuierung des Zoos.

Dabei schlafe ich schließlich ein und träume, dass ich in meinem Koffer ein wildes Tier nach Serbien geschmuggelt habe und der Rezeptionist mir auf die Schliche gekommen ist. Er zwingt mich, den Koffer zu öffnen. »Was ist das für ein Tier?«, fragt er böse. »Ich weiß es nicht«, sage ich. Und ich weiß es wirklich nicht. »Was ist das für ein Tier in deinem Koffer?« Ich kann mich einfach nicht mehr erinnern.

Ich muss weinen. »Bitte lassen sie mich in Ruhe. Ich will schlafen.« Wir sind aber nicht in seinem Hotel, sondern im Zoo. Und Dragan Mihanovic ist der Zoowärter. Er bewacht ein Gehege, in dem ich selbst eingesperrt wurde. »Aber was habe ich denn getan?«, schreie ich nach draußen. In dem Moment wache ich auf, es ist Punkt elf Uhr, und die Frühstückszeit ist längst vorbei. Schade, wo ich doch so großen Hunger habe.

Im Fernsehen laufen Nachrichten. Frauen in Burka und Vollverschleierung betreten ein Gerichtsgebäude, Männer mit IS-Flaggen fahren auf einem Panzer vorbei. Ist das hier? Oder in Syrien?

Von meinem Fenster aus blickt man in eine ruhige, kopfsteingepflasterte Gasse, gegenüber schüttelt eine Frau die Betten aus. »Dobar dan«, grüßt sie freundlich.

Dobar dan! Guten Tag.

Agnes geht nicht an ihr Handy. Hoffentlich haben wir in unserem Zustand die Nummern richtig eingegeben. Ich räume meinen Koffer neu ein, hole meine Jacke heraus, die ich heute unbedingt brauche, und bemerke den Bolzenschneider. Dachte Agnes vielleicht, der gehört mir? Warum sollte ich mit so etwas verreisen? Ich ziehe den Reißverschluss am Koffer zu. Das kaputte Schloss stört nicht weiter. Ob ich meine Sachen jetzt schon mit runternehmen soll?

An der Rezeption sitzt eine platinblonde Frau, die fragt, ob ich noch eine Nacht bleiben möchte. Weiß sie denn gar nicht, was vorgefallen ist? Sie wirkt allerdings auch nicht unglücklich. Das beruhigt mich. Wenn der Rezeptionist gestorben wäre, müsste sie anders sein. Alles müsste anders sein. Ich möchte fragen, wie es dem Mann geht, an dessen Namen ich mich gut erinnere. How is Dragan Mihanovic, denke ich, höre mich aber stattdessen sagen, dass ich gerne noch eine Nacht bleibe. Freudig tippt sie meine Daten in den Computer. Ich würde auch gerne nach Agnes fragen, aber ihr Nachname fällt mir nicht mehr ein.

»Enjoy your stay«, sagt die Frau. Dann fällt ihr doch noch etwas ein. »Wait a minute!«

Ich zucke zusammen. Will sie mir jetzt sagen, dass ihr Kollege, vermutlich der Chef des *Meridian*-Hotels, in der letzten Nacht …?

»I have a message for you!«

Agnes hat mir geschrieben. Sie muss schon abreisen, freut sich aber, wenn ich dieser Tage noch bei ihr in Kelebija vorbeischaue.

Der Wind ist eisig. In einer Bäckerei kaufe ich ein süßes Gebäckstück, außen Kokosraspeln, innen Schokolade, Cuvapci, sagt die Verkäuferin dazu. Der Kaffee ist sehr stark. Ich trinke ihn unterwegs in winzigen Schlucken. Den Rest schütte ich weg. Noch nie im Leben habe ich jemanden reanimiert. Mein Herz klopft wieder oder immer noch laut; seit letzter Nacht weiß ich ganz genau, wo es schlägt.

4

راهچ

Viele Treppen und kleine Gassen führen abwärts. Schließlich lande ich auf der mehrspurigen Straße, von der aus man zum Busbahnhof gelangt. Der Platz der Flüchtlinge ist wieder oder immer noch voller frierender Menschen. Einige haben sich eine Decke umgehängt. Ich halte Ausschau nach Carine oder nach anderen Leuten von *Crossing Borders*, aber keiner, den ich frage, hat von der Organisation gehört. Eine Frau verteilt Brötchen an Geflüchtete, aber auf meine Frage hin erfahre ich, dass sie von niemandem beauftragt wurde.

»Die Leute haben Hunger«, sagt sie.

Auf dem Fabrikgelände, das ich als Nächstes ansteuere, stehen Baumaschinen, Bagger, Verladefahrzeuge. Ich kann keine Bauarbeiter entdecken, aber vielleicht machen sie ja Pause. Oder haben noch gar nicht angefangen. Was soll hier überhaupt entstehen? Vermutlich wird diese *Waterfront* alles abreißen und neu bauen. Ein Kinderschuh liegt im Dreck. Ich gehe an den Hallen entlang, gespenstische Ruhe herrscht auf dem Areal. Gestrüpp wächst überall, dornige Büsche überwuchern eiserne Schwellen, die einmal irgendwohin geführt haben müssen. Andauernd drehe ich mich um, erschrecke vor dem eigenen Schatten. Wenn man hier überfallen wird, hört einen keiner.

Der Wind verfängt sich im Gebüsch, braunes Laub raschelt. Eine Decke hängt über einer Astgabel. Leere Wasserflaschen liegen überall herum. *Voda*.

Ich komme zu der Stelle, an der ich den Jungen mit dem Rollstuhl zuletzt gesehen habe. Wäsche hängt an einem Baum. Hier scheint jemand zu campieren. Auf dem Weg, der zum Fluss führt, sind Leute zu sehen. Frauen tragen eine Matratze, Kinder laufen erst ihnen, und als sie mich entdecken, mir nach; die Gesichter so offen wie die Hände, die sich mir entgegenstrecken und denen ich mein Kleingeld anvertraue. Sie rennen und hüpfen neben mir her, zeigen mir ein großes verwittertes Anwesen, das etwas abseits des Ufers auf einer Anhöhe liegt. *GLORIA* steht in geschwungenen Lettern über dem Eingang, die Schrift ist verblasst, aber noch gut lesbar. Das O ist ein Gesicht mit großen blauen Augen und langen schwarzen Haaren. Das A verläuft in einer Schleife. Das *Gloria* könnte ein Kino gewesen sein. Die Kinder nehmen mich an der Hand und ziehen mich näher zum Haus. Sie scheinen hier zu wohnen. Von Nahem gesehen ist das *Gloria* eine Ruine. Das Dach ist teilweise eingestürzt, tausend Ziegel liegen kaputt auf dem Boden. Müllsäcke stinken. Eine Frau schöpft Wasser aus einer Wanne.

Die Kinder wollen, dass ich mit ihnen hineingehe, aber ich möchte nicht sehen, wer da wie lebt.

Bärtige Männer stehen auf einmal auf der Treppe und beobachten mich schweigend, als ich betont gleichmütig weitergehe. Ich will kein Aufsehen erregen. Ich beiße mir auf die Lippen, und ich atme ganz flach, aber ihre Blicke sind verschlossen, wie ich aus den Augenwinkeln feststellen kann. Eine große Verunsicherung steht ihnen ins Gesicht geschrieben.

Nach ein paar Schritten drehe ich mich noch einmal zu dem Haus um, das ich gerne fotografieren würde. Stattdessen präge ich es mir genau ein. Ich fühle mich beobachtet. Doch die Männer von eben sind nicht mehr zu sehen. Oben steht dagegen jemand hinter einer zersplitterten Fensterscheibe. Ein Junge oder ein Mann, die Arme vor der Brust verschränkt. Er guckt in meine Richtung. In meiner Fantasie ist er ein Regisseur, der gerade einen Film dreht. Seine Augen folgen mir, auch wenn ich mich nicht mehr umsehe, von seinem Fenster bis zum Wasser.

Ich weiß nicht, wie lange ich stehen bleibe, Holzstückchen in den Fluss werfe und ihnen nachgucke, wie sie stromabwärts treiben.

Ein Stück oberhalb des Ufers komme ich auf eine schmale Straße, das Pflaster voller Schlaglöcher, in denen sich Matsch und Pfützenwasser gesammelt hat.

Ein verrosteter VW Bus ohne Räder, mit offener Motorhaube, aber ohne Motor, versperrt nach ein paar Hundert Metern den Weg. Er steht quer. Ich muss an ein ausgeweidetes Tier denken, von dem die Aasgeier nur das Gerippe übrig gelassen haben. Neben dem Schrottfahrzeug türmen sich Autoreifen, und kaputte Möbel, Stühle, denen ein Bein fehlt, verschimmelte Sessel sowie Heizungsrohre bilden ein schwer zu überwindendes Gebirge.

Auch linkerhand ist kein Durchkommen, denn hier wachsen wieder diese dornigen Büsche. Dann muss ich eben über den Bus klettern. Oder einfach durch die Mitte. Die Tür ist nur angelehnt. Ich steige auf den Beifahrersitz, rutsche über den Fahrersitz hinüber und drücke die klemmende Tür auf. »Hvala«, sage ich.

Das Fahrzeug ist der Empfang, die Pforte zu einer Siedlung. Zwei Autotüren und man ist drüben.

Als ich Anitas Familie gesucht habe, bin ich mehrmals in einem solchen Slum gewesen. Bretterverschläge dienen als Behausungen, aus einer der Holzhütten ragt ein Ofenrohr. Hinter der nächsten Biegung stehen Leute um ein Feuer und wärmen sich die Hände. Viele von ihnen haben eine Decke umhängen.

Eine Frau mit langen schwarzen Zöpfen bringt einen Bottich mit Teig und zeigt den Umstehenden, wie sie ihn ausrollen und auf einem Gitter über dem Feuer backen können. Zwei Jungen stecken den rohen Teig in den Mund, aber die Frau mit den Zöpfen schüttelt den Kopf, zeigt auf den

Bauch. Kleine Mädchen hängen am Rock ihrer Mutter, fangen an zu weinen. Ich wühle in meiner Tasche nach den Schokoriegeln, die ich für die Fahrt eingesteckt hatte. Bis vor ein paar Tagen, erfahre ich von der Englisch sprechenden Mutter der Kinder, gab es Fischkonserven und Brot. Aber jetzt gibt es nichts mehr. Nur wenn man sich registrieren lässt. Doch wenn man registriert ist, läuft man Gefahr, ohne Anhörung zurückgeschickt zu werden. Die Frau mit den Zöpfen stellt sich zu mir und der Frau mit den Kindern.

Die Sätze, die mir Anita auf Romanes beigebracht hat, öffnen mir die Türen.

Sie strahlt. »Romnja?«

»Yek amalin«, sage ich. Meine Freundin.

»Hello you«, ruft einer. »France?«

»Germany.« Der Mann redet auf Arabisch weiter, ein anderer soll für ihn übersetzen. »Sehen Sie, wie arm die Serben sind.« Er zeigt auf die Frau mit den Zöpfen. »Hier können wir doch nicht bleiben. Wir wollen alle so schnell wie möglich nach Europa.«

»Serbia belongs to Europe«, wirft ein älterer Mann mit Brille ein. Die anderen schütteln den Kopf.

Sie fragen mich, ob ich weiß, wie der Weg über Kroatien bewacht sei. Ob sie einen Zaun haben wie die Ungarn?

Ich weiß es nicht.

»I have to find the NGO«, sage ich, weil mir einfach nichts einfällt, was ihnen helfen könnte. »Do you know *Crossing Borders*?«

»We are alone«, sagen sie.

Alle Augen richten sich auf mich. Die Leute fangen an, über mich zu reden. »Germany«, höre ich, und »Almania«.

»Deutschland gut«, sagt eine Frau.

»I don't know«, sage ich.

Die Romni geht in ihre Hütte zurück, ohne sich noch einmal zu mir umzudrehen. Hätte ich ihr etwas geben sollen?

Beschämt wende ich mich zum Gehen.

»Good luck«, rufe ich leise in die Runde, und »Inshallah«, ruft es zu mir zurück, »mit Gottes Hilfe«.

Ich gehe den gleichen Weg zurück, krieche durch den Bus auf die andere Seite. Eine Familie ist dabei, das Müllgebirge nach Verwertbarem zu durchsuchen.

»Voll schön«, sagt ein Mädchen in meine Richtung.

»Voll schön?«

»Deine Haare.«

»Wie?«

Die Kleine kneift die Augen ein bisschen zusammen, als würde die Sonne blenden. »Wir sind aus Kassel abgeschoben worden«, sagt sie.

»Katastrophe«, ruft die Mutter von hinten, als sie hört, dass ich mit ihrer Tochter Deutsch rede. »Katastrophe!«

»Wo wohnt ihr denn jetzt?«

»Kein Wasser, kein Strom«, bemerkt eins der größeren Mädchen, das schwanger ist. Sie heißt Sunita. Sunita erzählt mir mit einem unheimlichen Lächeln, dass sie Medikamente braucht. In der Hosentasche hat sie eine Rechnung über zehntausend Dinar.

»So viel!« Das ist ja unglaublich.

Sie nickt. Die ganze Zeit lächelt sie. »Kein Geld, kein Strom, kein Wasser.«

»Gibt es einen Vater?«, frage ich und deute auf ihren gewölbten Bauch.

»Mein Vater?« Sie versteht nicht gleich, worauf ich hinauswill.

»Ich meine, ob du einen Mann hast.«

»Ja«, meint sie, einen Mann gibt es, sie ist auch verheiratet, aber der Mann ist siebzehn Jahre alt, genau wie sie, und hat auch kein Geld, kein Wasser, keinen Strom. Sie lächelt versonnen. Kurzerhand gebe ich ihr alles, was ich in meinem Geldbeutel habe, nämlich zehntausend Dinar, hundert Euro.

»Gott segne dich«, sagt Sunita.

Auf dem Weg zurück in die Stadt höre ich meinen eigenen Herzschlag irritierend laut. *Gott segne dich.*

Ist es gut oder schlecht, dass das Mädchen ein Baby bekommt?

Ich denke an die vergangene Nacht und habe auf einmal das dringende Bedürfnis, Dragan Mihanovic zu sehen.

Laut Auskunft eines Taxifahrers, der nicht viel älter sein dürfte als ich, einen Hipsterbart trägt und eine Sonnenbrille, obwohl die Sonne nicht scheint, gibt es ein Dutzend Kliniken in Belgrad. Welche Krankenhäuser liegen denn im Umkreis des *Meridian*? Er nennt mir zwei und bietet an, zu einem All-inclusive-Preis mit mir herumzufahren. Euro sind ihm lieber als Dinar.

»Zwanzig«, sagt er auf Deutsch.

Zwanzig Euro sind nicht wenig, nachdem ich gerade hundert hergegeben habe. Aber für eine Rundfahrt, wie er sie anbietet, wiederum nicht viel.

Erst einmal muss ich zur Bank oder zu einem Automaten. Er winkt ab. Natürlich fährt er mich für die zwanzig Euro überallhin. Auch zu einer Bank.

Das erste Krankenhaus, das wir ansteuern, ist eine Uni-Klinik. In der Notaufnahme frage ich nach Dragan Mihanovic. Der Taxifahrer begleitet mich und übersetzt mit einer Selbstverständlichkeit, die unglaublich ist. Leider ist der Name Mihanovic nicht selten, und so wurde tatsächlich ein anderer Mihanovic in der Nacht als Notfall eingeliefert. Er ist ungefähr neunzig Jahre alt und denkt, ich sei seine Tochter Milena. Der Taxifahrer lacht, der alte Mann ebenfalls. Das Missverständnis lässt sich nicht aufklären, aber der alte Mann ist glücklich mit seiner Version der Wahrheit, und er drückt mir die Hand zum Abschied ganz fest und küsst mich auf die Wangen.

Im Wartezimmer der Notaufnahme sitzt ein Junge mit schwarzen Haaren, auf der Stirn eine krustige Wunde. Sein T-Shirt ist blutgetränkt.

Mein Fahrer entriegelt das Auto. Bevor es weitergeht, fragt er mich, ob ich denn weiß, was *die* an der Grenze anstellen!?

»Wer stellt was an?« Natürlich verstehe ich, dass er von den Flüchtlingen spricht, aber ich mag den Tonfall nicht, in den er verfällt.

»Refugees«, seufzt er.

Ein Krankenwagen mit Blaulicht fährt vor. Im Radio werden Nachrichten gesendet. Dass ich nichts verstehe, nervt.

Der Weg zur nächsten Klinik führt uns an immer höheren Häusern vorbei auf eine achtspurige Stadtautobahn, von der aus Belgrad unendlich trostlos wirkt. Triste Wohnblöcke, alle überdimensional groß, leere Plätze, vereinzelte Menschen, so klein wie Ameisen. Wir biegen in eine Plattenbausiedlung ein, parken vor einer riesengroßen grauen *Poliklinika.*

»You sleep?«

Nein, ich schlafe nicht. Ich denke nur nach.

In dieser Notaufnahme erwarten mich die traurigsten Gestalten der Stadt, darunter Betrunkene, Schwerverletzte und ein Jugendlicher, der Selbstmord begehen wollte und den eine Lehrerin aus Budapest, die in Belgrad Verwandte besucht, davon abgehalten hat, wie mir der Taxifahrer erklärt. Unter den Verletzten sind mehrere junge Männer, die stoisch warten, bis sie an die Reihe kommen, deren Hände, Arme, Beine und Füße mit Servietten, Plastiktüten, Handtüchern umwickelt und mit Klebeband verschnürt sind. Ich frage einen von ihnen, wie das passiert ist, indem ich auf seine Wunden zeige und es zaghaft auf Englisch versuche: »How …?«

»Hungarian people«, stößt der Junge hervor. Seine Stimme ist überraschend hell.

Hier ist kein Mihanovic eingeliefert worden, oder sie dürfen es mir nicht sagen. Wir fahren zu einer Bank, und mein Fahrer bekommt seine zwanzig Euro, die er in einen Briefumschlag steckt. Das Taxameter ist aus. Er gibt mir eine Visitenkarte, sein Name ist Vladimir Albahari. Eigentlich ist er Student, sagt er.

»Frida«, stelle ich mich ebenfalls vor, stecke meinen Geldbeutel weg und frage mich wieder, was ich jetzt eigentlich tun soll. Es gibt bestimmt noch mehrere Kliniken, aber Vladimir wirkt nicht mehr so motiviert, und ich müsste wahrscheinlich weit mehr Geld bieten, um die Suche fortzusetzen.

Vladimir ist im dritten Semester Elektrotechnik, aber da er fast jeden Tag Taxi fährt und abends in einer Kneipe arbeitet, bleibt kaum Zeit für das Studium. Er wohnt bei seinen Eltern in einer Zweizimmerwohnung.

Wir stehen am Bahnhof; gegenüber leuchtet das Transparent mit dem Kreuzfahrtschiff. *Belgrade Waterfront.* Seit der vergangenen Nacht weiß ich, was das bedeutet. Leider weiß ich nicht, was »Auf Wiedersehen« oder »Tschüss« auf Serbisch heißt. Ich muss das dringend mal nachgucken. »Good bye«, sage ich.

»You're not happy«, sagt Vladimir.

Oh, was meint er? Ich hatte gehofft, dass man mir meinen Kummer nicht ansehen würde. Aber natürlich meint er etwas anderes. Er entschuldigt sich dafür, dass wir Herrn Mihanovic nicht gefunden haben.

»Nema problema«, entgegne ich. In kürzester Zeit habe ich dafür Belgrads Notaufnahmen von innen gesehen. Falls ich jetzt selbst zusammenbrechen sollte, weiß ich, wo es langgeht, scherze ich.

Mein Humor gefällt ihm. Endlich setzt er seine Sonnenbrille ab. Kleine eisblaue Augen kommen zum Vorschein.

»Danke schön«, sagt er auf Deutsch, mit einem Blick auf das Geld im Umschlag.

Ich bedanke mich auch. »Hvala.«

»Hvala ti mnogo«, bringt er mir bei. Das heißt »Vielen Dank«.

»Wala ti mogo!«

Er lacht, weil es null nach Serbisch klingt, so wie ich es ausspreche.

»Es klingt Afrikanisch«, kichere ich.

Schlagartig hört er auf zu lachen. »What?«

»Sounds African!«

Das will er nicht gehört haben. Er gibt mir zu verstehen, dass die Afrikaner in Afrika bleiben sollen, anstatt das Mittelmeer zu überqueren, um ihren Abfall auf Belgrads Straßen zu hinterlassen.

Vor dem Bahnhof stehen Männer, eine Decke um die Schultern.

»Unsere Frauen haben Angst«, sagt Vladimir, als ich schon ausgestiegen bin.

In einer hässlichen Bierkneipe am Bahnhof esse ich Linsensuppe und trinke Cola. Um mich herum sitzen Leute, die Kaffee bestellen oder fragen, was eine Suppe kostet.

Ein Mann fragt nach Suppe ohne Schwein. No pork, please. Die Bedienung schüttelt den Kopf. Ich esse schnell auf, lasse die halbe Cola stehen.

In der Bahnhofshalle sind zwei Frauen mit Refugee-Aid-Serbia-Westen, die sich gerade um eine laut weinende Frau kümmern. Ihr nackter, blau angelaufener Fuß schaut aus einem zerrissenen Strumpf heraus.

Vielleicht kann ich helfen. »I wanted to help *Crossing Borders*«, sage ich, deute auf meine Plakette, »but I don't know where they are.«

Die eine der beiden guckt mich kurz an und sagt dann ohne Umschweife, ich könnte den Fisch verteilen, aber nur an Flüchtlinge, die sich schon registriert hätten. Refugees ohne Registrierung soll ich zu ihnen schicken.

In einer Kiste sind Sardinenbüchsen und Plastiklöffel. Wie erkenne ich denn, ob jemand registriert ist? Als ich die Kiste öffne und die Büchsen heraushole, kommen sofort ganz viele Leute, die Hunger haben. Sie zeigen mir kleine blaue Zettel. Ich gebe fünfunddreißig Sardinenbüchsen aus; drei junge Männer schicke ich zur Registrierung, einer von ihnen möchte sich nicht registrieren lassen.

»Was machen die mit meinem Namen?«, fragt er mich auf Englisch.

»Ich weiß es nicht.«

»Ich weiß es auch nicht.« Er guckt mich herausfordernd an, liest, was auf meiner Plakette steht: *Crossing Borders. Frieda.*

Dann gibt er mir die Hand. »Ali.«

»Frida.«

»Jetzt bin ich registriert«, sagt er augenzwinkernd.

Ich lache. »Bei mir Ja, bei ihnen« – ich zeige auf die Helferinnen – »no.«

Ali grinst. Ich gebe ihm einfach eine Dose aus der Kiste. Wird schon nicht so schlimm sein. »I hate fish«, stöhnt er, als er sieht, was es ist. Über seinen linken Daumen läuft eine tiefe Narbe.

»Fish is healthy«, sage ich.

Daraufhin öffnet er die Dose. »Can we share?«

Ob wir den Fisch teilen?

»Ja.«

Vielleicht denkt er, der Fisch ist vergiftet. Okay, ich nehme etwas. »Wonderful«, sage ich.

»Delicious«, stimmt Ali mir zu.

Im Stehen löffeln wir eine ölige Sardine aus der kleinen Büchse. Er will unbedingt, dass ich das mit ihm teile, obwohl ich natürlich vor den Helferinnen nicht den Eindruck erwecken möchte, ich würde hier jemandem sein Essen wegnehmen. Es schmeckt, ehrlich gesagt, schrecklich. Ich versuche, von der Miniportion nur ein winziges Stückchen auf den Löffel zu nehmen, und stelle mich mit dem Rücken zu den Frauen. Nach dem letzten Bissen schmeiße ich die Dose in eine von den Helferinnen vorbereitete Mülltüte. Ali bedankt sich für das Essen, das ich mit ihm geteilt habe. Darauf weiß ich nicht so recht, was ich sagen soll. Meint er das ironisch? Aber er guckt ganz ernst, verschränkt die Arme vor der Brust und starrt vor sich hin.

»Ali?«

Seine Augen sind plötzlich leer.

Mein Blick fällt auf seine Hose, die total zerrissen ist. Am Knie und an den Waden hängt sie in Fetzen. Durch die Löcher sieht man auf blutverkrustete Haut. Als würde er das selbst erst jetzt bemerken, betrachtet er seine Aufmachung, quittiert meinen Blick auf die kaputte Hose mit einem spöttischen Augenzwinkern. »This is fashion, isn't it?«

»Yes«, bestätige ich und übernehme seinen ironischen Tonfall, »looks nice.«

Ali sieht mir auf einmal direkt in die Augen, gefühlt minutenlang, dann sagt er meinen Namen.

»Frida.«

Ich nicke.

Er nickt auch. Als hätten wir gerade einen Pakt besiegelt, ohne Worte.

»Frida«, wiederholt er. »Have you ever crossed a border?«

5
پنج

Auf der Anzeigetafel wird eine Verspätung angekündigt: Der Zug nach Budapest fährt erst in fünfundfünfzig Minuten ein. Eine Ansage tönt durch die Halle.

»Fünfundfünfzig Minuten«, wiederholt Ali ironisch, »das ist ja eine Katastrophe!« Er selbst wartet schon ein bisschen länger.

»Where do you come from?«

»Afghanistan.«

Er seufzt auf.

»Pakistan, Iran, Turkey. Across the Mediterranean Sea to Greece.«Von Griechenland ist er nach Mazedonien geflüchtet, über Albanien nach Serbien. Und jetzt? Sitzt er fest. Weil die Ungarn einen Zaun hochgezogen haben. So einfach könnte das gehen, sich jetzt in einen Zug zu setzen und loszufahren. Als er in Belgrad ankam, wurde ihm mitgeteilt, dass er mit einer Registrierung möglicherweise schon in wenigen Monaten berechtigt sei, die Grenze nach Ungarn zu passieren. »In wenigen Monaten!« Einige Refugees, weiß Ali, haben sich registrieren lassen. Aber die Nummern, die man zugewiesen bekommt, sind, so Ali, Fantasiezahlen. Einer hat die achtzehn, ein anderer die einundachtzig, aber erstaunlicherweise kommt ein Typ mit der Nummer hundertfünfzig von einem Tag auf den anderen dran. Ali hatte selbst schon seinen Namen angegeben, beschloss aber im letzten Moment, sich dem fragwürdigen System nicht auszuliefern. Mit ein paar anderen ging er zu Fuß los, unterwegs zahlten sie eine horrende Summe für ein Taxi, das sie in der Nähe der Grenze absetzte. In der Nacht gelang es ihnen sogar, auf die ungarische Seite zu kommen, aber dort wurden sie sofort festgenommen und in einen Bus gesetzt, der bis Belgrad kein Mal stoppte.

»Und jetzt geht das Ganze wieder von vorn los.«

Ali schüttelt den Kopf.

Ein paar Männer mit Decken und Taschen und mit blassen Mienen kommen auf Ali und mich zu.

»Wenn man Pech hat, wird man gleich wieder nach Mazedonien transportiert und von dort nach Griechenland!«

Alis Augen werden ganz schmal. Ich kann mir vorstellen, wie er aussieht, wenn er sehr böse wird.

»Das tut mir so leid.«

Ich sehe ihm an, wie er es hasst, bemitleidet zu werden.

»Hast du eine Zigarette?«

»Leider nicht. Sorry.«

»Hör auf, dich zu entschuldigen«, sagt Ali. »Wo kommst du überhaupt her?«

»Germany.«

»Deutschlaan«, sagt Ali, mit langem a und keinem d. Seiner Miene ist nicht zu entnehmen, ob er das gut oder schlecht findet, dass ich aus Deutschland komme.

»Ich habe gehört, in Deutschland ist rauchen verboten.«

»Drinnen, meinst du? Inside?«

»In Afghanistan rauchen alle überall«, sagt Ali.

»Not so healthy«, sage ich, weil mir nichts anderes einfällt. Das findet Ali lustig. Er schüttelt die schwarzen Haare aus dem Gesicht, die ihm der Wind, der in die Halle bläst, sobald die Drehtür aufschwingt, immer wieder in die Augen weht. Ständig wird die Tür geöffnet, weil sich die Leute hier unterstellen wollen.

»Warst du im Krankenhaus? Wegen deinen Verletzungen? Ich weiß, wo wir hingehen könnten.« Mit Krankenhäusern kenne ich mich jetzt aus. »Wir könnten sofort zusammen zur Notaufnahme –«

»Nein, nein«, sagt Ali entschieden. Er traut den Ärzten nicht. »Was ist, wenn sie meinen Namen aufschreiben und die Polizei verständigen? Außerdem musst du dir keine Sorgen machen; mein Vater ist Paschtune. Ein Paschtune hält alles aus. Ein halber Paschtune immer noch die Hälfte von allem.«

»Und deine Mutter?«

Er übergeht die Frage, kneift die mandelförmigen tiefbraunen Augen zusammen. Um den Mund hat er einen leicht spöttischen Zug.

»Ich hab dich heute schon einmal gesehen«, sagt er. »Du bist das Mädchen von der Sava.«

»Wer bin ich?«

Ich weiß nicht, was Sava heißt. Das ist doch kein englisches Wort, oder?

Ali holt ein Notizbuch und einen Stift aus einem kleinen Rucksack, der wohl sein einziges Gepäckstück ist, und malt blaue Wellen, daneben ein Gesicht mit riesigen Manga-Augen und langen Haaren. Ach so! Er meint den Fluss. Wie kann man denn damit rechnen, dass jemand, der wider Willen in Belgrad festgehalten wird, den Namen des Flusses weiß, der durch die Stadt fließt? So was wissen doch nur Touristen mit Reiseführer. Auf einmal steht mir ein Bild vor Augen.

»Warst du das heute? Hast du oben an dem Fenster gestanden?«

Ali starrt durch mich hindurch. Klar war er das.

»Willst du ein Eis?«, fragt er, statt zu antworten.

»Eis???«

»Do you think refugees don't eat icecream?«

Ich muss lachen.

»I don't think that refugees are aliens«, sage ich.

»But I *am* an alien«, lacht Ali. »Ein Alien, der nur Fisch in der Dose kennt!«

Wir lachen laut, zur Verwunderung all derer, die ihren Fisch mit düsterer Miene aus der Dose löffeln, in Gedanken und weit entfernt von so etwas wie einem Lächeln. Der winzige Mann mit der Hornbrille, der genau wie bei meiner Ankunft in seiner Wechselstube sitzt, dreht sich auf dem Bürostuhl einmal um die eigene Achse, als suchte er sein Universum nach der Herkunft eines Lachens ab, das der Schall um Millionen Jahre verspätet zu ihm sendet.

»I hope, Frida, that you are an alien, too!«, sagt Ali.

Auf jeden Fall bin ich eine Außerirdische, daran besteht kein Zweifel.

Dieser Tag soll der letzte sein, den Ali in Belgrad verbringt. Heute ist es zu spät, die Reise zu planen, aber morgen will er erneut Richtung Grenze gehen. »I don't give up!«

»Zweihundert Kilometer zu Fuß?«

Er zuckt mit den Achseln.

»Ich bin schon viel zu Fuß gegangen in meinem Leben. I don't mind.«

»Wie alt bist du?«

»Vielleicht siebzehn.«

»Vielleicht? Wann hast du Geburtstag?«

»Wir haben einen anderen Kalender. Ich hab noch nicht kapiert, wie man das umrechnet.«

»Ist mir eigentlich auch egal. Ich meine, wie alt du bist.«

Die Drehtür schwingt auf, weitere in Decken gehüllte Menschen kommen herein.

»Lass uns in die Stadt gehen. Too many refugees around.« Ali rollt theatralisch mit den Augen.

Vor dem Bahnhof halten Taxifahrer Ausschau nach infrage kommenden Fahrgästen. Laut Ali befördern sie am liebsten Refugees. Er grinst.

»Viele von uns haben nichts mehr. Wenn wir hier ankommen, ist das meiste Schleusergeld schon weg. Aber manche Syrer sind reich.«

Die Taxifahrer winken uns, abwehrend streckt Ali die linke Hand aus.

»Als Frau Angela Merkel die Refugees nach Deutschland gelassen hat, muss es hier Busse gegeben haben, die für nur fünf Euro jeden mitgenommen haben. Das war 2015. Da war ich im Iran.«

Mrs Angela Merkel. Ali weiß nicht, worüber ich jetzt lachen muss.

Ich frage ihn, ob man nicht einen Deal mit einem Taxifahrer machen kann, wenn man ihm zum Beispiel hundert Euro für die Strecke anbietet. Ich denke an Vladimir, der mit den zwanzig Euro schon sehr zufrieden war. Anstatt mit mir zwei Stunden lang durch Belgrad zu kurven, könnte er in vier Stunden an die Grenze fahren und wieder zurück, und immer noch ein gutes Geschäft machen. Aber Ali ist skeptisch. Er sagt, dass die serbische Polizei jetzt sogar Spitzel einsetzt, als Taxifahrer getarnt.

»Und dann fährst du angeblich Richtung Ungarn und wunderst dich, wenn du in umgekehrter Richtung unterwegs bist.«

»Du meinst, die schieben dich ab?«

Ali antwortet nicht. Vladimir fährt vor, nickt mir zu. Ich erzähle Ali von meinem Gespräch mit dem Taxifahrer, der meint, dass die serbischen Frauen in Gefahr sind.

Ali lacht.

»Hast du keine Angst vor mir?«

»Ich bin auch ein Alien. Schon vergessen?«

Er berührt mich leicht an der Schulter. »Manchmal muss man auch Angst haben«, sagt er.

Vier dünne Jungen diskutieren mit einem Taxifahrer.

»Die sind aus Eritrea«, sagt Ali.

»Kennst du sie?«

Ali meint sich zu erinnern, dass sie in irgendeinem Camp zusammen waren. »Oder auf dem Schiff, keine Ahnung.« Wichtiger für ihn ist es, dass er bei ihnen eine Zigarette schnorren kann.

»Wait a minute!«

»Wo bist du denn mit dem Taxi hingefahren?«, fragt er mich, als er mit einer Zigarette in der Hand zurückkommt und in seiner Tasche nach dem Feuerzeug kramt.

»Ich war im Krankenhaus.«

»Bist du krank?«

»Nein«, winke ich ab, »nein, nicht ich, aber ein Mann, den ich im Hotel kennengelernt habe.«

Ali runzelt die Stirn.

»Ein Mann? Was für ein Mann?«

»Das ist schwer zu erklären.«

»Wohnt dein Freund in Belgrad?«

Ich lache. »Dragan Mihanovic ist bestimmt nicht mein Freund«, sage ich. »Ich rede von dem ...« – mir fällt das passende Wort auf Englisch nicht ein. »I'm talking of the doorman.«

Ali zieht die Augenbrauen hoch. Doorman klingt wohl eher nach dem Türsteher einer Disco. »Concierge«, fällt mir ein, oder ist das Französisch? Ich sage ihm einfach, dass der Hotelchef zusammengebrochen ist, als ich kam.

»He collapsed when you came in?« Ali grinst. »Du Alien!«

Ein Polizeiwagen fährt vor. Es ist besser, wenn wir uns Richtung Innenstadt bewegen, anstatt hier herumzustehen. Wir gehen ein Stück an der Straße entlang bis zu einer großen Kreuzung.

»In der City kommt niemand auf die Idee, uns nach dem Ausweis zu fragen«, sagt Ali. »Wenn du mit mir gehst, sind wir wie normale Ausländer.« Er grinst. »Nicht wie Refugees!«

»Dann bin ich ja für etwas gut.«

»Was?«

»Ach, egal.«

Mein Englisch ist manchmal etwas peinlich, seins ist viel besser, er scheint unheimlich viele Wörter zu kennen.

»Aber schreiben kann ich es nicht richtig«, erwidert er, als ich ihm das sage. »Ich beherrsche die englische Schrift nicht so gut.« Mit englischer Schrift meint er die lateinischen Buchstaben.

»Kann ich mir vorstellen, dass das schwer ist, ein anderes Buchstabensystem zu lernen«, sage ich. Ali zeigt auf ein

Schild. »Ich kann nichts lesen«, sagt er. Kein Wunder. Es sind kyrillische Buchstaben.

Die Polizei ist direkt neben uns. Ich bin nicht in der Lage, jetzt über den Unterschied von kyrillischen und lateinischen Buchstaben zu fachsimpeln.

»Don't stop talking«, sagt Ali. »Sag irgendwas, mach schon, Frida Jan.«

»Was heißt *dschan*?«

»Frida Jan heißt *liebe Frida*.«

Die Beamten im Wagen stieren Ali an. Sie fahren im Schritttempo auf die rote Ampel zu.

»Sie werden nach unseren Pässen fragen, Ali. Was willst du dann machen?«

Wir müssten jetzt eigentlich schnell über die Straße kommen, aber der Verkehr ist dicht. Alis Gesicht zeigt keine Regung.

»Frida Jan, do you have a nick name? Meine Mutter nennt mich Aljusch.«

»Aljusch, husch, husch«, mache ich, weil mir nichts Besseres einfällt.

»*Husch, husch* sagt man zu einem Esel, wenn er stehen bleiben soll.«

Der Beamte auf dem Beifahrersitz lässt die Scheibe herunter.

»*Husch, husch* heißt bei uns schnell, schnell.«

»Bei uns sagt man yallah, yallah, wenn es schnell gehen muss.«

»Yallah, yallah«, wiederhole ich leise und lächele den auf Ali glotzenden Polizisten an. »Yallah, yallah!« Wie auf Kommando wechselt die Ampel auf Grün, die Policija gibt Gas und zieht an uns vorbei.

»Meine beste Freundin nennt mich manchmal Manusch«, sage ich in die Abgaswolke hinein, die uns die Polizei hinterlässt.

»Aljusch und Manusch, very nice!«

Die Straße ist frei. Bewusst gemächlich begeben wir uns auf die andere Seite, wo wir uns einer chinesischen Touristengruppe anschließen. Die Chinesen biegen ab, wir folgen ihnen und kommen an einem Parkhaus vorbei, vor dem ganz viele Leute stehen. Es stinkt furchtbar hier, der Boden ist voller Pfützen. Drinnen, zwischen den Autos, campieren Menschen auf Zeitungspapier auf dem nackten Betonboden. Im ersten Moment sieht es so aus, als wären sie überfahren worden. Wie tot liegen die Leute neben den Fahrzeugen. Ich halte den Atem an.

»This is …« – ich weiß nicht, was ich sagen soll, und ich gucke Ali fragend an.

Der zuckt mit den Achseln.

»Kennst du hier jemanden?

»Ich war auch hier.«

Ali zieht mich weiter. Er sagt, dass der Typ vom Parkhaus die Leute reinlässt und dass ein Autofahrer ihm sogar etwas geschenkt hat, Schokolade, Brot und Wasser.

Die Dämmerung setzt ein. Der Weg führt den Hang hinauf; weiter oben merkt man den Menschen, die eine fremde Sprache sprechen, an, dass sie Touristen sind.

»Was macht man denn den ganzen Tag, wenn man in Belgrad abhängt?«

»Als Refugee, meinst du? Sich um sein Handy kümmern, dass es aufgeladen ist, dass man GPS-Daten empfangen kann, dass man einen Schleuser findet, dass man Tipps bekommt für den illegalen Grenzübertritt, dass man Wasser kriegt, dass man nicht bestohlen wird ... dass man nicht erfriert. Also, du siehst, wir haben viel zu tun. Als Flüchtling hast du immer Arbeit.« Er grinst.

Wir bleiben vor einer Kneipe stehen, weil uns jemand einen Flyer in die Hand drückt. Irgendwas mit *Happy Hour* steht darauf.

»Was machst du eigentlich in Serbien, Frida?«

»Gar nichts.«

»Nothing«, macht er mich nach und pikst mich in die Seite, als wäre ich seine kleine Schwester.

Ich quieke schrill. »Hör auf!«

»Hör selber auf! Hör auf, nichts zu machen.«

»Was soll ich denn stattdessen machen?«

»Happy hour!«, lacht Ali. Er kann so albern sein, wie ich es selten bei einem Jungen erlebt habe.

Immer wieder, wenn wir uns angucken, lachen wir los. Ich wüsste gern, ob Ali auf einer besonderen Schule war, weil er so gut Englisch spricht. Aber sein Englisch, erfahre ich, hat er gar nicht in seiner Heimat gelernt, sondern auf der Flucht. In Afghanistan ist er nur wenige Jahre zur Schule gegangen.

»Musstest du arbeiten?«

»No. But it was dangerous to go to school.«

»Okay«, sage ich.

Drei Jahre war Ali unterwegs, »on the run«, wie er sagt.

»Warst du immer allein auf der Flucht?«

»Nein.«

Ali steuert einen Kiosk an, um Tabak zu kaufen. Ich will ihm Geld geben, aber er nimmt es nicht an. Ein bisschen Schleusergeld ist noch übrig, meint er, und das wird jetzt verprasst, und zwar in unserer Happy Hour. Er strahlt.

Im Gehen dreht er sich eine Zigarette.

»Wo sind deine Eltern jetzt?«, frage ich.

Alis Miene verdunkelt sich.

»Meine Mutter ist vermutlich in Pakistan«, sagt er.

Gemeinsam lassen wir uns vom Strom der Touristen durch die größte Fußgängerzone schieben, die ich je gesehen habe. An einem Imbiss nehmen wir Cevapcici, obwohl Ali dem Braten nicht traut und argwöhnt, das vermeintliche Rind könnte aus Schwein bestehen. Dafür, dass er die letzten Tage fast nichts bekommen hat, isst er echt wenig. Wieder soll ich die Portion mit ihm teilen.

»Jetzt ein Eis?« Ali lächelt, aber die Müdigkeit ist ihm anzusehen.

»Alles okay?«

»Ja, nur Kopfschmerzen.«

Auf Eis verzichten wir, weil es sauteuer ist. Ali erzählt, dass er Geld in den Schuhen versteckt hatte, als er nachts über die Grenze geflohen ist.

»Wow. Gutes Versteck.«

»Nicht so gut, leider. Die Grenzer haben mir die Schuhe ausgezogen und das Geld geklaut.«

»Echt?«

»Egal. Scheiß auf das Geld«, sagt Ali.

* * *

Wir fotografieren uns mit einer imaginären Eiswaffel in der Hand.

Eine Touri-Bahn mit albern dekorierten Waggons rollt uns entgegen. Wir springen auf, hocken uns auf eins der niedrigen Bänkchen neben ein paar Kinder und lassen uns durch die Altstadt von *Beograd* kutschieren. Ali strahlt. Vor uns und hinter uns kreischen kleine Kinder. Ein Chinese möchte, dass wir ihn mit seiner Familie fotografieren. Wo wir beiden herkommen, fragt er uns. »Russia«, antwortet Ali. Der chinesische Vater lächelt höflich, beugt sich vor und sagt: »Nice girlfriend.« Ali zwinkert mir zu. Die Kinder schreien, weil es ein bisschen abwärts geht. Ali spielt ihnen vor, dass er sich nicht mehr halten kann und aus der Bahn geworfen wird. Er vollführt einen gekonnten Sprung aus dem fahrenden Zug, rollt sich ab und kommt auf den Füßen auf.

Ein paar Meter weiter hat man einen atemberaubenden Blick auf Belgrad. Die Stadt ist hell. Bunte Farbscheinwerfer lassen eine Brücke in vielen Farben leuchten, die sich im Wasser spiegeln.

»Beautiful«, findet Ali.

Hinter uns ruft ein Mann laut in sein Handy. Die Leute drehen sich zu ihm um, aber er bemerkt die unwilligen Blicke nicht, sondern ruft noch lauter. Ich glaube, er ist Araber.

»Verstehst du Arabisch?«, frage ich Ali.

»Nur ein bisschen.«

»Wie heißt die Sprache in Afghanistan?«

»Ich spreche Dari und Paschtu. Das sind persische Sprachen. Die Schrift unterscheidet sich nur bei ein paar Buchstaben vom Arabischen, aber wenn man kein Arabisch in der Schule gelernt hat, ist es trotzdem schwer zu verstehen. Dari ist ähnlich wie das Farsi, das sie im Iran sprechen.

»Bring mir was bei!«

»Tu misllay mahtab maqbol asti.«

»Das ist zu schwer. Was heißt das?«

»Nichts Besonderes!«

»Sag schon!«

»Du leuchtest wie der Mond!«

»Klingt schön.«

»Das sagen wir so. Mit dem Mond.« Er sieht mich an. »Wenn einem eine Frau gefällt.«

Ich werde rot. Wir gucken auf den Fluss. Ein Containerschiff wirft Wellen auf.

»Taschakor heißt danke«, sagt Ali heiter. Er stupst mich an.

»Taschakor«, wiederhole ich.

»Nice«, findet Ali meine Aussprache, »very nice!«

Ich bringe Ali *Mond* auf Deutsch bei, und *Sonne.*

»Sonne«, wiederholt er. Das Wort gefällt ihm.

»Schöne Sonne«, bringe ich ihm bei.

Schone Sonne. Ö kann er beim besten Willen nicht sagen.

»Tschüss«, sage ich.

»Tschuss!«

»Haha, das ist köstlich!«

»Kostlisch.«

Eine Weile amüsieren wir uns mit unserem Sprachkurs. Dann wird uns kalt, Ali hat ja noch nicht einmal eine Jacke.

»Wo willst du heute schlafen?«

Er zuckt mit den Schultern. »Ich finde immer etwas. Wahrscheinlich im Parkhaus.«

»Oh nein!«

»Oh doch.«

»Du kannst mit mir kommen. Ich habe ein Hotelzimmer.«

Ali lacht.

»Sehr lieb von dir, Frida. Aber das geht leider nicht.«

»Warum nicht? Es macht mir nichts aus.«

Er schweigt. Ich schäme mich. Ist das jetzt übergriffig von mir, einem Jungen mein Zimmer anzubieten? Vielleicht sieht das aus wie eine billige Anmache und er geht zehnmal lieber in das Parkhaus als mit mir ins Hotel. »It's okay for me«, sage ich noch einmal. »You can come with me. The hotel is quite close.« Manchmal geht eine Nuance verloren, oder der Sinn wird verschoben, wenn man in einer Fremdsprache miteinander spricht. Aber ich liege falsch mit meinen Gedanken über Moral und Kultur, wie sich herausstellt.

»Die lassen mich doch nicht in dein Zimmer, Frida!«

»Dann buche ich dir ein eigenes Zimmer. Scheiß auf das Geld, hast du doch selbst gesagt. Und das Hotel ist nicht teuer.«

»Frida, du verstehst das Problem nicht.«

»Ach so. Du meinst, die lassen dich überhaupt nicht rein?«

»No way. Im Hotel muss man seine Papiere zeigen. Ohne Papiere holen sie hier sofort die Polizei. Verstehst du nicht, Frida?«

Ich verstehe, natürlich. Ich spüre, wie ich rot anlaufe. Er hat überhaupt nicht an etwas anderes gedacht. Wie peinlich für mich. Ali sagt auch, dass er unterwegs, *on the run*, schon überall geschlafen hat und mit den unterschiedlichsten Männern und eben auch Frauen. »Geschlafen?«

Jetzt immerhin ist er ein bisschen verlegen. Er meinte, dass er *bei* Frauen geschlafen hat und nicht *mit* ihnen. Bevor noch mehr Missverständnisse aufkommen, beschließe ich, trotz allem einen Versuch zu wagen und Ali mit ins *Meridian* zu nehmen, das nicht weit von der großen Fußgängerzone entfernt liegt. Ali folgt mir durch die Masse an Menschen.

Um zum Hotel zu gelangen, müssen wir jetzt gegen den Strom schwimmen. Die Leute gehen alle in dieselbe Richtung, wir kommen kaum vorwärts. Als wir endlich in die Seitenstraße einbiegen, von der aus eine kleinere Gasse zum Hotel führt, sagt Ali, dass er sich sehr freut, mich kennengelernt zu haben, dass er mir aber jetzt keinen Ärger machen will und lieber verschwindet, bevor die Leute im Hotel die Polizei rufen.

»Ali, lass es uns probieren!«

Widerstrebend folgt er mir ins *Meridian.* Es ist früh am Abend, aber das Hotelfoyer wirkt immer noch genauso staubig und verschlafen wie in der Nacht. An seinem Platz sitzt, als wäre nichts geschehen, Herr Mihanovic, springt auf, sowie wir eintreten, und rauft sich mit beiden Händen die schütteren Haare.

»Sie sind wieder da!«, rufe ich auf Deutsch. »Oh mein Gott, Herr Mihanovic, Sie leben!«

Ich stehe mit Ali auf dem abgewetzten Perserteppich, vor uns der wiederhergestellte Mann an der Rezeption, der keine Fremdsprache spricht. Herr Mihanovic ist quicklebendig, so als hätte er nicht vierundzwanzig Stunden zuvor wie tot auf dem Teppich gelegen. Als wäre er nicht von zwei verrückten Frauen wiederbelebt und mit Blaulicht in die Notaufnahme gebracht worden. Es ist völlig unwahrscheinlich, dass jemand nach einem Herzinfarkt sofort wieder arbeiten geht.

Herr Mihanovic legt die Hand aufs Herz. Zeigt auf den Teppich, auf dem er in der Nacht lag.

»Ja, ja«, sage ich, »Sie sind fast gestorben, Herr Mihanovic.«

Er antwortet auf Serbisch. Wenn ich nur wüsste, was er sagt. Aber ich fürchte, das wird auf ewig sein Geheimnis bleiben. Vielleicht hat er eine seltsame Krankheit und fällt manchmal einfach um? Aber sein Herzschlag hatte doch wirklich ausgesetzt! Vielleicht werde ich es irgendwann herausfinden, wenn ich mit einer richtigen Ärztin spreche und nicht mit einer, die in Wirklichkeit Schauspielerin ist. Aber ich will Agnes nicht unrecht tun. *Sie* hat den Mann gerettet, nicht ich. Und ich bin ja auch schuld an der ganzen Misere, wegen meinem Koffer. Aber so, wie der Mann strahlt, scheint er mir keineswegs die Schuld an irgendetwas zu geben. Er ist ganz offensichtlich höchst erfreut, mich zu sehen. Und das ist das Beste, was uns, Ali und mir, passieren kann. Ali, der wie angewurzelt auf dem Teppich steht, wirkt so erstaunt über meine Begegnung mit dem fremden Mann – der mit mir so selbstverständlich Serbisch spricht wie ich mit ihm Deutsch –, als würde er gerade die reale Dimension von Raum und Zeit verlassen und mitsamt dem Teppich abheben.

Ich stelle Ali vor. »Ali«, sage ich, und »Herr Mihanovic.« Herr Mihanovic schüttelt mir die Hand. »Frida«, sage ich.

»Frida«, wiederholt er und »Ali.«

»Dragan«, stellt er sich nun wiederum mir vor. Dragan Mihanovic nimmt Alis Hand und guckt ihm in die Augen. Als er die Hand loslässt, hat er verstanden, was wir wollen.

»Passport?«, fragt er.

»Kein Passport«, sage ich an Alis Stelle. »Passport kaputt.«

Dragan Mihanovic sieht mich aufmerksam an. Hoffentlich fällt er nicht gleich wieder um und wir geraten in eine Zeitschleife. Fehlte nur noch die Tiersendung im Hintergrund. Verrückterweise guckt er in dem Moment, als ich das denke, hoch zum Fernseher. Bitte nicht einschalten.

»Afghanistan«, sage ich, und deute auf Ali, »Afghanistan kaputt.«

Ali senkt den Blick. Als er bemerkt, dass er auf einem Teppich steht, zieht er die Schuhe aus, weiß aber nicht, wo er sie hinstellen soll, denn der Teppich bedeckt den ganzen Boden. Er behält sie in der Hand. Dragan Mihanovic und ich sind gleichermaßen erstaunt. Als würde er den verblichenen Perser, der einmal eine Reinigung vertragen könnte, zum ersten Mal in seinem Leben sehen, betrachtet Mihanovic das Muster, auf dem wir stehen. Dunkelrote Blumen, eine mit der anderen verbunden, sich umeinander rankend. Rosen in immer dichteren Kreisen, und mattblau und golden glänzende Wasserstraßen, tausend Fäden, miteinander verwoben. Ali geht auf Strümpfen einen Schritt auf Dragan Mihanovic zu.

»Nema problema«, murmelt Dragan Mihanovic. »Eins zu null für dich«, flüstert Ali.

Sobald Ali und ich auf meinem Zimmer sind, erzähle ich ihm, was in der letzten Nacht passiert ist. Als ich von Agnes rede und von der Tiersendung im Hintergrund, lachen wir beide, aber die Tatsache, dass uns dieser Mann jetzt einfach gemeinsam auf das Zimmer gehen lässt, obwohl Flüchtlinge, gerade aus Afghanistan, hierzulande, wie Ali mir sagt, den schlechtesten Ruf haben, berührt uns und macht uns ein bisschen still.

»Inshallah«, sagt Ali, »Gott hat dem Mann das Leben wiedergeschenkt. Und du hast Gott geholfen.«

Er geht auf die Toilette. Komische Situation, ich höre die Spülung, so nah, so laut. Auf meiner letzten Reise hatte ich eine Begegnung mit einem Jungen, dem ich nach wenigen Minuten geradezu blind vertraute, der dann aber doch nicht das war, was ich in ihm gesehen hatte. Was ist, wenn ich Ali gar nicht vertrauen kann?

Es klopft. Erschrocken öffne ich, mit dem Gedanken an die Polizei. Dragan Mihanovic hält mir einen Stapel Handtücher hin und eine Plastiktüte.

»Oh«, mache ich, »hvala.«

Er eilt davon.

In der Tüte sind belegte Brote und eine Flasche Cola. »Inshallah«, ruft Ali, als er das sieht. Er kniet sich auf den Boden. Ich öffne das Fenster, lehne mich hinaus. Nach seinem Gebet stellt sich Ali neben mich, steckt sich eine Zigarette an. »Morgen früh«, sagt er, »werden wir von der Sonne geweckt.« Er deutet schräg nach links.

»Da soll Osten sein?«

Ali ist sich ganz sicher. Ich bringe ihm *Sonnenaufgang* bei, was auf Dari *Tolo e aftab* heißt. Wir amüsieren uns mit dem Google-Übersetzer, der uns sinnfreie Wortschöpfungen präsentiert. Ali gibt etwas auf Dari ein; auf Deutsch heißt es laut Google: *Die Abende sterben lieber nicht heute.* Ali muss so lachen, dass er nicht mehr imstande ist, mir zu erklären, was er sagen wollte. Ist auch egal, wir geben jetzt lauter nicht übersetzbare Sätze ein. Ich schreibe *Abendessen mit dem auferstandenen Herrn Mihanovic,* die persische Rückübersetzung bietet uns *Abendbrot bedroht stehen die Novizen.* Ali übt das Wort Abendbrot, was bei ihm wie Abendbro klingt. Ich gucke nach, was Abendland heißt. Die persische Übersetzung ist wohl sinnfrei, Ali schüttelt den Kopf. Was das Abendland sein soll?

»Das Abendland ist der Westen. Europa und so weiter.«

»Haha, good evening, Europe, good night!«

Ich muss an die Slogans denken, die auf den Hass-Demos gegen Geflüchtete skandiert werden. *Untergang des Abendlandes* kommt mir in den Sinn. Was heißt bloß Untergang auf Englisch?

»Sundown«, schlägt Ali vor.

Nicht Sonnenuntergang, einfach nur Untergang. »The Abendland goes down«, versuche ich.

»It's perishing?«

»Yes«, sage ich.

»But why the Abendland is going to perish?«

Wie soll ich das erklären?

»It's rubbish«, sage ich, aber Ali ist höchst interessiert daran, zu erfahren, warum Europa Angst vor dem Untergang hat. Die Leute haben Angst, ihre Kultur zu verlieren. Ali grinst. Seine Mutter hat auch Angst, dass er seine Kultur verliert, wenn er nach Europa geht. »Wovon geht das Abendland unter, Frida?«

»Das Abendland geht unter«, sage ich, »wenn Flüchtlinge im Hotelzimmer rauchen.«

»Haha! Very good, Frida Jan. Now I know what you mean …«

Er lacht. »Das Abendland geht unter«, sagt er, »wenn Flüchtlinge auf der Straße in ihrer Muttersprache miteinander reden.«

»Ganz genau«, sage ich. »Das Abendland ist bedroht, wenn Flüchtlinge in ihrer Muttersprache telefonieren.«

Ali reicht mir seine Zigarette, um im Handy nach einer Übersetzung zu suchen, aber er findet keine. »What means Morgenland?«, fragt er mich. Das Wort hat er von einem deutschen Touristen, den er im Iran kennengelernt hat.

»Das ist ein anderes Wort für … für …« – so sicher bin ich mir da gar nicht. Wenn Europa das Abendland ist, ist Asien dann das Morgenland? Ganz Asien? Oder nur ein Teil?

»Es ist ein poetisches Wort für den Orient«, sage ich. *Orient.* Alles, was ich sage, kommt mir schwammig vor. Orient? Wir suchen nach einer Übersetzung, können aber keine Entsprechung auf Persisch finden.

»Vielleicht ist das Morgenland eine Erfindung der Europäer, sagt Ali. Das Wort gefällt ihm trotzdem. »Bei uns geht die Sonne auf«, sagt er, »nice!«

Ich sage ihm, dass morgen tomorrow heißt.

Das Abendbrot hat Herr Mihanovic bestimmt eigenhändig für uns bereitet. Ich äußere die Vermutung, dass der Aufschnitt vom Schwein stammen könnte, aber Alis Blick entnehme ich, dass er das in Kauf nimmt. »Inshallah, Dragan Mihanovic«, sagt er.

»Be careful«, sage ich, »wenn wir auf dem Boden essen, kann das Abendland schnell untergehen!«

Ali verschluckt sich am Brot vor Lachen, versucht etwas zu sagen.

»Das war Dari!«, erklärt er dann.

»Sag schon!«

»Nein!«

»Du weißt doch, Ali, fremde Sprachen sind beim Abendessen verboten.«

»Abendbrot bedroht«, resümiert Ali, frei nach dem Google-Übersetzer, und isst alles auf bis zum letzten Krümel. Wir trinken aus der Flasche, obwohl Herr Mihanovic sogar an Plastikbecher gedacht hat.

»Das ist der Untergang des Abendbrotlandes«, sage ich.

Ali legt sich auf den Rücken.

»This was not haram«, sagt er, »this was kostlisch!«

Ich nehme mein Schlaf-T-Shirt mit ins Bad und zusätzlich Leggings, die ich jetzt gut für die Nacht anziehen kann. Ali legt sich auf den Boden.

»Nein, das ist doch Quatsch.«

Im Schrank finde ich noch eine Decke und werfe sie aufs

Bett. Dann verschwinde ich erst einmal in der Dusche, wobei ich hin und her überlege, ob ich die Tür abschließen soll. Es ist ja klar, dass er nicht reinkommen wird. Trotzdem bin ich unsicher.

Als ich schließlich herauskomme, muss ich sehr lachen. Ali hat mit kleinen Kissen, die er wohl auch im Schrank gefunden hat, eine Grenze in der Mitte des glücklicherweise sehr breiten Bettes gebaut. Rot, blau, grün, weiß und ganz weich ist die Barriere zwischen seiner und meiner Seite.

»Wage es ja nicht«, sagt er, »illegal auf meine Seite zu kommen.«

»Haha! Deine Grenze sieht aber sehr gemütlich aus!« *Comfortable* fiel mir ein. Das Wort *gemütlich* kenne ich nicht auf Englisch.

»Das ist aber nicht comfortable«, sagt Ali, »es sieht nur so aus.« Ich wüsste ja nicht, was sich im Inneren der Kissengrenze befinden würde.

»Was denn?«

»Sag ich nicht!«

Kichernd lege ich mich auf meine Seite. Und muss noch einmal laut auflachen, denn Ali hat meine *Crossing-Borders*-Plakette an mein Kopfkissen geheftet. Er geht ins Bad.

»Willst du ein T-Shirt von mir?«

In seinem kleinen Rucksack kann er ja kaum frische Wäsche haben. Er wartet unschlüssig, während ich in meinem Koffer wühle. Ein einziges Shirt könnte ihm passen, ich habe es bei einer Benefiz-Veranstaltung gekauft und mir ist es zu groß. *Refugees Welcome* steht darauf. Hahaha! Ali und ich lachen die ganze Zeit. Ali nimmt seinen Rucksack und das T-Shirt mit ins Badezimmer. Ich lösche das Licht und mache die Augen zu. Die Dusche läuft ewig lang. Ali hatte bestimmt seit Wochen keine Gelegenheit, sich in einem Bad zu waschen. Ich döse ein. Irgendwann höre ich den Föhn. Danach läuft im Waschbecken lange Zeit das Wasser, und ich nehme an, dass er seine Unterhose und sein altes T-Shirt wäscht.

Als er im Halbdunkel an mir vorbeihuscht, sage ich »Refugees Welcome«, woraufhin Ali so herzlich lacht, so jungenhaft und lustig, dass es mich irgendwie glücklich macht. Wir sagen nichts mehr, auch nicht Gute Nacht oder so etwas. Ali rollt sich zusammen wie eine Katze. Eine Weile hört man noch die Lüftung vom Bad und irgendwann gar nichts mehr. Kurz bevor ich einschlafe, merke ich, dass ich den ganzen Tag nicht an Jakob gedacht habe.

* * *

Wir schlafen lange. Es ist elf Uhr dreißig, als ich aufwache, leise ins Bad gehe, mich fertig mache. Ali schläft unwahrscheinlich fest. Wach auf, sage ich, wir müssen zur Grenze.

Ali schlägt die Augen auf. »Did you say *we*?«

»Ja, ich habe *wir* gesagt. Ich begleite dich bis zur Grenze.«

»Schon«, sagt Ali, »very schon.«

Mein Refugee-Welcome-T-Shirt behält er an; wir finden

beide, dass das eine tolle Tarnung ist für einen Menschen auf der Flucht.

»Du brauchst noch eine Jacke.«

»Ich habe nur eine Decke«, sagt Ali und zeigt mir, was er von einer Hilfsorganisation bekommen hat. Die braunen Decken habe ich ja schon oft gesehen. Das ist zu auffällig, finden wir beide. Er probiert meine Sweatshirts an. Alle zu klein. Aber mein Kapuzenpulli, den ich oft als Jacke trage, passt ihm. »Wenn wir an der Grenze sind, bekommst du ihn wieder.«

»Ja ja«, sage ich, »ist mir doch egal.« Was schert mich mein Kapuzenpulli. Am liebsten würde ich mit Ali nicht nur bis zur Grenze, sondern über die Grenze gehen. Ich muss schlucken. Die Vorstellung, mich von ihm zu verabschieden, macht mich beklommen. Von einem Moment auf den anderen ist mein Hals wie zugeschnürt.

»Mit ins Camp?« Ali reißt die Augen auf. »Never! Das ist nichts für deutsche Mädchen.«

Ich atme tief durch.

»Frida, this is dangerous!«

»Ich war schon einmal ganz allein unterwegs«, sage ich, »auch wenn du mir das nicht zutraust.«

»I have a lot of confidence in you«, sagt Ali, »aber da, wo ich hingehe, sind nur Männer. Es ist dort nicht gut für Frauen.«

Ich entgegne nichts. Ich weiß nicht, ob er mich richtig verstanden hat. Dass er mir zu vertrauen scheint, das glaube ich ihm ja. Was *jemandem etwas zutrauen* auf Englisch heißt, weiß ich nicht.

»Come on«, ruft er und nimmt drei Stufen auf einmal.

Wir lachen über den verwirrten Blick der Blonden an der Rezeption, als ich bezahle und wir gemeinsam abziehen. Ali macht sich sehr gut mit meinem Koffer. Denn seit wann haben Flüchtlinge einen Rollkoffer? Zur Krönung stecke ich ihm noch meine *Crossing-Borders*-Plakette an den Kapuzenpulli. Mit schwarzem Kuli schreibe ich ALI neben FRIEDA, sodass man jetzt denkt, das sei sein Nachname.

»My name is Ali Frieda. I came yesterday from Tomorrow Land.«

»Du bist ein Dichter.«

»Was soll ich sein?«

»A poet.«

Ali schüttelt den Kopf.

»Hast du früher in der Schule Gedichte geschrieben, Ali?«

Komischerweise kennt Ali, dessen Englisch so perfekt ist, die Wörter *poet* und *poetry* nicht.

»Shaaer, meinst du?« Überheblich zieht er die Augenbrauen hoch. »Shaaer! Yeah!«

Das Dichten sei nicht der Rede wert. »Alle Afghanen«, sagt Ali, der die Übertreibung genauso liebt wie ich, »sind Dichter. Wir müssen das gar nicht extra sagen.«

»Du Angeber«, sage ich auf Deutsch.

»What?«

»Poser!«

Ali lächelt zuckersüß.

Ein Auto rast dicht an mir vorbei, Ali fasst mich am Ärmel.

»Dangerous woman«, schimpft er. Ich wünschte, er würde meinen Arm jetzt nicht gleich wieder loslassen. Wir überqueren die Straße, Ali steckt die Hände in die Hosentaschen. »Deutschland is famous for cars«, sagt er. Ich muss entschieden widersprechen. Deutschland, sage ich, wobei mir das selbst etwas komisch vorkommt, ist das Land der Dichter und Denker.

»Country of poets and thinkers?« Ali gefällt das. »Very nice!«

»Goethe, you know?«

»Wer?«

Ali kennt Goethe nicht. Ob mir Dschalāl ad-Dīn ar-Rūmī etwas sagen würde.

»No.«

»No?«

Er zündet sich eine Zigarette an. Seine Mutter, sagt er dann, kann nicht lesen, aber sie kann die schönsten Gedichte von Rumi auswendig. Als Ali nicht mehr zur Schule gehen durfte, weil die Taliban die Jungen auf dem Schulweg abfängt, hat sie ihm und seinem Bruder viele Gedichte beigebracht.

»Kannst du mir etwas vortragen?«

Eine Polizeisirene ertönt, Ali nimmt mich an der Hand und wir gehen weiter.

»Hast du Heimweh?«

»Ich bin im Krieg geboren«, sagt Ali, als wir vor dem Eingang des Bahnhofs stehen und unser Blick auf die vielen Hundert Menschen fällt, die die Nacht draußen verbringen mussten.

6

شش

Am Bahnhof ist die Polizei im Großeinsatz; ein alleinreisender Eritreer warnt uns. Jeder wird kontrolliert, der in einen Zug einsteigen will, egal ob in einen Schnellzug nach Budapest oder nur in eine Regionalbahn. Sie checken jeden, wie er sagt, und noch während wir miteinander reden, nähern sich uns zwei Beamte. Ich hatte gedacht, dass wir ein Ticket bis zu einer Grenzstadt kaufen könnten. Weit gefehlt. Flüchtlinge lassen sie gar nicht erst einsteigen, die Fahrkarte ist weniger wichtig als der Personalausweis. Wir fragen einen Taxifahrer nach dem Weg zur Autobahn. Ali trägt meine Sonnenbrille und zieht meinen Koffer. Seine zerrissene Hose könnte genauso gut als Destroyed Jeans durchgehen – und wir beide als Studenten. Aber der Taxifahrer weiß natürlich sofort Bescheid. Nachdem er uns beschrieben hat, wie wir zur Autobahn kommen, gehen wir eilig los. Vielleicht kassiert er von der Polizei Kopfgeld dafür, dass er Flüchtlinge anzeigt.

Wir sind über eine Stunde zu Fuß unterwegs, bis wir den

Autobahnzubringer erreichen, von wo aus es Richtung Westen geht.

Per Anhalter bis an die Grenze? Wir sind beide sehr unsicher, ob das gehen kann. Niemand steht an der Einfahrt zur Autobahn, und das bestimmt aus gutem Grund.

Krasser Gegenwind weht uns ins Gesicht, ein Gespräch ist im Lärm der vorbeirauschenden Fahrzeuge kaum zu führen. Tatsächlich stehen wir endlos lang, bestimmt achtzig Minuten, und ich denke schon ans Aufgeben. Aber wie sollen wir sonst bis zur Grenze kommen?

Ali hingegen ist auf einmal optimistisch. Er findet, dass wir mindestens noch eine Stunde ausharren sollten. Mir ist jetzt so kalt, dass ich am liebsten loslaufen würde. Wie viele Tage braucht man für zweihundert Kilometer?

»Patience is the key to joy«, sagt Ali.

Geduld ist nicht gerade meine Stärke.

»Wer sagt das?«

»Dschalāl ad-Dīn ar-Rūmī!«

Ein blauer Wagen hält. Der Fahrer, schwarz-graue Haare, große Brille, schnipst einen Ascheregen aus dem Fenster. Mit einer Kopfbewegung lädt er uns zum Einsteigen ein.

»Vlado«, stellt sich der Mann vor, seine Frau heißt Biljana. Sie fahren nach Budapest und sind bereit, uns zur Grenzstation in Kelebija mitzunehmen.

Den Ortsnamen Kelebija habe ich schon einmal gehört. Agnes wohnt dort! Ich überlege, ob ich ihr jetzt eine SMS schreiben soll. Oder ich rufe sie später direkt an. Ich hoffe immer noch, dass Ali mich in das Refugee-Camp mitnimmt.

Anita hat sich gestern Nacht gemeldet, wie ich jetzt sehe. *Was ist los bei dir, Frida?*

Ich weiß nicht recht, was ich antworten soll.

Nach einer Viertelstunde Fahrt, die wir schweigend verbringen, dreht sich Biljana zu uns um. Ali hat den Kapuzenpulli ausgezogen, und ihre Augen bleiben an seinem T-Shirt-Spruch hängen.

»Aber du bist doch selber ein Refugee«, sagt sie. »Aren`t you?« Biljana spricht sehr gut Englisch. Ihre Stimme klingt weder freundlich noch unfreundlich. Vollkommen distanziert fragt sie den jungen Tramper aus, den sie da mitgenommen hat und der ihr vielleicht nicht ganz geheuer ist. Immerhin haben sie angehalten. Aber vielleicht haben sie gedacht, dass wir Serben sind.

»No«, sagt Biljana, als ich sie danach frage, »ganz und gar nicht.« Wie Einheimische sehen wir beide nicht aus. Sie wechselt einen Blick mit ihrem Mann.

Biljanas Augen sind fett mit Kajalstift umrandet, das ganze Gesicht hell gepudert, die Haare sind tief schwarz und fransig geschnitten. Sie ist schwarz angezogen, trägt Lederstiefel zu einem Minikleid, die Absätze ungefähr zehn Zentimeter hoch. Schon im Sitzen wirkt sie riesig. Sie ist ganz dünn.

Sie und ihr Mann, erzählt sie, fahren täglich, da sie ausliefern müssten, genau diese Strecke mit dem Auto, aber nie würden sie jemanden mitnehmen. Sie sagt es mehrmals mit Nachdruck.

»We never pick up people. You never know who it is!«

Ali guckt aus dem Fenster.

»*He* would«, sagt sie und zeigt auf ihren Mann, »but *she* is scared«, vollendet der den Satz.

Verängstigt sieht Biljana meiner Ansicht nach überhaupt nicht aus. Im Gegenteil. Vor ihr kann man eher ein bisschen Angst haben. Sie erinnert mich an eine Superheldin in einem Hollywood-Film. Sie wirkt etwas künstlich, aber dabei auch superstark. Irgendwie mag ich sie, auch wenn sie abweisend ist.

Liebevoll werfen sich Biljana und Vlado einen Blick zu, dabei berührt sie sachte den Oberarm ihres Mannes. Da bemerke ich, dass Vlado die rechte Hand fehlt. Er schaltet elegant mit dem Armstumpf und lenkt den Wagen souverän mit der linken Hand.

Ali folgt meinem Blick.

»Do you like animals?«, fragt Biljana.

Animals?

Sie zeigt nach hinten, und Ali und ich wenden uns um.

Hinter uns schlafen zwei riesige Hunde.

»Haaahh«, macht Ali mit schreckgeweiteten Augen.

Biljana und ich müssen lachen. Obwohl ich die Hunde auch erst jetzt sehe.

»You don't like animals«, sagt Biljana fast triumphierend zu Ali.

»Yes, sure, I like animals«, stammelt Ali und versucht ein Grinsen. Aber er wagt kaum, sich nach den Hunden umzudrehen, die jetzt aufgewacht sind und sich aufrichten und hechelnd aus dem Fenster gucken.

»In Afghanistan dogs are dangerous.«

Ich lehne mich über den Sitz und streichle zwei große Hundeköpfe, mit jeder Hand einen. Ob Ali Hunde unrein findet und mich jetzt auch?

»Sind Hunde haram?«, frage ich ihn.

»Ja, du bist jetzt haram«, sagt er und lächelt dabei unwiderstehlich.

»I prefer animals to human beings«, murmelt Biljana.

Biljanas Augen streifen den Arm ihres Mannes, dem die Hand fehlt. Sie steckt ihm eine Zigarette an, an der sie abwechselnd ziehen. Immer wenn Vlado Asche aus dem Fenster schnipst, lenkt er den Wagen lässig mit den Knien.

Sie erzählt, dass sie sich für Tiere in Not engagieren. Für ausgesetzte Hunde oder kürzlich für einen Bären, den Leute in einem Keller gehalten haben.

»A bear!«, rufe ich ein bisschen pseudo-interessiert aus, denn im Augenblick kann ich mich auf das Thema nicht allzu sehr einlassen.

Biljana hingegen taut auf, sobald es um Tiere geht.

Vlado schnipst nochmals die Asche aus dem Fenster, guckt dann in den Rückspiegel, in dem er Ali sehen kann. Er wäre schon fast an uns vorbeigefahren, sagt er, da hätte Biljana aufgeschrien. Stopp!

»Something told me that we had to stop«, sagt Biljana.

»Are you religious?«, frage ich.

»No.« Beide schütteln den Kopf. »We believe in good actions. Actions speak louder than words!«

»I understand«, sage ich.

Biljana dreht sich zu Ali. »Are you muslim?« Er nickt.

Wo seine Reise hingehen soll, fragt sie dann.

»Deutschland. Or any country where I can work and live.«

Niemand sagt etwas darauf. Vlado schließt das Fenster.

»What means life in Afghanistan these days?«, fragt er.

»Means war«, sagt Ali.

Felder fliegen vorbei, ein knatterndes Motorrad überholt uns. Ich denke daran, wie mich Ali heute Vormittag an die Hand genommen hat.

»We would prefer Germany, too«, sagt Vlado in die Stille hinein. Er erzählt, dass sie Tag und Nacht arbeiten würden und trotzdem jeden Cent zweimal umdrehen müssten. Obwohl sie beide sogar besser verdienen als viele andere Leute, ist das Leben unendlich kompliziert, weil man andauernd damit beschäftigt ist, zu rechnen. Durch die niedrigen Löhne, die hohen Lebenshaltungskosten und die allgegenwärtige Korruption ist Serbien in einem grauenvollen Zustand. Biljana nickt die ganze Zeit.

»The whole country is exhausted«, sagt sie.

Die beiden betreiben einen Online-Handel für Computerzubehör und machen von der Akquise der Kunden bis zur Auslieferung der Ware alles selbst. Heute müssen sie über die

Grenze, ein Kunde wartet in Budapest. Vlado ist Informatiker und Webdesigner, Biljana hat Astrophysik studiert. Er lacht schallend, als er das erzählt. »My wife is crazy«, sagt er stolz. Und dass sie beide Träume hatten, als sie so jung waren wie wir.

Interessiert es Ali, was die Leute reden? Oder schaltet man ab, wenn man jeden Tag andere Menschen trifft und immer damit beschäftigt ist, sich irgendwie durchzuschlagen?

Die Kontrollen an der Grenze sind scharf, wirft Biljana eben ein, die Grenzer bauen die ganze Innenausstattung von Autos und Lkw auseinander, um sicherzugehen, dass keine Flüchtlinge an Bord sind. Daher dauern die Fahrten auch fürchterlich lang. Wegen der Wartezeit. Das sind kostbare Arbeitsstunden, die sie fast jeden Tag drangeben müssen. Wegen der Refugees.

»I'm sorry«, sagt Ali ironisch.

Vlado fährt auf einen Parkplatz. Die Hunde müssen etwas zu trinken bekommen und Auslauf. Als Ali etwas abseits steht, nimmt mich Biljana beiseite. Ich soll aufpassen. Die Flüchtlinge, die in Serbien angekommen sind, haben viel Schaden angerichtet. Supermärkte ausgeraubt, Frauen vergewaltigt, Polizisten angegriffen. Sie würde nichts Schlechtes über Ali denken, aber ich soll eben aufpassen.

Sie zeigt mir ein Video auf Youtube, das eine Gruppe offensichtlich aggressiver Flüchtlinge vorführt. Man sieht weder, wer das ist, noch warum sich die Leute so aufregen und aufeinander losgehen.

»We get a lot of information also from Germany«, sagt Biljana. Wir seien ja sehr zu bedauern gerade.

»Why?« Vlado kommt mit den Hunden zurück. Dass sie gut informiert sind, sagt er, viele Nachrichten über Deutschland hören. Sie wissen alles über Terroristen in Deutschland, über Attentäter, über die Vergewaltigungen.

Ali steht wie angewurzelt da, den Blick auf die Autobahn und auf die vorbeirasenden Autos gerichtet.

»Let's go«, ruft Vlado. Dass sie mich nur warnen wollen, sagt Biljana leise zu mir, als wir wieder einsteigen. Sie drückt kurz meine Hand. »You are a good girl.«

* * *

Noch dreißig Kilometer bis Kelebija, wie ich einer Anzeigetafel entnehme. Die kyrillischen Buchstaben sind mir fast schon vertraut. Der Verkehr wird immer dichter, je näher wir Richtung Grenze kommen.

»Bestimmt gibt es wieder Stau«, meint Vlado.

Ali hat die ganze Zeit nichts mehr gesagt. Er ist in Gedanken versunken, ich denke fast, er schläft, aber plötzlich fragt er Vlado, was mit seiner Hand passiert ist. Ein Lkw zieht einfach auf unsere Spur, ohne zu blinken. Vlado flucht.

»We had war in Yugoslavia. Do you know?«

Ali schüttelt den Kopf.

»We had to flee, too«, sagt Vlado.

Seine Hand wurde von einem Geschoss getroffen, das Nachbarn auf sein Elternhaus abfeuerten.

Das war im Krieg, sagt Biljana, vor zwanzig Jahren, als mein Mann so alt war wie du jetzt.

Ali macht ganz große Augen. Vom Bosnienkrieg hat er noch nichts gehört. Er legt seine rechte Hand aufs Herz und neigt den Kopf. »I'm sorry, Mister Vlado«, murmelt er.

Vlado beschleunigt, schaltet mit dem Handstumpf in den fünften Gang.

Kelebija steht am Ortseingang. An einer Tankstelle lassen sie uns aussteigen, und Biljana sagt beim Abschied, dass wir jetzt wüssten, warum ihnen Tiere lieber sind als Menschen. Vlado legt seinen Handstumpf auf sein Herz, so verabschiedet er sich von Ali.

»Good luck!«, rufen die beiden uns nach.

Ali fragt mich, ob ich noch ein paar Minuten Zeit hätte.

Ein paar Minuten. Ich habe den ganzen Tag Zeit.

Er schlägt vor, im Shop in der Tankstelle einen Kaffee zu trinken.

»Do you want to listen to the story of an animal?«

7.

هفت

Ali war mit einer großen Gruppe unterwegs, zwei Schleuser führten sie durch das Gebirge. Ohne Schleuser ist es unmöglich, aus Afghanistan überhaupt herauszukommen, you can't get out, you can't imagine. In den Bergen ist man verloren, das Handy hat keinen Empfang, du kannst kein Navi benutzen. Und keine offiziellen Verkehrswege, weil das viel zu gefährlich ist.

»Wo war deine Familie?«

In Pakistan musste Ali seine Mutter zurücklassen. Und die Geschwister. Aber davon will er mir jetzt nicht erzählen.

Zwanzig Tage war er unterwegs, zu Fuß und eingepfercht in überladenen Lieferwagen, um den Iran zu erreichen. Ali vergräbt den Kopf in den Händen.

»Waren das zwanzig Tage?«

Er sieht mich an, als wüsste er nicht, wo diese Zahl auf einmal herkommt. »Vielleicht waren es auch nur zwei Tage.« Alis Blick gleitet ab. Er vergisst eine Zeit lang, was er mir erzählen wollte.

»Don't care about time«, sage ich.

»Hast du Zeit?«

»Ali, ich habe den ganzen Tag Zeit.«

Er lächelt angestrengt. Ich glaube, dass er noch nie etwas von seiner Flucht erzählt hat. Vielleicht ist das auch keine gute Idee. Er wirkt fiebrig und fast aggressiv. Der Aschenbecher fällt auf den Boden, Ali zuckt zusammen.

»Ali, nema problema.«

Er will rauchen. Ich gehe inzwischen auf die Toilette, Haare kämmen, mich ein bisschen schminken.

»Nice«, sagt Ali, als wir uns wieder am Stehtisch treffen und ich einen zweiten Kaffee hole.

Ich werde rot.

»Go on«, sage ich.

»Wir hatten viel Hunger«, beginnt Ali von Neuem, »aber der Durst war das größere Problem. Es gab so wenig Wasser unterwegs. Wir hatten kaum etwas zu trinken. Durch das Gebirge sind wir nur noch nachts marschiert, weil es am Tag zu gefährlich war. Wir haben uns der iranischen Grenze genähert, und manche in der Gruppe haben von Verwandten erzählt, die hier erschossen worden sind.«

Ali trinkt fast eine ganze Wasserflasche aus, bevor er seine Erzählung fortsetzt.

Sie hatten sich eigentlich am Tag ausruhen wollen, und in der Nacht sollte es weitergehen. Aber plötzlich war alles anders. Die beiden Schleuser hatten Informationen erhalten, denen zufolge in der Nähe Männer gesichtet wurden, die Überfälle auf Flüchtlingstrupps planten. Sobald jemand die

Route kennt, wird es gefährlich. Banden tauchen auf und nehmen den Flüchtlingen Geld, Papiere und Handys ab. Wer Gegenwehr leistet, ist tot. Ohne Geld, sagt Ali, nehmen dich die Schleuser nicht mehr mit. Wenn du nicht bezahlen kannst, bleibst du auf der Strecke.

Sie müssten sofort verschwinden, befahlen die Schleuser. Der Weg führte stundenlang bergauf, immer nur bergauf. Am Anfang weinten die Kinder, aber später wurde es ganz still. Jeder kämpfte mit sich, und die Eltern kämpften für ihre Kinder. Ali gab einem Mädchen den Rest aus seiner Wasserflasche.

Sie kamen an einer dreckigen Pfütze vorbei, und fast alle aus der Gruppe ließen sich auf den Boden fallen und tranken die abgestandene, stinkende Brühe. Auch Ali nahm ein paar Schluck. Er hatte keine Kraft mehr, sich den Dreck aus den Mundwinkeln zu wischen. Niemand hatte mehr die Kraft, sich das Gesicht abzuwischen. Die Leute sahen jetzt alle aus wie Wahnsinnige, mit rotbrauner Erde verschmiert. Eine unheimliche Prozession wankte durch das Gebirge, Meter für Meter. Manche stöhnten, aber die meisten sparten ihren Atem. Der Pfad führte an steilen Felswänden entlang.

Nicht weit von ihnen lösten sich Gesteinsbrocken aus der Wand und regneten den Hang hinab. Die Gruppe wartete, aber nachdem die nächsten Minuten kein weiterer Steinschlag erfolgte, ging es weiter. Ali betete den ganzen Weg über, die Augen fest auf den Boden gerichtet, aus Müdigkeit und aus Angst zu stolpern. Wenn er einmal aufsah, wurde ihm schwindelig, und rote Punkte tanzten ihm vor den Augen. Alis Herz raste.

Die Schleuser drängten zur Eile, immer einen Schlagstock in der Hand.

Ich kann nicht mehr, hörte er den Jungen vor ihm sagen. Doch, widersprach Ali, wir können noch.

Wie ein Leichenzug gingen die Menschen hintereinander, und wenn Ali aufsah, fand er die Natur so gespenstisch, den Berg so riesig, so uneinnehmbar. Er konnte sich nicht vorstellen, dieses Gebirge zu überwinden. Vielleicht irrten sich die Schleuser und hatten einen falschen Abzweig genommen.

Der Weg führte jetzt durch bewaldetes Gebiet. Der Pfad schlängelte sich zeitweise sogar ein Stück bergab.

Ali wurde langsamer. Eine Weile konnte er sich noch an der Basecap eines Jungen orientieren, der vor ihm ging, aber irgendwann sah er nur noch einen roten Punkt, der ab und zu im Gebüsch aufleuchtete, und dann war da nichts mehr.

»Pader hamrain komak ko!«, rief er. Vater, hilf mir!

Er sah schroffe Felsen, rotbraunen Sand, vor Jahrtausenden zu Stein geworden. Noch nie, sagt Ali, hatte er so eine Menschenleere erlebt, noch nie die Natur als so gnadenlos empfunden. »Without mercy.« Was kümmerte es die Steinwand, dass er da war? Oh mein Gott, bin ich allein?

Stundenlang muss er da gelegen haben. Die Sonne war untergegangen, und das letzte Licht erlosch. Die rotbraunen Felsen wurden grau. Ali wusste nicht mehr, ob seine Augen offen waren oder geschlossen. Er blinzelte, aber er sah immer in das gleiche Schwarz. Die Dunkelheit verschluckte ihn. Bald spürte er seine Arme, seine Beine nicht mehr.

Dann, sagt Ali, wurde es mit einem Mal hell. Als würde ein Auto neben ihm halten und die Scheinwerfer auf ihn richten. Aber hierher konnte kein Fahrzeug der Welt gelangen. Ein Geräusch wurde immer lauter, oder war es in seinem Kopf? Es raschelte, es rauschte. Und dann wurde es kalt. Seine Arme zitterten. Davon wachte er auf. Die Augenlider waren schwer. Es dauerte sehr lange, bis er sie heben konnte. Jetzt zitterte er am ganzen Körper. Seine Zunge stieß an die Lippen. Er wollte schlucken, aber er konnte nicht, weil er keinen Speichel mehr hatte. Er war ausgetrocknet wie Rigestan. Rigestan heißt Salzland und es bezeichnet eine große Wüste in Afghanistan.

Er versuchte aufzustehen, doch er sank wieder zurück. Auf einmal wurde die Erde unter ihm heiß. Er hatte das Gefühl, als würde er Sand atmen. Er befahl seinen Beinen, sich hinzustellen, aber er hatte keine Verbindung mehr zu seinem Körper. Er bewegte sich nicht, aber etwas bewegte sich auf ihn zu. Es war das Licht.

»Allah helfe mir.«

Das Licht war ein Lebewesen.

»Pedar man«, flüsterte er. Mein Vater.

Neben einem am Wegrand aufragenden Fels stand eine schneeweiße Gestalt. Ali sah keine Augen, aber er hatte das Gefühl, dass sie ihn ansah. Dann verstand er, dass da kein Geist war und auch kein Mensch.

Das Tier war groß, es war mächtig, und es kam immer näher.

Doch Ali hatte keine Angst mehr. »Biya inja«, flüsterte er. Komm zu mir. Er spürte Fell an seiner Wange. Er roch das Fell. Feiner Dunst hing in der Luft. Ali öffnete den Mund. Spürte, wie Wasser auf seine Zunge tropfte.

»Nazdik bija!« Komm näher.

Das Tier verschwand. Ali sprang auf die Füße, sein Geist war jetzt langsamer als seine Beine. Ohne zu sehen, wohin er trat, taumelte er vorwärts, folgte seinem Retter blind, bis er zu einem felsigen Platz gelangte. Das Mondlicht schien fahl auf einen Pistazienwald. Es roch nach nassem Gras. Ali entdeckte einen Bach im Gehölz, legte sich auf den Bauch und trank wie ein Tier. Ein Sturzbach rann ihm die Kehle hinunter. Er sah sein Gesicht im Wasser.

8
هشت

Wir stehen vor der Tankstelle. Ali verstaut das Brot, das er gerade gekauft hat, in seinem Rucksack und bemüht sich, mir nicht in die Augen zu sehen. »Bis bald, Frida. Wir sehen uns in Deutschland, oder du besuchst mich in Paris. Da soll es auch einen schönen Fluss geben.« Er lächelt.

Es klingt so, als würden wir uns nie wiedersehen. Ich könnte heulen. Warum lächelt er jetzt so überheblich?

»Au revoir, Manusch.«

Manusch. Aljusch, denke ich. Warum kann ich nicht mit ihm in das Camp nach Kelebija gehen, zu den anderen Flüchtlingen?

»Das ist gefährlich«, höre ich Ali sagen, als hätte er meine Gedanken gelesen.

Ich kämpfe mit den Tränen.

»Du bist auch gefährlich«, sagt er dann.

»Ich?«

»Bale«, sagt Ali, »ja, eine gefährliche Frau.«

»Warum sagst du das? Hast du Angst vor mir?«

Er schaut mich an, ganz lange, so als würde er mich scannen.

»On the run«, sagt er dann, »gibt es keinen Platz für Liebe.«

Es klingt traurig, aber entschlossen.

»Warum nicht?«

Ali wendet sich zum Gehen. »You are like deep water.«

»Deep water?«

»Take care.«

»Aljusch?«

Er dreht sich nicht mehr zu mir um.

* * *

Ich bin wie betäubt, als ich Agnes anrufe. Sie wohnt nicht weit von hier. Wo ich gerade bin, will sie wissen, beschreibt mir den Weg und sagt, sie sei gerade dabei, das Mittagessen vorzubereiten. Blau-weißer Gartenzaun, das Tor steht offen. Mein Handy vibriert. Anita schreibt.

Alles klar bei dir?

Ja, schreibe ich zurück. Sie schickt mir drei kleine Sonnen. Ich schicke ihr ein Herz.

Es regnet nicht, aber der Himmel ist wolkenverhangen. Vor mir eine Landstraße, von der es linkerhand in ein Wohngebiet abgeht. An der Ecke ist ein kleiner Supermarkt, vor dem ein paar Männer in einer Traube zusammenstehen und rauchen. Ich biege in einen breiten Feldweg ein. Rechts und links kleine Häuser, eine alte Frau kehrt Laub, ihr Mann überspannt ein Beet mit einer Plane: Der Garten wird winterfest gemacht. Hunde bellen, als ich auf der Suche nach der richtigen Adresse jedes Haus in Augenschein nehme. Mein Koffer nervt mich fürchterlich. Er knirscht, als wenn er den steinigen Boden zermahlen wollte. Alle Hunde der Straße schlagen an. Ich muss ihn hochnehmen. Das gestaltet sich schwierig, da der Griff ja nun kaputt ist. Na, komm, denke ich mir, hebe den Koffer mit beiden Händen. Die blassrosa Schale ist noch erdfarben gesprenkelt vom Belgrader Untergrund. Mit meinem fleischfarbenen Paket komme ich atemlos bei Agnes an. Zumindest ist mir nach der Anstrengung nicht mehr kalt. Was habe ich nur alles eingepackt? Ali ist mit so gut wie nichts durch sieben Länder gereist.

Das Tor ist angelehnt, der Zaun um das Grundstück wie beschrieben blau und weiß gestrichen. Hier gibt es keinen Hund, nur eine Katze, die mir laut schnurrend um die Beine streicht.

Agnes lächelt belustigt, als sie mir öffnet, und ich berichte sogleich, dass der Rezeptionist wieder gesund und munter seinen Dienst verrichtet.

»Oh, you have seen him. Great!«

Sie wirft einen Blick nach oben. Thank God, sagt sie, nimmt mir den Koffer ab und stellt ihn in den Hauseingang.

* * *

Vom Garten aus, der sich bis weit hinter das Haus erstreckt, blickt man auf die Grenze zu Ungarn. Natodraht verläuft oben und unten am Zaun entlang.

»There is Hungary.«

Mitten durch die Wiese verläuft die Grenze. Weiter hinten steht ein Panzer im Feld. Agnes liest im Vorbeigehen ein paar faule Äpfel vom Boden auf.

Eine Stimme in mir sagt, dass ich unbedingt etwas hätte kaufen müssen. Ich kann die Familie doch nicht so einfach überfallen ohne ein Gastgeschenk in der Tasche.

»I show you our theatre.«

Agnes läuft voraus, um mir ihr »Theater« zu zeigen. Ich gehe ihr nach, ducke mich unter knorrigen Bäumen hindurch. Ein kleines geflügeltes Pferd aus Stein wacht vor einer Art Pagode, oder wie nennt man so etwas? Ein rundes Holzhaus, mit einem spitz zulaufenden Dach. Das ist das »theatre«.

Drinnen sieht es aus wie in einer kleinen Zirkusarena. Ein junger Mann und eine junge Frau, beide in hellen, weiten Trainingssachen, tanzen auf dem Holzboden. Ein etwas älterer Mann mit zerzausten braunen Haaren steht am Rand und beobachtet die beiden so konzentriert, dass er von uns leise Eintretenden keine Notiz nimmt.

Ich hätte gern bei der Probe zugeschaut, aber die drei unterbrechen ihre Übung. Gemeinsam gehen wir durch den Garten zurück zum Haus.

»András«, stellt sich der Ältere vor.

Er ist Agnes' Mann, den seine Schüler »Professor« nennen. Er ist Regisseur und unterrichtet Sprechwissenschaften an einer Hochschule für Musik und Theater. Sein Blick ist forschend. Agnes sagt ihrem Mann, wo sie mich kennengelernt hat. Offenbar hat sie schon von mir und dem Vorfall in Belgrad erzählt, denn er nickt wissend.

»She is our guest«, sagt Agnes und bietet mir an, über Nacht zu bleiben.

Im Haus empfängt uns die schnurrende Katze in einem großzügigen Raum, der spärlich möbliert ist. Ein langer Tisch steht auf der einen Seite, auf der anderen ist alles mit Teppichen und Kissen ausgelegt. Große Bilder hängen an den Wänden, Bücher stapeln sich auf dem Boden und auf den Stühlen um den Tisch, an der Decke ist ein Scheinwerfer angebracht. Es ist das Elternhaus von Agnes, das sie geerbt und umgebaut haben. Nur die Balken erinnern daran, dass das Haus ursprünglich einen anderen Grundriss hatte als heute. Der große hohe Raum ist jetzt Küche, Esszimmer und Wohnraum in einem. Die Studentin, die Mira heißt, und ihr Tanzpartner Dobrin schnipseln Gemüse. Von ihrem Lehrer in Paris, erzählt mir Agnes, habe sie nicht nur richtig tanzen, sondern auch richtig essen gelernt.

»Paris?«

»Oui, oui«, sagt Agnes, »on a travaillé en France.« András und sie seien im Krieg nach Frankreich gegangen. Dort hätten sie ein anderes Leben kennengelernt als das hier.

»Wir sind Kosmopoliten. Weltoffene Menschen.«

Sie stellt ein Glas Joghurt in den Kühlschrank. Mira legt Agnes die geschnittenen Möhren, die Bohnen und die vorgekochte Kartoffeln auf die Anrichte. »Alles eigene Ernte«, sagt Agnes.

»Toll«, sage ich, aber sie schüttelt den Kopf. Ohne eigenen Anbau ist man nach ihren Worten kaum überlebensfähig in diesem Land.

Sie streut Kurkuma und Curry in die Pfanne. »Wir verdienen fast nichts und arbeiten die ganze Zeit.« Die Mieten könne sich keiner leisten, Lebensmittel seien zu teuer, niemand könne das schaffen. »Wir können fast nichts kaufen! Wie machen das unsere Nachbarn? Wie überleben die? Wir haben keine Ahnung. Keiner weiß, wie es der andere schafft.«

In einer Obstschale liegen Äpfel. Wir brauchen den Garten, sagt Agnes. Sie zeigt mir den halb leeren Kühlschrank.

»Unser System ist tot«, bestätigt Dobrin.

»Und du, Frida? Was machst du in Serbien?«

Als sie hören, dass ich vorhatte, für eine NGO zu arbeiten, die Flüchtlinge unterstützt, verdrehen sie die Augen.

»Du musst die Gesamtsituation sehen«, sagt Agnes. Ich müsse verstehen, dass es nicht gerade easy sei, wenn man mit ansehen müsse, wie Refugees warme Mahlzeiten umsonst bekämen.

»Viele Einheimische durchwühlen bei uns die Mülltonnen.«

»Ich weiß«, sage ich, »ich habe Roma gesehen –«

»Nein«, sagt Agnes, »nicht nur Roma.« Sie wird richtig

ärgerlich. »Und wenn man dann noch mit ansehen muss, wie das Essen auf dem Boden landet, weil es den Flüchtlingen nicht schmeckt; wenn man bedenkt, wie der Boden rund um die Camps vermüllt, wie die Felder zertrampelt werden; wenn man mit ansehen muss, wie die Refugees Frauen bedrohen und angreifen – if you have to see this …«

Ich spüre einen Kloß im Hals. Mein Mund ist ganz trocken. »Hast du gesehen, wie jemand eine Frau angegriffen hat?«

Es riecht nach indischen Gewürzen.

»Die Flüchtlinge campieren wenige Hundert Meter weiter, aber es hat offenbar noch keinen einzigen persönlichen Kontakt gegeben«, sage ich.

»Wir haben keine Zeit«, sagt Agnes, »keine Zeit, nach rechts und links zu gucken.«

Ich habe das Bedürfnis, für meine Gastgeber einzukaufen. Das Essen braucht noch eine gute halbe Stunde. Ich laufe die Straße zurück zum Supermarkt. Die Hunde bellen wieder, ein paar alte Leute arbeiten im Garten, ein Mann überholt mich mit dem Moped. Der Himmel ist dunkler geworden. Vor dem Laden stehen Männer rauchend zusammen.

»Dobar dan«, begrüße ich die junge Frau an der Kasse, die an mir vorbei zur Tür schaut, weil gerade eine große Gruppe Männer hereinkommt, die den kleinen Raum ganz einnimmt. Keiner der Eintretenden grüßt. Sie nehmen Konserven und Zigaretten, reden laut miteinander, ich vermute, auf Arabisch. Zwei Männer betrachten mich gierig, ihre Blicke berühren mich unangenehm. Ich zahle. Nachdem ich meinen Einkauf, Obst und Datteln, verstaut habe, könnte ich gehen, aber auch wenn es noch so blöd ist, von den Typen angestiert zu werden, nimmt mich der Blick der Kassiererin in Beschlag, den ich als flehend und ängstlich deute. Wie eingesperrt sitzt sie hinter dem Ladentisch. Ich bleibe noch einen Moment stehen, warte, bis die Männer ihren Einkauf beendet haben.

Die Kassiererin streicht die Scheine glatt, die die Männer aus den Hosentaschen hervorholen und zerknüllt vor sie hinlegen.

Hinter dem Laden liegen Fischkonserven im Gras. Die Dosen sind aufgerissen, die meisten sind halb oder ganz voll. Wie können die nur ihr Essen wegschmeißen!? Das waren bestimmt die Männer von eben. Bescheuert. Ich schäme mich richtig. Ich kann Agnes verstehen, wenn sie das ankotzt. Mit der Einkaufstüte in der Hand gehe ich den Feldweg zurück. Ich habe das Gefühl, beobachtet zu werden, drehe mich mehrmals um, aber niemand guckt mir nach. Die Männer, die vor dem Laden stehen und rauchen, beachten mich nicht. Ein altes Ehepaar, das den Hof fegt, nickt mir hingegen zu. Mit dem Einkauf in der Hand bin ich eine Einheimische, eine junge Serbin, zu Besuch bei ihren Freunden.

Die Häuser kommen mir jetzt armseliger vor als bei meiner Ankunft; die Alten in den Gärten wirken trist, wie

Übriggebliebene. Kein einziges Kind, keine Jugendlichen zu sehen. Und auf einmal fallen mir auch die hässlichen Gardinen an den Fenstern auf.

Die Hunde bellen nicht mehr, als sie mich sehen. Einer kommt sogar schwanzwedelnd an den Zaun.

Ich hätte gute Lust, zurückzugehen und die Männer zur Rede zu stellen. Angst habe ich nicht vor ihnen. Vielleicht habe ich keine Angst, weil ich Deutsche bin. Weil ich mich selbst als etwas Besseres fühle, weil ich mir mit der Einkaufstüte gerade so pseudoserbisch vorkomme und doch nur eine Rolle spiele.

* * *

Beiläufig stelle ich die Einkäufe bei Agnes in der Küche ab.

»Merci beaucoup«, murmelt sie.

»Hi, Frida!« Dobrin bietet mir den Platz neben sich an und beginnt ohne Umschweife von dem Theaterstück zu erzählen, das er als Abschlussarbeit nächste Woche präsentieren wird. »Putovanja« heißt es. »Reise«, und ist ein *Work in Progress*, ein Stück unter Einbeziehung von Interviews, die die Studierenden geführt haben. Für das Theaterstück haben die Studenten Leute in der Stadt über deren Ängste beim Reisen befragt.

»Was für Ängste?«

Dobrin und Mira sehen mich erstaunt an. Jeder hat doch zur Zeit Angst, sagen sie. Angst vor Terror.

»Mit den Flüchtlingen kommen die Terroristen ins Land.«

Ach so.

»Habt ihr auch mit Geflüchteten gesprochen?«

Sie schütteln den Kopf. Das finden sie abwegig. Es geht ja schließlich um die Angst *vor* den Flüchtlingen, warum soll man da die Flüchtlinge selbst befragen?

Ich erzähle ihnen von Projekten in deutschen Theatern, bei denen Menschen, die vor Terror geflüchtet sind, selbst auftreten. Dobrin findet das sehr interessant, Mira dagegen zuckt merklich zusammen. Agnes lacht schrill, und ihr Mann durchbohrt mich mit dem Blick.

Agnes ist sehr ernst. Ganz anders als die Agnes, die nachts im Hotel mit mir getrunken hat.

»We had war in Yugoslavia«, sagt Dobrin.

»I know«, sage ich schnell, »really, I know this!«

Er wirft Mira einen wissenden Blick zu. Sie denken, dass ich gar nichts weiß.

Sowohl Dobrin als auch Mira sind vor über zwanzig Jahren, also einige Zeit nach dem Kriegsende, geboren worden.

»Wir müssen unsere Leute und unser Land schützen!«

»Vor wem denn schützen?«, frage ich.

Mira schüttelt langsam den Kopf.

Habe ich schon wieder etwas Falsches gesagt? Ich bewege mich auf vermintem Terrain.

»Have you seen them?« Agnes zeigt zum Gartentor.

Ich verstumme.

Der Professor erhebt sich, geht in den Garten, lässt die

Tür offen, und ein kalter Luftzug weht herein. Agnes, Mira und Dobrin starren mich an. Schuldbewusst senke ich den Blick.

»Winter will come.«

»Es tut mir leid«, sage ich.

»Glaubst du an Gott?«

»Was?«

Mira geht jeden Sonntag in die Kirche, sagt sie mir, weil sie da etwas findet, was sie sonst nirgends findet.

»Meine ganze Klasse geht hin«, sagt sie. Ich kann mir nicht vorstellen, dass in Deutschland ganze Schauspielklassen am Sonntag in die Kirche gehen.

»Die Kirche spielt eine große Rolle in unserer Kultur«, sagt Dobrin.

In unserer Kultur. Meint er die serbische? Oder bezieht er mich als Deutsche in seine Kultur mit ein? Stammen wir aus dem gleichen *Kulturkeis*? Wir diskutieren eine Weile über die Kirche in Serbien und in Deutschland, aber allmählich wendet sich das Gespräch dem Islam zu, oder besser gesagt, es stellt sich dem Islam entgegen. Dass meine beste Freundin Anita muslimisch ist und dass es keine Probleme zwischen uns gibt, finden viele seltsam. Ich habe mehr und mehr das Gefühl, dass Serbien mir fremder ist als Afghanistan. Ali ist mir näher als Dobrin. Aber hat das etwas mir der Kultur zu tun?

»Keine Probleme?«

»Mit Muslimen?

Dobrin und Mira nicken.

»Nein.«

Ich erzähle ihnen von Ali. Dass ich ihn in Belgrad am Bahnhof kennengelernt habe. Als ich sage, dass die ungarische Polizei ihn geschlagen hat, verzieht Mira das Gesicht.

»Wir wissen nicht, was passiert ist«, sagt sie freundlich, aber sehr bestimmt.

»Doch«, sage ich, »ich weiß, was passiert ist.«

»Aber du warst nicht dabei«, sagt Mira und räumt den Tisch ab.

»Ich vertraue ihm, ich habe ihn sogar mit in mein Hotel genommen.«

Ich mache die Sache nur noch schlimmer, fürchte ich, das Kind ist schon in den Brunnen gefallen.

Dobrin zieht seine Turnschuhe an, um sich für die nächste Trainingsstunde fertig zu machen. Sehr eindringlich und ganz leise erzählt er von einer Theatertournee nach Bosnien. Er habe es faszinierend gefunden, dass seine muslimischen Kollegen die Probe zum Beten unterbrochen hätten. Und faszinierend war für ihn auch der Ruf des Muezzins, die Gebete und das Fasten zur Zeit des Ramadan. Agnes sagt, dass sie doch auch beten und fasten an Ostern und dass die Kirchenglocken auch weithin zu hören seien.

»Das ist nicht das Gleiche«, sagt Dobrin. Er scheint auf einmal ganz überwältigt von dieser Erinnerung. Seine Augen blitzen. Ich bin total irritiert. Erst redet Dobrin vom Christentum und dessen Bedeutung für Serbien und überhaupt in der europäischen Welt, dann wieder scheint er fasziniert zu sein von der anderen Religion, von deren Regeln und deren Stärke. »Mohammed war ein Krieger«, sagt er.

Agnes wischt den Tisch ab.

»Ich ziehe Jesus vor«, sagt Mira.

Dobrin lächelt ein bisschen geheimnisvoll, ein bisschen unglücklich. »Sie haben mehr Power als wir!«

Ein Wortwechsel auf Serbisch folgt, den Agnes schließlich beendet.

»Who the fuck is Mohammed?«

In der Nacht schlafe ich schlecht, weil ich daran denken muss, dass Ali ganz in der Nähe ist, sich aber nicht meldet. Der Mond scheint durchs Fenster. Ich bin enttäuscht. Ich denke nur an Ali und überhaupt nicht daran, was ich morgen machen soll.

Zwischen zwei und vier Uhr gucke ich mir Bilder auf Instagram an. Ich scrolle die Abo-Listen irgendwelcher Leute durch und abonniere sieben neue Kontakte. Ich folge einem serbischen Künstler, dessen Namen ich am Esstisch aufgeschnappt habe. András, der Professor, hatte ihn gegenüber Dobrin erwähnt. Der Typ ist Tänzer, seine Bilder zeigen viele nackte Körper. Ich sehe nach, was er gelikt hat, und lande bei einem Künstlerinnenkollektiv in Kalifornien. Eine Performance von ihnen ist in der Ruine einer Kirche aufgenommen, in der Tänzerinnen bis zu den Knien im Wasser stehen. Um vier Uhr drei lege ich das Handy neben mein

Bett, das mir Agnes trotz allem liebevoll bereitet hat, nur um sieben Minuten später nochmals zu checken, ob es News gibt. Niemand schreibt. Ich like das Video von den Künstlerinnen. Minütlich erscheinen nun Bilder meiner neu abonnierten Instagram-Kontakte, die offenbar nachtaktiv sind. Ein Schriftsteller aus London zeigt sich im Krankenhausbett nach einer Operation mit einem Verband um den Bauch. Den Kommentaren entnehme ich, dass er eine Geschlechtsumwandlung hat machen lassen. In der folgenden Stunde postet er fortlaufend Fotos von sich, seiner Katze, von seinen Büchern und seinen Freunden. Alle gratulieren ihm.

Crossing Borders hat einen Link aus Deutschland geteilt, in dem es um die Abschiebung von Afghanen geht. Wie gern würde ich jetzt Ali mein Bett anbieten. Er könnte das Zimmer haben an meiner Stelle. Ich brauche es nicht.

Neben dem Gästebett liegt eine Fernbedienung. Ich schalte den Fernseher ein, zappe mich durch die Programme und bleibe bei BBC News hängen.

US-Streitkräfte haben in Afghanistan eine riesige Bombe abgeworfen. Die Mutter aller Bomben wird der Sprengkörper genannt, die stärkste nicht-atomare Bombe der USA.

Ich stehe auf und fotografiere den Blick aus dem Gästezimmer auf den Grenzzaun.

9

Eigentlich will ich behaupten, dass ich gleich losmuss, zurück zur NGO *Crossing Borders*, obwohl ich das überhaupt nicht vorhabe. Ich werde nicht noch einmal nach Belgrad fahren. Aber Agnes und András fragen mich am Morgen gar nicht nach meinem Ziel. Meinen Koffer hinter mir herziehend, gehe ich Richtung Straße, dorthin, wo ich mich von Ali verabschiedet habe. Die Hunde bellen ein letztes Mal für mich.

Gegenüber dem Laden ist eine Bushaltestelle. Viele Leute steigen in den Bus, der gerade hält. Sie sind mit ihren dunklen Haaren, den zu dünnen Klamotten und den grauen Decken, die sie fast alle umgehängt haben, eindeutig als Auswärtige zu erkennen. *Subotica* steht auf der Anzeige. Wenn es da einen Bahnhof gibt, kann ich versuchen, einen Zug Richtung Budapest zu kriegen.

Vielleicht meldet sich Ali bei mir, wenn er es über die Grenze geschafft hat.

Ein großer dünner Mann hat kein Geld, um ein Ticket zu lösen, oder der Busfahrer will ihm keins verkaufen. Auf jeden Fall gibt es einen ziemlichen Tumult. Der große Mann schreit den Busfahrer an. Ein anderer versucht vergeblich, ihn zu besänftigen. Die Frau mit Kopftuch, die vor mir sitzt, schüttelt verärgert den Kopf und murmelt vor sich hin. Bevor es zu einem Gerangel kommt, öffnet sich die vordere Tür doch noch einmal, und der Mann darf hinein.

Ich habe überhaupt keine Lust auf Deutschland.

* * *

Ist das schon die Innenstadt? Ich habe gar nicht aufgepasst.

Die Männer mit den Decken verlassen alle den Bus. Kurz entschlossen springe auch ich aus der Tür, bereue es jedoch sofort, denn wo auch immer ich gelandet bin, nach Bahnhof oder City Center sieht es nicht aus. Auf der einen Seite ein Gebrauchtwagenhandel, auf der anderen ein Baumarkt. Ich werde wohl auf den nächsten Bus warten müssen. An der Haltestelle steht niemand. Schlechtes Zeichen. Ich nehme auf einem Plastikstuhl Platz, schiebe den Koffer unter den Sitz, stütze die Ellenbogen auf die Knie und verberge den Kopf zwischen den Armen. Meine Haare hängen vor meinem Gesicht wie ein Vorhang. Der mit einem Mal sanft zur Seite geschoben wird. Eine Hand legt sich auf meine linke Schulter.

»Frida Jan!«

»Aljusch!«

Als hätte er nicht gerade kürzlich beschlossen, mich auf absehbare Zeit nicht wiederzusehen, überschlägt sich Ali vor

Begeisterung über unser Treffen an einem Baumarkt vor den Toren der Stadt Subotica.

Wir reden beide gleichzeitig, keiner lässt den anderen zu Wort kommen. Wir müssen uns ganz viel erzählen. Obwohl wir nur eine Nacht voneinander getrennt waren. Wo warst du, Ali? Wo warst du, Frida? Was machst du hier? Und du?

»Hast du was gegessen, Ali?«

»Ich habe niemanden gefunden, der das Essen mit mir teilen wollte.«

»Poor boy«, sage ich ironisch. »Bei mir gab es was Indisches.«

»Indisches Essen? Was denn?«

»Was mit Kurkuma.« Turmeric heißt Kurkuma auf Englisch, das weiß ich zufällig, weil meine Mutter ein indisches Kochbuch besitzt, das sie mal in England gekauft hat.

»Turmeric wächst bei mir zu Hause im Garten.«

»Echt?«

Ali grinst. »Dachtest du, das wächst im Supermarkt?«

»Ja, natürlich.«

»Kannst du kochen, Frida?«

»Nein.«

Ali lacht. »Dann kann ich dich leider nicht mit ins Camp nehmen.«

Also wenn ich nicht kochen kann …

»Ich weiß nicht mal, wie eine Küche von innen aussieht«, behaupte ich.

»Von Küche habe ich nichts gesagt, Frida Jan. So was wie eine Küche haben wir nicht im Camp.«

»Gott sei Dank«, sage ich, »Inshallah.«

Ali findet, dass ich schwarzen Humor habe.

»Ich habe gar keinen Humor«, sage ich.

»Das meine ich ja. Hast du eigentlich eine Schere?«

»Was bitte?«

»Scissors«, wiederholt Ali. Er war gerade in diesem Baumarkt, um eine Schere zu kaufen, aber es gab keine.

»Eine Schere? Du meinst bestimmt etwas anderes. Natürlich gibt es im Baumarkt Scheren.«

Wir wollen wie üblich in meinem Handy nachgucken, aber ich habe keinen Internet-Empfang.

»Listen, Ali, do you mean a knife?« Vielleicht will er ein Messer kaufen.

»Nein, nein, natürlich nicht«, ruft Ali. »Mit dem Messer geht es nicht. I need to make the border kaputt.«

»Border kaputt!? Ach so! Du brauchst so ein Ding, das Metall schneidet.«

»Ja, ja«, ruft Ali auf Deutsch.

»Das werden die doch in ihrem Baumarkt haben!«

»They had it, sure, but all the refugees bought it. It's sold out!«

Wir betreten den Baumarkt. Vor einem leeren Regal bleibt Ali, der wieder ganz selbstverständlich meinen Koffer zieht, stehen. Ein Verkäufer tritt zu uns an das Regal. Ja. Die Bolzenschneider, wie auch immer das auf Englisch oder

Serbisch heißen mag, sind sold out, teilt uns der Verkäufer mit wissendem Lächeln mit. Die Männer mit den Umhängen, die an der Kasse anstehen, haben offenbar noch ein Exemplar ergattert. Der Verkäufer sagt, dass sie bereits neue bestellt haben. Er grinst. Das Geschäft mit Drahtscheren blüht.

»Hvala«, sagen wir.

»Wo willst du hin?«, fragt Ali, als ich die Bushaltestelle ansteuere, um meinen Koffer auf den Sitz zu legen und zu öffnen.

»Close your eyes«, ordne ich an.

Zwischen völlig unnötig nach Serbien mitgeschleppten Pumps und einem ebenso unsinnigen Kleid liegt das Teil. »Augen auf.«

Ali schnappt nach Luft. Seine Augen werden mangagroß.

»Zwei zu null«, sagt er.

Ich löse den Griff des Bolzenschneiders und zerschneide die Luft.

»Come on, Ali. Wo ist die nächste Grenze?«

»My wife is crazy«, ahmt Ali unseren Fahrer Vlado nach.

»Schnipp schnapp«, mache ich.

»Du bist gefährlich«, sagt Ali, »ich wusste es doch.«

»Soll ich dich mitnehmen?«, frage ich scheinheilig. »Wir könnten zusammen über die Grenze …«

Ali lächelt unwiderstehlich, legt den Kopf in den Nacken, blinzelt.

»God has decided«, sagt er und drückt mir kurz ganz fest mit beiden Händen die rechte Hand.

Die Zeit verfliegt, weil wir uns viel zu erzählen haben. Von der letzten Nacht bei Agnes berichte ich, von András und dem Studenten. Ali hat in der Nacht zwei Jungen wiedergetroffen, die er auf der Überfahrt im Boot nach Griechenland kennengelernt hatte.

»Ich dachte, die wären ertrunken«, sagt Ali, »und dann sehe ich Reshad und Wassiullah in diesem Kelebija wieder.«

Zu dritt haben sie letzte Nacht einen Plan geschmiedet. Reshad hatte Informationen über eine für Grenzsoldaten schwer zugängliche Stelle am Zaun, und sie haben vereinbart, dass Ali, der noch etwas Geld hat, Werkzeug besorgt und dann zu den anderen stößt, die in einem versteckten Camp auf ihn warten. Denn aus Kelebija mussten sie weg.

»This is an official camp there.« Ali meint, dass sie ihn registrieren wollten. »You know what that means.«

Ich nicke. Aber mich beschäftigt noch etwas anderes.

»Ist euer Boot gekentert?«

»Yeah, the boat capsized«, sagt Ali. »Too many people.«

Der Bus kommt. Ich könnte stundenlang mit Ali durch die Gegend fahren und aus dem Fenster in vorbeiziehende Vorgärten gucken.

Ob ihm diese seltsame Form der Häuser auch auffällt? Oder ist für ihn sowieso alles exotisch in Europa? Oder gar nichts? Was heißt auch schon exotisch? In Bosnien zum Beispiel ist Apfelsaft exotisch.

»Nice«, sagt Ali, als ich ihn auf die Häuser mit den vielen Erkern und dem Stuck an den Außenwänden aufmerksam mache.

»Erinnert mich an Isfahan.«

»Wo liegt das?«

»Ohhh«, macht Ali, »du weißt ja gar nichts«, und lächelt. Es gefällt ihm, dass ich nichts weiß.

»Tell me about Isfahan, Ali!«

»Das ist eine alte Stadt im Iran.«

Wir blicken auf eine Villa. Der Kopf einer Löwin prangt über dem Eingang. Der Vorbau ist wie eine Loge in einem Theater gestaltet, nur dass sie rundum verglast ist. Alle Häuser dieser Straße sind Jugendstilvillen, eine extravaganter als die andere.

»In Isfahan«, setzt Ali fort, »gibt es die schönsten Gärten.«

»You mean parks?«

»Nein«, widerspricht Ali entschieden, »es sind Gärten. Paradiesgärten. Sie sind gestaltet wie das Paradies.«

»Wie ist denn das Paradies gestaltet?«

Ali beschreibt es mir. Im Garten des Paradieses fließen vier Flüsse. Es sind die Flüsse des Lebens, wie Ali sagt, in denen sich der Himmel spiegelt. Vier ist eine magische Zahl.

»Tschahar heißt vier.«

Die Vier steht für die vier Himmelrichtungen und die vier Elemente.

»Tschahar-Bagh heißt der Paradiesgarten.«

Er sieht mich an.

»Steht das im Koran, mit dem Paradiesgarten?«, frage ich.

Ali zuckt mit den Schultern. »Es ist einfach so«, sagt er. Seine Augen leuchten, sein Mund zuckt unmerklich. Für ihn besteht kein Zweifel an der Beschaffenheit des Paradieses.

»Wenn es so ist«, sage ich, »möchte ich auch einmal dorthin gehen. Ich meine, nach Isfahan.«

Ali nickt ganz ernst.

»The problem is, that they don't like Afghan people in Iran.«

»Warum nicht?«

»Long story.«

Der Bus hält an einer Ampelkreuzung.

»Which house do you prefer, Frida?«

Ich zeige auf ein hohes schmales Haus mit einem Türmchen.

»Da oben ist mein Zimmer«, sage ich. »Wenn du mich besuchen kommst, musst du viele Stufen bewältigen.«

»Nema problema«, sagt Ali.

Der Bus trägt uns wie eine Sänfte. Die Stadt gleitet an uns vorüber.

»In Isfahan«, sagt Ali, »steht die älteste Moschee von Persien.«

Der Bus biegt auf eine größere Straße ab. In der Kurve

rollt mein Koffer weg. Ali holt ihn zurück und klemmt ihn zwischen sein und mein Knie.

»Warst du in der Moschee?«

Ali nickt. »Es ist das schönste Gebäude, das ich in meinem ganzen Leben gesehen habe. Wenn du dort bist, wirst du fast verrückt von dieser Schönheit.« Er senkt den Kopf. »Allahu akbar«, murmelt er.

Die Leute im Bus beobachten uns.

»Was ist?«

Ali drückt auf den Halteknopf.

»Come on, Mahtab!«

Die Straße ist schmal und stark befahren. Wir gehen rechts im Gras, das nass ist, matschig und total zertrampelt. Wir sind nicht die Ersten hier.

»Was machen wir denn«, frage ich Ali, »wenn der Zaun doch bewacht ist?«

Ali schüttelt den Kopf. »It's a game. We'll find out the rules.« Er streicht sich die Haare aus der Stirn. »Man muss immer die Regeln kapieren.«

Ein Auto fährt in Schrittgeschwindigkeit an uns vorbei, der Fahrer lehnt sich weit nach rechts und guckt uns böse an. Als er uns überholt hat, gibt er Gas. Dreckiges Pfützenwasser spritzt mir ins Gesicht.

»Oder wir fliegen einfach!«, sagt Ali. »Wie Batman!«

Er bleibt kurz stehen, um mir die Spritzer von der Stirn zu wischen.

Ob ich wüsste, dass König David einen fliegenden Teppich besessen hat? Mit dem Teppich ist er über die Wüste geflogen. Zu Bilkis, der schwarzen Königin.

»Black queen?«

»Ja«, sagt Ali, »die Königin von Saba.«

Er hebt die Arme, legt den Kopf in den Nacken.

»Shaaer«, sage ich.

»Dichter«, sagt Ali, »Diischde.«

Der Wind weht eisig kalt, hoffentlich ist meine Strickjacke im Koffer, ich kann mich gerade nicht erinnern, sie gesehen zu haben.

Nach Stoppelfeldern und einem Friedhof mit einer lebensgroßen Jesusfigur am Eingangstor, liegt jetzt rechts der Straße ein wild bewachsenes Land. Meterhohes Schilfgras verwehrt die Sicht auf die verlassene Fabrik, zu der wir vordringen, als wir einem Trampelpfad folgen.

»Willkommen im Dschungel«, sagt Ali.

Männer stehen in Gruppen zusammen, rauchen, telefonieren. Salâm, antworte ich, als mich jemand mit Salâm begrüßt, aber Ali findet, dass ich nicht reagieren soll. Ich zucke die Schultern, aber ab jetzt habe ich nicht so viel zu sagen, fürchte ich. Ich kenne die Regeln auf dem Platz nicht, um mit Ali zu sprechen, der mich jetzt kurz stehen lässt, um ein paar Worte mit den Leuten zu wechseln.

»Alles okay?«, frage ich, als er wieder zurückkommt. Er nickt.

»Ich muss hier ein bisschen anders auftreten, sonst verarschen die mich.«

Wir betreten eine Lagerhalle. Der Raum ist hoch, aber das Dach ist an manchen Stellen eingesackt und hängt fast bis auf den Boden, auf dem zwischen Kleidern, Müll, Tüten und Taschen mehrere Männer zusammengerollt und notdürftig zugedeckt liegen. Einer von ihnen hustet schlimm. Im hinteren Teil der Halle ist die Luft klamm, es riecht süßlich nach Schweiß und Schimmel. Es gibt keine Fenster.

In einem angrenzenden Raum stehen halb nackte Männer an einem mit Wasser gefüllten Fass und waschen sich. Ali packt mich unsanft am Arm und zieht mich in den großen Raum zurück. Ich soll nirgendwo allein hingehen, sagt er.

»Sure.«

Wenn ich aufs Klo muss, sagt er, soll ich ihm Bescheid geben.

»No problem«, sag ich.

Er will dann mit mir nach draußen gehen und aufpassen, dass mir niemand folgt. Ob er denkt, dass mir jemand folgen würde? Einer von den Männern hier?

»I take care of you.«

»Sure«, murmele ich wieder.

Ali guckt finster. »Wir müssen deinen Koffer hierlassen«, beschließt er. »Heute Nacht gehen wir los.«

Ein bisschen Überwindung kostet es mich, weil ich an Mama denke, aber mit Rollkoffer kann man wirklich nicht durch einen Grenzzaun schlüpfen. Außerdem habe ich mich ja von Anfang an über das Teil geärgert. Ich fange an, ihn auszuräumen. Was kann ich noch gebrauchen?

»Am Anfang ist es schwer, etwas zurückzulassen«, sagt Ali und reicht mir eine Plastiktüte.

Ich packe das Duschgel hinein, meine Unterwäsche und meinen Kulturbeutel. Ob ich mir hier an der Wassertonne die Zähne putzen kann?

»Wir teilen«, sagt Ali und holt zwei Wasserflaschen aus seinem Rucksack. Obwohl der Rucksack klein ist, hat Ali wichtige Sachen dabei. »Eine zum Trinken, eine zum Waschen.« Das Wasser hat er im Camp von Ehrenamtlichen bekommen, meint er.

Ich muss an Carine denken, an die Leute von *Crossing Borders*.

»Brauchst du sie jetzt?«

»Später«, sage ich.

»Wir hätten doch noch Proviant einkaufen können«, sage ich vorwurfsvoll, »jetzt habe ich gar nichts dabei.«

»Nema problema«, sagt Ali, »wenn wir es heute Nacht schaffen, kannst du mich morgen in Budapest zum Frühstück einladen!«

Es soll wohl heiter klingen, aber er sieht ernst aus.

»Du hast gut geplant«, lobe ich ihn. Ali wirft mir einen leicht spöttischen Blick zu.

»Wir Afghanen«, meint er, »packen am Besten. Wir wissen, was zuunterst und was zuoberst gebraucht wird.«

»Okay.«

»Die Syrer können überhaupt nicht packen!«

Ali sagt, dass die Syrer bei der Überfahrt im Boot die unwichtigsten Sachen dabeihatten, die sie dann notgedrungen über Bord werfen mussten.

Ich erzähle ihm, dass es in Deutschland Leute gibt, die sich freiwillig tagelang mit Zelt und Rucksack in die Pampa begeben.

»Nice«, findet Ali das. Er sieht aus, als würde er sich etwas entspannen.

Ich ziehe meinen Gürtel durch die Henkel der Plastiktüte und befestige auf diese Weise meine Habseligkeiten an der Hüfte. Sieht etwas seltsam aus, ist aber immer noch besser, als die Tüte in der Hand zu tragen.

»Gut gepackt«, lobt Ali mich.

* * *

»La ilaha illa ilah«, höre ich draußen jemanden rufen.

Viele Männer betreten daraufhin die Halle. Ohne zu sprechen, ganz stumm, verteilen sie sich im ganzen Raum, bis sie alle mit dem Gesicht in die gleiche Richtung stehen, mit erhobenen Händen, die Handflächen nach außen gedreht. Ali springt auf. Die Männer murmeln gemeinsam auf Arabisch, verschränken die Arme vor der Brust. Gleichzeitig verbeugen sie sich alle, umschlingen dann mit beiden Armen ihre Knie, bevor sie sich wieder aufrichten und die Hände auf die Brust legen. Jetzt werfen sie sich auf die Knie, die

Hände vor sich abgestützt, und senken den Kopf, bis sie mit der Stirn den Boden berühren.

»Allahu akbar«, höre ich die Männer murmeln.

Ali kniet vor mir. Ich hocke hinter ihm. Die Betenden richten sich jetzt nochmals auf und legen die Hände auf die Oberschenkel, verharren so einen Moment lang, bevor sie sich erneut niederwerfen. Mehrere Male wiederholen sie das Aufrichten und Niederwerfen, Koransuren murmelnd. Ich habe Gänsehaut beim Anblick der vielen betenden Menschen. Ich kann mir nicht vorstellen, dass es in irgendeiner Moschee auf der Welt feierlicher sein kann als hier, in der Ruine eines Lagerhauses an der serbisch-ungarischen Grenze.

Ich bin so ergriffen, dass ich gar nicht gleich aufstehe. Den Dreck um mich herum habe ich vergessen.

»Wo bist du?«, fragt Ali.

»In Isfahan«, sage ich.

Ali sieht mich an. Irgendwas will er mir sagen, aber als ich ihn dränge, schüttelt er nur den Kopf.

»Komm.« Er reicht mir die Hand. Als wir den Ausgang erreichen, lässt er los, aber das feine Lächeln in seinem Gesicht bleibt.

Ein Junge betet noch. Unbewegt vom Aufbruch der anderen kniet er im Halbdunkel, berührt den Boden mit der Stirn, dann mit dem Kinn, fünf Mal im Wechsel. Stirn, Kinn, Stirn, Kinn, Stirn. Dann bekreuzigt er sich.

Er kommt auf uns zu, spricht uns an, bevor wir die Halle verlassen.

»Dawit«, stellt er sich vor, und zeigt mit den Fingern, wie alt er ist. Vierzehn. »Germany«, wiederholt er mehrmals.

»Können wir ihn mitnehmen, Ali?«

Dawit folgt uns nach draußen.

* * *

»Where do you come from?«, ruft ein Mann in meine Richtung.

»She is travelling in Serbia.« Ali ergreift das Wort, bevor ich antworten kann.

Der Mann ist schon lange hier. »Four months.«

Vier Monate in dieser Baracke?

Er will von mir wissen, ob Germany die Grenze öffnen könnte. Ich weiß nicht, was ich sagen soll. Der Mann kommt aus Syrien, wartet hier auf einen Schleuser, weiß aber nicht, wie er ihn bezahlen soll.

»Salâm«, ertönt es hinter mir. Reshad und Wassiullah, wie Ali mir erklärt. Reshad ist schmal, sein Gesicht ganz fein, unter den Augen sind dunkle Schatten.

Er begrüßt mich leise und matt, sein Englisch ist nicht so gut, aber einigermaßen verständlich.

Im Gegensatz zu Reshad und Ali ist Wassiullah sehr kräftig, er hat dichte, buschige Haare und starke Augenbrauen.

Reshad hat von einem Freund, der es bis auf die ungarische Seite geschafft hat, eine Warnung über Kontrollen an verschiedenen Orten zugeschickt bekommen. Ali gibt die GPS-Daten in sein Handy ein, und bevor wir aufbrechen, speichern wir noch unsere Nummern, damit jeder von jedem den Kontakt hat. Ali ist der Einzige, der sein Handy anlässt, weil er es jetzt als Navi benutzt. Wir anderen sparen unsere Akkus.

»Habt ihr alles?«

Ali rät mir, meine Papiere am Körper zu tragen. Nach kurzem Überlegen – und Rotwerden – wende ich mich von ihm ab und stecke meinen Ausweis in den BH.

* * *

Mit jedem Meter, den wir uns durch das Meer aus Schilfrohr fortbewegen, kommt mir das ganze Unterfangen unwirklicher vor. Durch ein Loch im Zaun nach Ungarn! Mit mir, die ich meinen deutschen Pass in den BH gesteckt habe. Wir schlagen uns durch das Dickicht, es vergehen bestimmt zwei Stunden.

Etwa eine weitere Stunde laufen wir über feuchte Wiesen, und meine Turnschuhe sind nach kurzer Zeit total durchnässt. Ali guckt regelmäßig nach mir, wirft mir einen prüfenden Blick zu, und ich nicke jedes Mal, um ihm zu zeigen, dass alles okay ist.

Bei einer Rast sitzen wir auf einem Baumstamm an einem Feldweg, und Ali teilt mit mir das Brot, das er dabeihat. Beim Trinken achten alle sehr genau darauf, dass genug in der Flasche bleibt.

Mir ist zwar warm von der Anstrengung, aber die nassen Füße bleiben kalt. Egal, es geht weiter.

Am frühen Abend – auf die Uhr am Handy gucke ich schon lange nicht mehr – teilt Ali mit, dass wir es bald geschafft haben. Bis zur Grenze, meint er. Hinter dem Zaun, wenn wir auf der ungarischen Seite sind, geht es dann noch einmal weiter mit verschärften Sicherheitsvorkehrungen.

Wir kommen in einen Wald, der so dicht ist, dass kaum Licht durch die Baumkronen dringt. Es ist dunkel wie am späten Abend. Ali packt eine Taschenlampe aus.

Wassiullah erzählt mir, wie er mit anderen Jungen auf dem Weg vom Iran in die Türkei von wilden Affen überfallen wurde.

»Monkeys?« Reshad und Ali haben zugehört, sie lachen. Es gibt doch keine Affen in der Türkei, meint Reshad. »Affen gibt es in Indien.«

»Affen gibt es nicht nur in Indien«, widerspricht Wassiullah. Ein absurdes Gespräch in einem radebrechenden Englisch entspinnt sich im serbischen Wald. Wassiullah behauptet steif und fest, dass er und seine Freunde von einer Horde Affen auf die Bäume getrieben worden sind. »Wild monkeys!« Vierundzwanzig Stunden hat er auf einem Baum ausgeharrt, ohne Essen und Trinken.

Als ich einwende, dass Affen sehr gut klettern könnten, viel besser als wir, und dass es doch keinen Sinn macht, sich vor einem Affen auf einen Baum zu flüchten, kann sich Reshad nicht mehr halten vor Lachen. Ich glaube, Wassiullah verwechselt das Wort. Ob er wilde Bären meint, frage ich.

»Es gibt nur wilde Bären«, sagt Ali, »oder was für Bären kennst du, Frida?«

Reshad schlägt mit einem Ast gegen einen Stamm und ruft: »Wassiullah means pigs!«

Jetzt lachen alle.

»Wild pigs«, rufe ich.

Eine gute Weile vergeht, in der wir kuriose Tiergeschichten erzählen, die alle klingen wie ausgedacht. Dawit versteht gar nichts, aber er lächelt, wenn wir lachen, sofern ich seine Mimik in der Dunkelheit richtig deute.

»Noch drei Kilometer«, sagt Ali plötzlich, »bis zur Grenze.«

Ich bin erleichtert zu hören, dass wir bald da sind. Denn wenn ich es richtig verstehe, haben wir ja auf der anderen Seite, in Ungarn, noch einige Kilometer Marsch vor uns.

Der Weg ist gut begehbar, man hat das Gefühl, dass er breiter wird und der Wald lichter. Aber der Eindruck täuscht. Hinter der nächsten Biegung stehen hohe Tannen, und erneut senkt sich die Dunkelheit auf uns herab. Ali sagt, dass alles okay ist und dass die Grenze hinter diesem letzten Stück Wald liegt.

»At the border I have seen all the dead bodies«, sagt Reshad unvermittelt.

»Das war in Afghanistan«, sagt Ali zu mir, »an der Grenze zum Iran.«

Reshad nickt. »Afghanistan«, wiederholt er, und wie Ali

spricht er »Afrohnistan«, mit R statt mit G, mit einem offenen O und einem Hauchlaut, den ich gar nicht nachmachen kann.

Der Weg geht in eine asphaltierte Straße über. Ich habe überhaupt kein Zeitgefühl mehr.

Die Straße ist so breit, dass wir alle fünf nebeneinandergehen können.

Ein Hubschrauber fliegt über den Wald. Keiner wagt es, nach oben zu gucken. Wassiullah stöhnt auf.

»Hej?« Ali stößt ihn in die Seite.

Wassiullah brummt unwillig, meint, er hat kein gutes Gefühl.

Kein gutes Gefühl. Ich habe gar kein Gefühl, und das wiederum fühlt sich auch nicht so gut an. Denn ich weiß nicht, worauf ich überhaupt achten soll. Was passiert, wenn man uns hier aufgreift? Aber in der Nähe der Grenze herumlaufen ist ja wohl kein Verbrechen.

Auf einmal hören wir ein Motorengeräusch, das schnell näher kommt. Wie der Blitz sind wir von der Straße runter und kauern uns hinter hohe Bäume. Der Geruch des Waldbodens steigt mir in die Nase, Erde, nasses Gras, Baumrinde. Das Auto ist ein Geländewagen, der verstörend langsam an unserem Versteck vorbeizieht. Suchen die wen? Ich kneife die Augen zu und ducke mich noch tiefer.

»Steh auf, Frida!

* * *

Der Weg führt bergab aus dem Wald hinaus auf ein freies Feld. Mitten im Acker verläuft der Zaun.

»This is the place«, verkündet Ali.

Der Nachthimmel ist bewölkt, keine Sterne zu sehen, nur der abnehmende Mond, der eine Ahnung von Licht auf die Landschaft wirft. Der Stacheldraht glänzt metallisch. Mir fällt ein, dass in Serbien Landminen im Boden versteckt liegen können, wie in Bosnien. Ali richtet die Taschenlampe auf den Zaun. Dawit hat die Stelle als Erster entdeckt. Wir brauchen kein Werkzeug; das Loch, das der Vorgänger, Reshads Freund, in den Zaun gerissen hat, wurde noch nicht repariert, ein gutes Zeichen.

»Let's go!«

Ali macht die Taschenlampe aus. Wie aus dem Nichts rollt jetzt ein Fahrzeug den Hang herunter auf uns zu. Der Motor röhrt, jemand schreit aus dem Fenster. Ich höre mich selbst gellend schreien. Es ist der Geländewagen von vorhin, der geradewegs auf uns zuhält. Will der uns umbringen? Ali packt mich am Arm und reißt mich mit, und wir rennen zurück Richtung Wald, links den Hang hinauf. Reshad schreit etwas, woraufhin Ali mich in die andere Richtung zieht, noch haben wir den Waldrand nicht erreicht. Dawit läuft weiter vorn, Ali und ich sind hinten, ich bin noch nie so schnell gerannt. Der Wagen verfolgt uns, treibt uns den Hang hinauf. Bei jedem Schritt sinke ich in den Matsch ein.

»Stopp«, schreit ein Mann.

Wir rennen weiter.

»Stopp!«

Wir hören, wie der Motor ein paarmal abgewürgt und neu gestartet wird. Oben an der Straße angekommen, schlagen wir uns ins Unterholz, Ali zieht mich weiter in den Wald hinein, über Wurzeln, zwischen dornigen Büschen hindurch, weiter, immer weiter, und irgendwann drückt er mich auf den Boden. Ich liege mit dem Gesicht auf der Erde, höre Alis Atem neben mir. Wir warten ziemlich lange. Wo sind die anderen? Reshad! Wassiullah, Dawit! Vorsichtig stehen wir auf und gehen ein Stück zurück, aber wir haben keine Ahnung, wo wir sind.

»Don't worry, Frida!«

Keine zwanzig Meter von uns entfernt kauern die drei anderen im Gras. »Inshallah!« Die Jungs lachen erleichtert, und klopfen sich den Dreck von den Hosen.

Beim Weglaufen hat Ali seine Taschenlampe verloren, die Lampe von Reshad ist kaputt, und unsere Handys leuchten zu schwach. Wir sehen kaum etwas. Heute Nacht werden wir es nicht mehr probieren, auf die andere Seite zu gelangen. Es ist zu gefährlich, wenn Patrouillen in der Gegend unterwegs sind.

Wir sammeln Holz und richten eine Feuerstelle ein. Ob es heute Nacht schneien wird? Die Luft ist schneidend kalt, es riecht nach Tannennadeln. Ali weicht nicht von meiner Seite, nimmt mir die Äste aus der Hand.

»Be quiet, Frida!«

Stimmen sind zu hören ganz in unserer Nähe. »Shhhhhh«, mache ich zu den anderen.

Vorsichtig gehen wir ein Stück weiter in die Richtung, in der wir jemanden vermuten. Freund oder Feind?

Hinter hohen Tannen entdecken wir ein Haus. Steinerne Stufen führen zu einer überdachten Pforte.

10

۱۰

»Wow«, sagt Ali. »Our house!«

Eine zersplitterte Lampe schaukelt unter dem Vordach im Wind hin und her. Das Haus könnte ein Landschulheim gewesen sein. Oder ein Waisenhaus. Ein Horrorfilm kommt mir in den Sinn.

»Wir könnten hier schlafen«, sagt Ali.

Oh nein ...

Er und Wassiullah diskutieren, Reshad entfernt sich ein bisschen von uns und streicht um das Gebäude herum. Dawit und ich warten. Reshad zischt etwas herüber. Ich folge seinem Blick.

»Hello?«, ruft Wassiullah.

Im dritten Stock steht jemand am Fenster.

»Dobar dan!«, rufe ich. »Dobro vêce!« Falls es doch Serben sind, die hier leben.

Keine Antwort. Die Gestalt verschwindet, kurz darauf erscheinen zwei Leute oben am Fenster. Meine Beine zittern, vor Kälte oder vor Angst.

»Salâm«, hören wir. Eine ältere Männerstimme, die zaghaft klingt und fast anklagend.

»Salâm, Salâm aleikum«, rufen die Jungen im Chor.

Große Freude und Erleichterung oben am Fenster. Ob wir auch auf der Flucht sind, wollen sie wissen. Sie sprechen Dari.

»Bale! Ja. Wir sind auch auf der Flucht.«

Über ein stockdunkles Treppenhaus tasten wir uns, uns aneinander festhaltend, zu der afghanischen Gruppe, die sich im obersten Stock ein Lager hergerichtet hat. Das letzte Stück kommt uns jemand entgegen. Nochmals die Begrüßung: Salâm, Salâm.

Die anderen schlafen, wie uns gesagt wird, aber sowie wir im Flur stehen, öffnen sich Türen rechts und links, und mehrere Männer schauen nach, wer da den Weg zu ihnen gefunden hat. Einer leuchtet uns mit der Taschenlampe an. Ali stellt uns vor, wechselt mit jedem ein paar Worte.

Es ist kalt im Haus. Dafür gibt es jede Menge Platz zum Schlafen und in jedem Zimmer Schränke mit Wolldecken, erfahren wir. Wir sollen uns unbedingt gleich warm in die Decken einwickeln. »Sonst geht es euch genauso schlecht wie unserem Amir!«

Sie führen uns in ein Zimmer, in dem ein Mann schwer atmend unter einem Deckenberg liegt. Der, der das sagt, heißt Mohammed, und der Kranke ist sein Bruder.

Ein Kind weint. Ich zucke zusammen. Einer der Männer

deutet nach rechts. »A family«, sagt er, »little children.« Mohammed hustet, ich weiche einen Schritt zurück, Richtung Tür.

Reshad meint, dass wir uns jetzt ein Zimmer suchen sollten.

Wir gehen den Gang hinunter, vorbei an den bereits besetzten Zimmern, und gelangen in einen Saal. Ich leuchte mit dem Display meines Handys über Tische und Stühle. Ein alter Speisesaal, holzgetäfelt.

Eine Tür ist abgeschlossen, aber der Schlüssel steckt. Ali klopft. Eine unbestimmte Angst steigt in mir auf.

Die Jungs gehen einfach an mir vorbei in den Raum. Was bleibt mir anderes übrig, als ihnen zu folgen?

»Haaah«, macht Wassiullah vor Schreck.

Was ist das? Mit den Handys leuchten wir den Boden ab. Medikamente, Tabletten, Spritzen, ein Stethoskop, viele leere Konservendosen.

Ali öffnet einen Wandschrank. Reshad zieht irgendetwas heraus, im Dunkeln sieht es aus wie ein schwarzes Gespenst.

»Frida!«, ruft Ali.

»Was ist?«

»Komm mal her!«

Im Schrank liegt gestapelte und fein säuberlich gefaltete Wäsche. Hosen, Blusen, Hemden, Kittel. Trockene Kleider! Wir wühlen in den Klamotten und schmeißen alles auf den Boden. Wir greifen in den Haufen wie an einem Wühltisch im Discounter, reißen heraus, was wir brauchen können. Ich kann mich nicht vor den Augen der Jungen umziehen, selbst wenn es so dunkel ist wie hier. Die nassen Jeans kleben mir an den Beinen. Ich gehe auf den Flur. Ich falle fast hin, so hastig und linkisch zerre ich an meinen Hosenbeinen. Der Flur ist schwarz wie die Nacht, und es riecht nach Moder, Schimmel und wer weiß nach was noch.

»Frida, are you okay?«

Hastig ziehe ich die neuen Sachen an, ein weißes Sweatshirt, eine Stoffhose, und nehme meine Schuhe in die Hand. Erst als ich die anderen im Schein meines Handy-Lichts sehe, wird mir bewusst, wo wir sind. Es ist ein Krankenhaus, oder besser gesagt, es war einmal ein Krankenhaus.

Ali hat einen langen Kittel an, eine weiße Hose und ein zu großes Hemd, das ihm fast bis zu den Knien reicht. Er hat sich einen Mundschutz über die Stirn gezogen. Wassiullah sieht aus wie ein richtiger Arzt, da ihm die Sachen genau passen. Bei Reshad rutscht die Hose genau wie bei mir, und er zieht zwei Hemden übereinander an. Für Dawit sind alle Sachen zu groß. Er benutzt zwei Arztkittel als Jackenersatz und bittet mich, ein Foto zu machen. Wir stellen uns dicht zusammen für ein Selfie. Vielleicht war das hier auch eine geschlossene Anstalt für geistig Verwirrte.

»Let's keep together«, sagt Ali.

»Inshallah«, sagen wir alle, erst leise, dann ganz laut.

Dawit bekreuzigt sich. Ich stelle mir vor, wie ich mit dieser Clique bei mir zu Hause auflaufe. Anita würde alle mögen, und besonders Ali, da bin ich mir diesmal wirklich sicher.

An einer mit Regenwasser gefüllten Tonne, die vor dem Haus steht, putzen wir uns alle fünf die Zähne; die Zahnpasta stammt von mir, zwei Plastikzahnbürsten, die Ali präsentiert, stammen aus dem Badezimmer des *Meridian*. Zum Glück habe ich meinen Kulturbeutel noch. Einträchtig stehen wir in der Kälte unter freiem Himmel im Mondlicht in leuchtend weißen Arztklamotten.

»I'm so sick, doctor«, klagt Ali, »please help me, doctor Frida!«

»But you are a doctor, too«, sage ich, »und wenn zwei Ärzte krank sind, heilen sie sich gegenseitig. Krank und krank, das hebt sich auf.«

Ali sagt, dass er niemanden kennt, der auch nur annähernd so verrückt ist wie ich. Die Jungs stimmen zu. Sie werden weniger an meine Witze denken als daran, dass eine Deutsche aus freien Stücken mit ihnen geht. Vielleicht denken sie, dass ich den Kick brauche. Vielleicht denken sie, dass ich Alis Freundin bin und wir es nur nicht zeigen. Oder sie denken gar nichts, weil sie mit Wichtigerem beschäftigt sind.

Ali schöpft etwas Wasser in eine seiner Flaschen, reicht sie mir und meint, ich soll bitte hinter das Haus gehen. Ach so. Okay. Ich entferne mich von den Jungs, die sich waschen wollen.

Hinter dem Haus stelle ich mich unter eine Tanne. Wie kann ich das bisschen Wasser effektiv an welchen Körperstellen verteilen? Ich beeile mich, sodass ich die Kälte kaum spüre. Es gelingt mir sogar, ein bisschen Duschgel zu benutzen. Abtrocknen wäre angenehm. Eiskalt ist mir jetzt, aber ich fühle mich sauber. Wenn ich oben im Haus bin, werde ich die nasse Hose über Nacht ausziehen müssen.

* * *

In dem Zimmer, das wir uns aussuchen, sind drei Stockbetten. Die Fensterscheibe hat Risse, der Wind weht den zerschlissenen Vorhang hoch, sodass man meinen könnte, es steht jemand dahinter. Allein hätte ich dieses Haus niemals betreten.

Im Schrank liegen Wolldecken, die nach Mottenpulver riechen. Reshad sagt, dass er zum ersten Mal seit Monaten in einem richtigen Haus übernachtet.

Ali klettert auf ein Stockbett. Ich wähle die Matratze unter ihm, aus der Schaumstoff quillt. Die Decke ziehe ich mir über den Kopf, um warm zu werden, und streife mir die Hose ab, die allerdings im kalten Zimmer sicher nicht trocken wird bis zum Morgen.

»How are you, Frida?«, fragt Wassiullah.

»Fine«, sage ich, »it's very comfortable here.«

Das Wort »Luxus« kennt keiner auf Englisch.

»Vielleicht, weil es in Afghanistan keine reichen Leute gibt?«

Wassiullah und Reshad lachen. Die Taliban sind reich, sagen sie. Und die Leute von der Regierung wohnen in Palästen.

»Bald sind wir in Deutschland, und Frida zeigt uns ihren

Palast«, scherzt Wassiullah. »Und Fridas Mutter kocht für uns Kartoffeln.«

»Warum Kartoffeln?«

»Weil Deutschland das Kartoffelland ist«, sagen die beiden.

Ali ist ganz still.

* * *

Am nächsten Morgen treffen wir draußen die anderen Leute. Außer mir sind nur noch zwei Frauen hier, eine mit ihrem Bruder und die andere mit ihrem Mann und drei kleinen Mädchen. Das kleinste ist zwei Jahre alt; das ist wohl das Kind, das gestern so laut geweint hat. Ansonsten sind hier nur alleinreisende Männer. Reshad zeigt ihnen allen, wo sie die frischen Kleider finden. Kurz darauf tragen auch sie weiße, gebügelte Sachen. Nur die verdreckten Schuhe verraten uns.

»Wir haben die Ärzte überfallen und eingesperrt«, sagt Reshad, »und behandeln uns jetzt selbst.«

»Doctors without borders«, sagt ein Mann, der aus Kunduz stammt und dort selbst Arzt war.

Ärzte ohne Grenzen findet Wassiullah einen lustigen Ausdruck, er wusste nicht, dass es diese Organisation wirklich gibt.

Die Leute fragen, ob wir es ohne Schleuser versuchen werden. Ali nickt. Er hat eine neue Stelle im Auge. Wir müssen parallel zur Grenze gehen bis zu einem Feld, das man nur zu Fuß erreichen kann. Die nächste Straße, hat er herausgefunden, verläuft zwei Kilometer entfernt. Eine regelmäßige Patrouille gibt es dort nicht, laut Auskunft von Freunden, die es von dort auf die andere Seite geschafft haben.

»Wer hat es wann geschafft?«, fragt Mohammed.

»Ein Verwandter von Reshad«, sagt Ali, »vor einem Monat.«

Mohammed blickt misstrauisch. Vor einem Monat, sagt er, war es noch einfacher. Der Zaun wird immer stärker überwacht.

Trotzdem werden sie alle mitkommen.

Sie haben hier keinen Kontakt mehr zu einem Schleuser, sagen sie. Der letzte Mann hat sie in Belgrad zurückgelassen und sich mit dem ganzen Geld abgesetzt. Ich schalte mein Handy an, ich würde gern ein Bild machen von unserer ganzen Gruppe.

Müde schüttelt Reshad den Kopf. »No photos«, sagt er. »They will find us.«

Vielleicht meint er die Serben mit dem Geländewagen, vielleicht auch die Taliban in seiner Heimat. Für mich verschwimmen die Grenzen der Länder, genau wie die Tageszeiten. Sprachen mischen sich, Gesichter wirken fremd, wie das Gesicht des Mannes, der sich jetzt mit einem Taschenmesser die Barthaare stutzt, und dann doch vertraut, wenn ich fünf Minuten länger hinsehe. Ein bärtiger Mann sagt, dass er dringend telefonieren muss. Kaum einer hat noch ein aufgeladenes Handy, viele haben gar keins mehr, weil es ihnen unterwegs gestohlen wurde. Ich gebe ihm meins. Er erreicht einen Cousin, der in Norwegen gelandet ist. Während des Telefonats beginnt der Mann zu weinen. Die Leute um ihn herum werden still. Einer legt ihm die Hand auf die Schulter. Es sieht hilflos aus.

Der Mann gibt mir das Telefon zurück. Tränen strömen ihm über das Gesicht. Er hat einen langen Bart, kurze schwarze Haare, und über seine alten Sachen hat er einen Arztkittel gezogen. Wir stehen schweigend da. Mein Handy klingelt, ich will rangehen, aber Ali sieht sofort, dass es nicht für mich ist. Der Bärtige nimmt das Gespräch an. Er beginnt zu schreien. Sein rechtes Bein zittert. Alle bis auf Dawit und mich verstehen, was los ist.

»Brauchen die Amerikaner eine Riesenbombe, um ein paar Daesh zu töten?«, murmelt Ali. Sein Gesicht ist voller Hass.

Mohammed dreht sich eine Zigarette, reicht den Tabak an Ali weiter.

Diese Bombe, wird mir gesagt, hat eine ganze Provinz zerstört. Die Gegend liegt seit der Detonation unter einer giftigen Wolke.

»This toxic cloud means death for the people there.«

Wassiullahs Augen füllen sich mit Tränen. Der Bärtige hat seine Schwester und seine kleine Nichte verloren.

Mohammed fragt mich, ob ich etwas zu essen besorgen könnte.

»Yes, sure.«

»Die Leute hier haben Hunger. Aber schlimmer als der Hunger«, sagt Mohammed, »ist, dass sie hier festsitzen. Deshalb werden sie alle heute Abend mit uns zusammen aufbrechen. Ein neuer Versuch«, setzt er mit zweifelnder Miene hinzu.

11

یازده

Seine Mutter hat ihm viel über die Geschichte des Landes beigebracht. Die Schilderungen über Kampfhandlungen verschiedener Nationalitäten und Parteien auf afghanischem Boden verschmolzen in Alis Ohren zu einem einzigen immerwährenden Krieg. Dabei, sagte seine Großmutter, war Afghanistan ein wunderschönes Land. Sie selbst war noch unverschleiert durch Kabul gegangen und hatte zu studieren angefangen. Zu dieser Zeit, erzählte sie, kamen unzählige Touristen, die gar nicht mehr gehen wollten, so begeistert waren sie von der wilden Schönheit des Landes. Junge Leute aus Europa und Amerika besuchten Kabul, zelteten am Hindukusch und rauchten den berühmten schwarzen Afghan.

»Die kamen zum Kiffen?«

Ali lacht. Er kann es auch kaum glauben, aber seine Oma Madarbozorg hatte ihm lustige Geschichten über sogenannte Hippies aus dem Westen erzählt, die mit der Gitarre über die Dörfer zogen und versuchten, persische Lieder zu lernen.

1979 kamen die Russen, erzählte ihm die Großmutter, und dann ging der Krieg los.

»Seitdem ist Krieg.«

Jedes Kind in seiner Heimat, egal ob es zur Schule geht oder nicht, kennt die Erzählungen vom Einmarsch der Russen. »Die haben mein Land besetzt«, sagt Ali, »und die Mudschaheddin haben gegen die Russen gekämpft.«

»Wer sind die Mudschaheddin?«

Ali kickt einen Stein weg, der auf dem Feldweg liegt. Ich hoffe, wir gehen in die richtige Richtung und finden den Laden, in dem wir einkaufen wollen.

»Das sind die Taliban«, meint Ali.

»Echt?«

»Na ja. Am Anfang waren es Guerillakämpfer, die sich den Besatzern entgegengestellt haben. Guerilla, you know?«

Ich nicke.

»Es waren Muslime, die nicht nur ihr Land, sondern auch ihre Religion verteidigt haben. Und dann kamen die Amerikaner.«

Ali wirft mir einen Seitenblick zu.

»Die Amerikaner wollten nicht, dass die Russen die Oberhand bekommen über Afghanistan, denn du musst wissen, dass es in meiner Heimat Erdöl gibt. Das ist wertvoll, und das wollen die Amerikaner nicht den Russen überlassen. Also haben die Amis die Mudschaheddin unterstützt. Erst später haben sie gemerkt, dass sie mit den Zielen dieser Leute nicht so klarkamen, und dann haben sie angefangen, die Männer, die sich jetzt Taliban nannten, ihrerseits zu bekämpfen. Mein Land ist die Hölle.«

Ali bleibt stehen. »Wir haben in einem eigenen Haus gewohnt«, sagt er. Der Vater und der Onkel hatten es für die Familie gebaut. »Ein schönes Haus«, sagt Ali, »aber was nützt es, wenn du niemanden zu dir einladen kannst und niemanden besuchen darfst? Jedes Mal, wenn du das Haus verlässt, betest du, dass du wieder heil zurückkommst. Jedes Mal verabschiedest du dich von deiner Familie, denn vielleicht siehst du keinen lebend wieder.«

»Klingt scheiße«, sagt Ali, »aber genauso ist es.«

Alis Mutter kannte sogar ein paar der Männer, von denen einige gezwungenermaßen, andere freiwillig zu den Terroristen übergelaufen waren. Es gab keine Arbeit in der Region, und die Taliban bezahlten ihre Leute. Wer sich widersetzte und sich weigerte, mit ihnen zu gehen, dem wurde das Leben noch schwerer gemacht. Wer mitging, war für immer verloren. Fast keinem gelang die Flucht.

Ali zögert kurz, bevor er weiterspricht.

»We stayed at home, day and night.«

Er blickt auf den Weg, auf dem wir stehen, als hätte er vergessen, wo wir sind.

»Komm«, sage ich.

Wir gehen weiter.

Die Leute blieben Tag und Nacht in ihren Häusern, und die Kinder durften nicht mehr zur Schule gehen. Zu gefährlich war es, wenn die Männer durch den Ort gingen, um für Nachwuchs in den eigenen Reihen zu sorgen. Sie entführten Minderjährige auf der Straße. Die Polizei konnte nichts ausrichten. Ali hat schon oft erlebt, wie Talibankämpfer in unmittelbarer Nähe der Polizei Leute bedroht haben.

Mehrere Kinder und Jugendliche aus der Nachbarschaft waren bereits verschwunden. Ein Albtraum für seine Mutter, sagt Ali.

Die Frauen huschten immer nur über die Straße, wenn sie etwas erledigen mussten. Die Familie verlor den Kontakt zu den Nachbarn. Misstrauen herrschte, denn man wusste nicht genau, wer übergelaufen war und wer sich noch widersetzte. Das Haus war ein Gefängnis für Ali, seine Geschwister, für Mâdar, die Mutter, und für Madarbozorg, die Großmutter.

Alis Vater war schon seit über einem Jahr nicht mehr nach Hause gekommen. In langen Tagen und Nächten, die Ali untätig zu Hause verbringen musste, stellte er sich vor, wie sein Vater selbst ein Taliban geworden war. Aber wenn seine kleine Schwester fragte, beteuerte er immer, dass der geliebte Baba niemals auf die andere Seite wechseln würde. Lieber würde er sterben, sagte Ali zu ihr.

Eine Weile gehen wir schweigend nebeneinander her.

»Wie alt warst du da, Ali? Wann war das?«

»What?«

»Sorry.«

»I need to smoke.«

Im Gehen dreht er sich eine Zigarette.

»Hej Frida«, sagt er und lächelt auf einmal. »Do you live at your parents' house?«

»Ich wohne bei meiner Mutter.«

»Weiß sie, wo du bist?«

»Not really.«

An einem Vormittag klopfte es. Als Alis Mutter die Tür zögernd einen Spaltbreit öffnete, stand ein Nachbar vor ihr, um zu sagen, dass er das Land verlassen wird. »Ihr solltet auch gehen, sie suchen euch, besonders Ali.«

Er atmete schwer, der Schweiß lief ihm über die Stirn. Die Mutter brachte ihm Tee, aber der Nachbar wollte sich nicht setzen. »Ihr müsst packen«, sagte er. Wortlos zeigte Alis Mutter in den Flur. Sie hatten immer gepackt. Taschen, Tüten und Rucksäcke für die Flucht standen schon lange bereit. Mit jedem Tag wurde es schwieriger für sie, den Alltag zu organisieren. Was sollte aus den Kindern werden? Aber noch warteten sie auf den Vater. »Wir können nicht ohne ihn gehen«, sagte Alis Mutter zu dem Nachbarn. Der schwieg. Er war noch keine dreißig Jahre alt, aber seine Haare und sein Bart waren schon ganz grau, und seine Augen sahen alt aus vor Sorge. Er beugte sich zu Ali und flüsterte ihm heiser ins Ohr: »Du bist jetzt der Mann in deiner Familie.«

Der Satz bohrte sich in Alis Kopf.

»Komm mit«, flüsterte der Nachbar. »Es muss schnell gehen.«

Zwanzig Minuten lang ging es bergauf. Ali fragte nichts. Schafe blökten laut, sie sahen mager aus.

»Ich war gestern hier oben, weil ich ein Schaf geholt habe«, sagte der Nachbar, als sie bei einem Stall innehielten.

Ali schrie nicht. Er weinte auch nicht. Kein Laut kam über seine Lippen, als er seinen Vater sah, der hinter dem Stall lag, auf dem Bauch, die Arme verdreht, die Beine vom Körper abgespreizt.

»Es muss schnell gehen«, wiederholte der Nachbar.

Er fasste den Toten an den Armen und schlang sie von hinten um seinen Hals und wies Ali an, den Körper an den Beinen zu nehmen, damit er nicht auf dem Boden schleifte. Unter großer Anstrengung schafften sie es, den Vater hinunter zum Haus zu bringen. Die Schafe rannten ihnen blökend nach.

»Begrabt ihn, und dann geht.« Gehetzt blickte der Nachbar sich um. »Ali, Ali Jan, ihr müsst gehen.«

Ali fing an, eine Grube auszuheben, während die Mutter den Toten wusch. Der Ritus verlangte das Gebet, und Ali fing an zu beten.

Der Nachbar hob die Hand noch einmal zum Gruß. »Geht so schnell wie möglich nach Pakistan.«

Alis Mutter nickte. »Ich danke dir.«

»Du musst deinem Bruder Bescheid sagen! Geh zu Sarkasch!«, wiederholte er, die Stimme versagte ihm fast. Er drehte sich zu Ali um. »Sag deinem Onkel, dass er euch holen soll. Sarkasch muss euch nach Pakistan bringen.«

Alis Geschwister, ein Mädchen und ein Junge, fünf und sieben Jahre alt, sahen zu, wie die Mutter den Leichnam wusch. Sie spülte den Mund ihres Mannes, wischte die Arme, die Ellenbogen, den Hals sauber. Der Oberkörper war eine einzige Wunde. Sie bedeckte den Körper mit Tüchern und ging ins Haus, um Salben, Rosenwasser und die Totenkleidung zu holen.

Alis Geschwister starrten auf den toten Vater.

»Arif«, sagte Ali, »hilf mir.« Er stieß die Schaufel in die trockene Erde, sein Bruder sprang ihm bei und grub mit bloßen Händen.

Die Schwester kauerte neben ihnen mit offenem Mund. Die Mutter rieb jetzt die Arme und das Gesicht ihres Mannes mit Ölen ein. Ali zog die Schuhe aus, und seine Geschwister machten es ihm nach. Vor Gott sind alle gleich, hatte Ali gelernt.

»Wo ist Osten?«, fragte die Mutter. Sie war zu verwirrt, um die Himmelsrichtung festzustellen.

Ali erinnert sich daran, dass seine Mutter plötzlich auf die Knie sank und sich, von ihren Kindern abgewandt, auf die Erde erbrach. Ali wies seine Schwester an, der Mutter zu helfen, und drehte den Vater dann gemeinsam mit dem Bruder auf die rechte Seite, damit dessen Gesicht nach Osten zeigte.

»Hol Sarkasch«, hörte Ali seine Mutter sagen, »damit er von seinem Bruder Abschied nehmen kann.«

Als Ali um das Haus herumging, das Tor öffnete und auf

die Straße trat, näherte sich ein höllischer Lärm, und kurz darauf sah er den Teufel heranfahren.

»Schaytaan«, sagt Ali, »you know?«

»Satan«, murmele ich.

Ali presste sich an die Hauswand, als ein Panzer durch die Straße rollte. Jeder in Afghanistan, sagt Ali, kennt armored cars, Panzerfahrzeuge, jeder kennt Männer in Uniform, Amerikaner, Afghanen, Deutsche, Franzosen, und jeder kennt die Taliban in ihren Kaftanen, mit den Bärten und den Kalaschnikows. Die Männer auf dem heranrollenden Panzer waren Taliban und Daesh.

Ali sucht nach Worten. »They took my blood, they took my words away.«

Es gibt keinen Gott außer Gott, und Mohammed ist sein Prophet, stand auf ihrem Banner. Die Menschen auf dem Panzer verbargen ihr Gesicht hinter schwarzen Masken.

Ali betete. Seine Mutter rief, er antwortete nicht. Er stand da, an die Hauswand gepresst, er war selbst wie tot. Kamen sie zu ihm, die Männer auf dem Panzer? Plötzlich hörte er sie ganz in seiner Nähe sprechen.

»Sie waren«, sagt Ali, »zu unserem Nachbarn gegangen.«

Ali hörte fünf Schüsse.

»Was dann passiert ist, kann ich nicht sagen. Aber ich habe mit meinem Onkel Sarkasch unseren Nachbarn begraben und seine Frau und die beiden Kinder.«

Danach begrub er mit Sarkasch und der Mutter den eigenen Vater. Ali weiß noch, dass alle Leute um ihn herum geschrien und geweint haben, dass er aber stumm blieb. Kein einziges Mal, sagt Ali, hat er geweint. Er erinnert sich daran, wie er in sein Haus ging und die Mutter sagte: »Ali, geh noch mal aufs Klo!« Das war so verrückt in dem Moment, als würde man zu einem Schulausflug gehen und wäre nicht gerade Zeuge eines fünffachen Mordes geworden.

Sarkasch rief. »Kommt raus, wir gehen. Alle gehen! Kommt!«

Ali ging in sein Zimmer, warf sich auf sein Bett.

»Ali!«

Die Mutter fing an zu schreien.

»Madar«, flüsterte Ali. Seine Stimme war ihm abhandengekommen. Stumm griff er nach ihren Händen.

»Madar, wir müssen fliehen!«

Sie verstand gar nichts mehr. Ali nahm die Geschwister, schob die Mutter nach draußen.

Jede Minute zählte. Sarkasch ließ den Motor seines Wagens an, aber als sie losfuhren, schrie eine Nachbarin, eine alte Frau, dass sie nicht weiterfahren dürften. Der Weg aus dem Dorf war versperrt. Der Islamische Staat hatte das Dorf eingenommen. An jeder Ecke standen schwarze Gestalten ohne

Gesicht, Panzer auf der Straße. Sie flüchteten zu Fuß über die Schafweiden, immer höher und höher, Richtung Pakistan. Die gepackten Taschen und Koffer ließen sie zurück.

Ali klagt über starke Kopfschmerzen. Beim Einkaufen im Dorfladen, den wir tatsächlich erreichen und in dem meine EC-Karte zum Glück funktioniert, wirkt er abwesend, weit weg von allem, weit weg von mir. Ich packe ein, was ich für richtig halte, und hoffe, dass mein Dispo noch nicht überschritten ist. Schweigend drückt mir Ali fünfzig Euro in die Hand.

»Woher hast du das Geld?«

Ich will es nicht annehmen, aber Ali reagiert schroff.

»It's just money. Dirty money.«

* * *

Als wir mit Brot, Obst und Wasserflaschen zurückkommen, treffen wir niemanden vor dem Haus an. Alle sind auf den Zimmern und ruhen sich aus. Wir legen uns auch noch mal hin.

Wassiullah, Reshad und Dawit schlafen. Ali liegt auf dem oberen Bett. Ich höre ihn tief ausatmen. »Once upon a time«, sagt er ironisch, als würde er ein Märchen erzählen, »I was in Greece.«

Mehrere Monate blieb er dort, gezwungenermaßen, denn er hatte kein Geld mehr. Und ohne Geld, fährt er fort, bleibt man dort sein Leben lang ein Refugee.

»You need money for the smuggler.«

»I can imagine …«, sage ich. Aber was es bedeutet, kann ich mir nicht wirklich vorstellen.

»You have the choice«, sagt er. »You sell drugs or you sell your body.«

Ich würde Ali jetzt gern in den Arm nehmen. *I feel so sorry* kommt mir klein vor. Irgendwann schlafe ich ein. Als ich aufwache, steht Ali rauchend am Fenster. Dawit redet im Schlaf. Ein leichter Wind bewegt die Tannen vor dem Fenster.

»Frida«, flüstert Ali. Es ist Zeit, wir gehen los.

Wir wecken die anderen und ziehen uns im Dunkeln an. Mir fällt ein, dass wir Batterien für Reshads Taschenlampe hätten kaufen sollen. Too late.

Mit Taschen und Tüten, Rucksäcken und Decken verlassen Ali, Reshad, Wassiullah, Dawit und ich, gefolgt von der ganzen Flüchtlingsgruppe mit dem Kind, die Klinik.

Stumm marschieren wir hintereinander her durch den Wald. Mohammed bildet mit seinem kranken Bruder das Schlusslicht. Ali und Reshad gehen vorneweg. Dawit hat Alis Handy, auf dem die GPS-Daten gespeichert sind, mithilfe von Batterien und Metalldrähten, die er mit Klebeband am Akku befestigt hat, aufladen können. Ich hätte nicht gedacht, dass das geht. Ich habe leider keine Ahnung von Physik.

Wir wirken wie eine Prozession von Pilgern, weil wir über den Arztklamotten jeder eine Wolldecke umhängen haben. Meine Schuhe sind immer noch nass, und da es in dem Laden keine Strümpfe zu kaufen gab, habe ich meine weggeschmissen und stecke jetzt barfuß in den Turnschuhen. Ein paar Leute aus unserer Gruppe haben sogar nur Sandalen an.

Ein Reh flieht vor uns ins Unterholz. Wassiullah sagt, dass es in Afghanistan Rehe gibt, deren Zähne riesig lang aus dem Maul ragen. Reshad und ich müssen wieder lachen. Reshad meint, dass er so ein Vampir-Tier noch nie gesehen hat. Ein älterer Mann mischt sich ein. Reshad und Wassiullah übersetzen mir, was er sagt. In Afghanistan soll es nicht nur diese Vampir-Rehe geben, sondern auch richtige Vampire. Reshad kichert.

Ali dreht sich zu uns um. »Alle noch da? Alle beisammen?«

Der Mann sagt, dass es in einer bestimmten Region Menschen geben soll, die sich vom Blut anderer ernähren. Ich entgegne, und Reshad übersetzt, dass es so eine Geschichte in Europa auch gibt, und zwar die Geschichte von Dracula, der ein Vampir ist. Aber der Mann beharrt darauf, dass es diese Menschen wirklich gibt.

»They only look like human beings«, sagt Reshad, »but they are Vampires.«

Dawit, der mitgekriegt hat, dass wir über seltsame Tiere reden, wirft ein, dass das Tier – er zeigt in den Wald – ein großes Dikdik war.

»Ein Dikdik«, lacht Wassiullah.

Mit dem Dikdik ist die Diskussion über Vampire zum Glück beendet. Ali verkündet, dass wir gleich an der Grenze sind.

Ich sehe mich nach dem Bärtigen um, der gestern die schlimme Nachricht erhalten hat. Er bemerkt meinen Blick, versucht sogar zu lächeln.

Ali und Mohammed machen sich am Zaun zu schaffen. Es dauert ein bisschen, bis sie den Draht durchgezwickt haben. Als sie so weit sind, kriechen wir einfach durch das Loch auf die andere Seite.

Absurd unspektakulär. Wir sind in Ungarn!

Stumm marschieren wir über ein Feld, dann durch matschiges Land, bis wir eine Ortschaft erreichen. Heruntergelassene Rollläden, gestutzte Hecken, Gartenzwerge auf dem Rasen. Von hier aus kann man die Autobahn sehen. Das kleine Kind schreit. Alle erschrecken.

»Schhhh«, machen alle und drehen sich ängstlich um.

»The Ungaria sleep«, sagt die Mutter des Kindes.

Mohammed scheucht uns von der Fahrbahn. Wir sollen links der Straße im dunklen Acker gehen.

Die Frau mit dem Kind sagt mir, dass die Hungarian people Gefängnisse für Flüchtlinge gebaut haben, und wenn sie uns jetzt erwischen, stecken sie uns dahinein. Ali legt den Arm um mich. Wir beide sind jetzt zusammen an der Spitze des Zuges.

Der Boden ist total aufgeweicht. Ich konzentriere mich auf meine Füße, die im Matsch versinken, als es mit einem Mal hell wird. So hell, dass wir gar nicht sehen können, wer uns da anleuchtet.

12

دوازده

Eine Hundemeute rast mit wildem Gebell auf uns zu. Wir müssen zurück! Wir machen kehrt, stolpern, hetzen Richtung Straße. Die Leute, die vor uns rennen, verlieren ihre Decken. Zwei Mäuler mit spitzen Eckzähnen reißen an meiner Jacke. Ich stürze zu Boden. Ali wirft sich über mich, versucht mich an den Armen hochzuziehen, aber Zähne schlagen sich in mein Bein, ich rutsche weg. Schmerz durchzuckt mich, mein Oberkörper bäumt sich auf. Ali stößt den Hund von mir und schreit auf, weil er jetzt selbst gebissen wird. Männer lachen. Uniformärmel greifen in meine Hosentaschen, Pranken legen sich bleischwer auf meine Brust. Lasst mich los! Loslassen! Ich will nach den Männern treten, aber meine Beine gehorchen mir nicht. Die rechte Wade brennt wie Feuer. Ich sehe Reshad, und ich höre ihn und Ali schreien, Hunde knurren mit gefletschten Zähnen. Ein Handgemenge ist im Gange. Unsere Leute prügeln sich mit den Männern, die Hunde sind mitten im Getümmel. Ich stehe auf, mein Bein gibt nach. Ali hebt mich hoch, nimmt mich über die Schulter und trägt mich. Eine Sekunde lang sehe ich Dawit wegrennen, bevor der Film reißt.

»Stopp«, schreien die Männer.

Plötzlich liegen Ali und ich in einem Transporter.

Wir fahren. Gleichzeitig starten mehrere Motoren.

»Wassiullah!«, schreit Ali und hämmert mit den Fäusten gegen die verschlossene Tür.

Es gibt keine Fenster. Mein Bein zittert. Ich kann den Schmerz nicht lokalisieren, aber als ich an mir hinuntergucke, sehe ich das Blut, das meine Hose an der rechten Wade tränkt. Mein Kopf fällt nach hinten, ich schreie auf.

Wo sind die anderen? Ali zieht sein Sweatshirt aus, unter dem er nichts mehr anhat, wickelt es um mein rechtes Bein und knotet es mit den Ärmeln fest. Ali ist an beiden Armen gebissen worden. Wir haben die Gruppe verloren.

Ich habe gehört, dass man an einem Hundebiss sterben kann, wenn man nicht gegen Tetanus geimpft ist. Ich versuche, Ali zu fragen, ob er schon einmal geimpft wurde, aber ich kann kein Englisch mehr, und Ali ist mit Sicherheit noch nie gegen irgendetwas geimpft worden. Es tropft aus der Wunde an seinem rechten Oberarm. Ich weiß nicht, was ich ausziehen kann, um ihn zu verbinden. Meine Hose, die in Fetzen herabhängt, ist zu dreckig. Ich erinnere mich nicht daran, was ich überhaupt am Körper trage. Ich greife unter mein Sweatshirt und fasse einen Stoff. Mir fällt ein, dass ich ein Unterhemd anhabe. Also bin ich nicht nackt, wenn ich mein Sweatshirt als Verband für Ali nutze. Ich zerre es über den Kopf aus und verbinde Alis rechten Arm, was schwer ist mit zitternden Händen, unterwegs auf einer holprigen Fahrbahn. Wir fahren vielleicht eine halbe Stunde, vielleicht eine Stunde. Wir halten uns aneinander fest. Ali murmelt ab und zu in mein Ohr. »Don't worry, Frida, they won't kill us.« Dann bremst der Bus, die Tür wird geöffnet. Ich habe Angst auszusteigen. Ali fasst mich am Arm. Die Männer brüllen und lachen. Wir sollen rauskommen. Plötzlich werde ich sauer. Ali hat recht, sie werden uns nicht töten, sie wollen nur mit uns spielen. Wir kriechen nach draußen, stehen auf der Straße, Ali mit nacktem Oberkörper, ich im Unterhemd. Ein Mann reißt die Tüte mit meinen Waschutensilien, in der auch mein Portemonnaie und mein Handy sind, mit einem Ruck von meinem Gürtel ab. Ali wird von zwei Männern festgehalten. Einer der Männer greift in meinen BH. Meine Papiere. Ali bäumt sich auf unter dem Griff der beiden. Einer hat einen Schlagstock am Hosenbund.

Sie fahren ab. Wir wissen nicht, wohin sie uns gebracht haben, aber mit Sicherheit sind wir wieder in Serbien.

* * *

Ich kann nicht stehen und nicht gehen. Wir setzen uns an den Straßenrand. Alis Haare riechen nach dem Teer auf der Straße. Sein Notverband am rechten Arm ist blutdurchtränkt. Er ist eiskalt. Hastig löse ich Alis Sweatshirt von meinem Bein, damit er es anziehen kann. Besser gesagt, damit ich es ihm anziehen kann, denn Ali kann die Arme kaum bewegen. Mit meinem blutigen Shirt am Leib sieht er grotesk aus. Wir könnten jetzt in einem Horrorfilm mitspielen.

»Refugees are aliens«, sagt er, »didn't I tell you?«

Ich lehne mich an ihn an. Wir zittern beide. Wo werden wohl die anderen sein?

Mir fallen die Augen zu.

»Don't fall asleep«, murmelt Ali. Seine Finger sind ganz blau vor Kälte. »No problem«, meint er, als ich ihn besorgt angucke. Das hat er öfter. »No blood in my fingers, aber Blut fließt durch mein Herz. Spürst du das?«

Er nimmt meine Hand und legt sie auf sein Herz.

Wir üben Zahlen. Englisch, Deutsch, Dari.

One, eins, yak. Two, zwei, do. Three, drei, se. Four, vier, chahar. Five, fünf, panch. Six, sechs, schesch. Seven, sieben, haft. Eight, acht, hasht. Nine, neun, no. Ten, zehn, dah.

Ich bringe Ali die Zahlen auf Serbokroatisch bei. Wir erinnern uns an Dragan Mihanovic, als läge die Nacht bei ihm Monate zurück.

»Zahlen sind schön«, findet Ali.

»Buchstaben waren mir bisher lieber«, sage ich. Ich hasse diesen Wind. Wir ducken uns, ziehen die Knie an den Oberkörper. »Letters and numbers are the same.«

»Wie kommst du auf diese Theorien?«

»Das sind keine Theorien«, entgegnet Ali. »This is the

secret of life.« Die Mathematik, meint er, beschreibt das ganze Leben, wie es ist. »The whole life! In jeder Dimension. Hinter jedem Buchstaben deines Namens verbirgt sich eine Zahl, und die Kombination deiner Zahlen ergibt einen Sinn.«

Mathe war für mich etwas ganz anderes. Ali steht auf und hüpft ein bisschen hin und her, um sich aufzuwärmen. Er reicht mir die Hand, aber ich möchte sitzen bleiben. Mein Bein meldet sich bei jeder kleinsten Bewegung. »Wenn du anfängst, dich mit den Zahlen zu beschäftigen, Frida, wirst du ziemlich viel über dich selbst erfahren.«

»Du solltest Philosophie studieren, Ali.«

»Nein, Mathematik!«

Wir wiederholen die Zahlen auf Dari und auf Deutsch, ich übe die Aussprache, und ich werde furchtbar müde.

Ali hockt sich zu mir auf den Boden. »Bleib wach«, sagt er, »don't sleep!«

Er erzählt mir, dass er schon oft im Freien geschlafen hat und dass es in Afghanistan sehr kalt wird in der Nacht. »Im Gegensatz zu Indien, dort kann man nicht erfrieren.«

Ich habe das Gefühl, dass ein Temperatursturz stattgefunden hat und der Winter gleich mit Schnee und Eis über uns hereinbrechen wird. Wir zittern beide. Ali zeigt mir, wie man mit geschlossenen Lippen eine tiefere Atmung hinbekommt. Wir atmen im gleichen Rhythmus. Ein und aus, ein und aus.

»Wann warst du in Indien? Auf der Flucht?«

Er schüttelt den Kopf.

»Früher einmal.«

Er springt auf die Füße, hüpft hin und her.

In Indien war er, als seine Mutter eine Behandlung im Krankenhaus brauchte. Was genau sie hatte, kann er mir nicht erklären, aber eine falsche Diagnose führte zu einer Fehlbehandlung, und sie musste den Weg nach Indien auf sich nehmen, denn in ganz Afghanistan, sagt Ali, kannst du nicht mehr ins Krankenhaus gehen.

»Aber Indien grenzt doch gar nicht an Afghanistan, oder?«

»Manche Leute gehen auch nach Pakistan in die Klinik. Aber es ist schlecht für uns in Pakistan, weißt du ...«

»Wie im Iran?«

Ali nickt.

»In Indien«, meint er, hat er einen Naqash kennengelernt.

»What is a naqash?«

»Where is my mobile phone?«, fragt Ali mit ironischem Unterton. Googeln wäre jetzt einfach.

Der Naqash war ein Mann, dem Ali auf einer riesigen Müllkippe begegnet ist. Ali erzählt, wie faszinierend es war, dass Lastwagenladungen auf den Schrottplatz gekippt wurden, wodurch die Müllberge dort immer weiter in die Höhe wuchsen. Tausende Menschen kletterten auf den Bergen herum wie Ameisen, auf der Suche nach ganz bestimmten Materialien. Manche suchten Plastik, andere Metall oder Papier. Aber der Naqash war kein Müllsammler wie die anderen. Er sammelte für sich selbst, und er baute aus allem, was er fand, etwas Neues. Zum Beispiel aus einem Autowrack einen Elefanten. Der Rüssel bestand aus aneinandergeschweißten Rohren, die Beine aus Konservendosen. Ali beschreibt den Automobil-Elefanten, bis ich das Gefühl habe, das Tier aus Schrott selbst vor mir zu sehen und dazu noch den Künstler, den Naqash. Einen Mann mit einer schwarzen Mähne wie ein Pferd, dessen Alter man nicht schätzen konnte. Ali war sieben oder acht Jahre alt.

»Es war schön in Indien«, sagt Ali, »und Madar, meine Mutter, wurde dort geheilt. Aber auf dem Rückweg war es gefährlich. Wir mussten uns verstecken.«

Eine ganze Nacht lang verbrachten sie unter einem Auto. Ali bekam Angst in der Enge und in der Dunkelheit. Er weinte, und seine Mutter beruhigte ihn mit Gedichten von Dschālal ad-Dīn ar-Rūmī.

Ali murmelt auf Dari.

»Please translate!«

Wir kauern auf dem Asphalt, ich habe die Beine ausgestreckt und schließe die Augen, bleibe aber hellwach, lege den Kopf auf Alis Schulter.

»Listen to the voice of your heart. Seeker, don't sleep!«, beginnt Ali.

Gib mir eine Nacht deines Lebens. Schlafe nicht! Du hast tausend Nächte im Schlaf verbracht. Ich bitte nur um eine Nacht. Bleib wach!

The witness who loves does not sleep.

Ali streicht mir über den Kopf.

»Take care, Frida«, murmelt er. Eine Weile murmelt er auf Dari weiter, bevor er auf Englisch fortfährt.

Hüte dich vor dieser einen Nacht, in der du vor Gott stehen wirst. Stay awake.

Seine Stimme vermischt sich mit dem Wind, der mich mitnimmt und mich zerstreut wie Laub auf der Straße.

Die Heiligen finden ihre Schätze des Nachts. Wenn die Welt schläft, werden sie wach.

Wenn die Welt schläft, bleib bei mir.

Stay with me.

Ein Auto fährt vorbei.

»Stop! Stop, please, stop!« Wir rufen dem Auto hinterher, Ali rennt los.

»Give me one night of your life, and you will get thousands of nights«, schreit Ali, mitten auf der Straße stehend, die Arme ausgebreitet wie verletzte Flügel.

»I'll stay awake«, sage ich, rappele mich auf mit seiner Hilfe, und wir stehen schwankend zusammen auf dem nassen Asphalt, als würden wir tanzen.

* * *

Bremsen quietschen. Die Fahrerin ist eine junge Frau, deren Auto nach kaltem Rauch und Putzmittel mit Zitrone riecht. Ich halte Alis Hand, als wir in eine Hochhaussiedlung einbiegen und kurz darauf ein Klinikgebäude ansteuern.

Inshallah, murmelt Ali. Die Frau lässt den Wagen einfach

an der Straße stehen, öffnet uns die Türen. Doch Ali steigt nicht aus.

Ich versuche ihm zu erklären, dass er schwer verletzt ist und dringend einen Arzt braucht, aber er will auf keinen Fall ein Krankenhaus betreten.

»Warum sind wir denn sonst mit ihr mitgefahren, Ali!?«

»Lieber sterben als abgeschoben werden.« Ali grinst gequält.

Ich möchte nicht ohne ihn gehen, aber er schickt mich weg. »You are German«, sagt er, »no risk.«

Aber ich habe keinen Pass mehr.

Dem Typen in der Notaufnahme, der die Patienten registriert und Nummern vergibt, fällt das natürlich als Erstes auf.

»Passport, please!«

»Meinen Pass … Den habe ich nicht mehr. Alles ist weg, Handy, Geldbeutel, alles! Alles gestohlen!«

Der Mann tippt mit einem Kuli auf ein Formular. Ich soll alles ausfüllen. Und meinen Pass soll ich zeigen.

Ich schüttele den Kopf. Der Typ mustert mich.

»Refugee«, sagt er zu mir.

»I come from Germany. Deutschland.«

»Njemacka?«

»Da. Njemacka!«

Der Mann schüttelt den Kopf.

»Documents!«

Behandeln sie mich nicht, wenn ich keine Papiere habe?

»Passport«, wiederholt er.

»Passport weg«, sage ich auf Deutsch, »ich komme aus Deutschland!«

Ich humpele nach draußen. Die Frau steht in der geöffneten Wagentür und redet mit Ali, der ausgestreckt auf der Rückbank liegt.

»I don't need a doctor!«

Die Frau setzt sich auf den Fahrersitz und lässt den Motor an.

»What happened?«, fragt sie.

Ich beginne umständlich von der Flucht durch den Zaun zu erzählen, aber sie will natürlich wissen, woher die Wunden stammen. Mein Englisch lässt mich im Stich, die einfachsten Formulierungen fallen mir nicht mehr ein.

»Dogs«, sage ich, »dogs in Hungary!«

Die Frau klemmt das Handy zwischen Kopf und linke Schulter und wendet. Doch offenbar geht niemand ran. Kein Wunder um diese Zeit.

»Where are we going?«

Die Frau murmelt etwas, was ich nicht verstehe.

* * *

Als wir aussteigen, sehe ich, was wir angerichtet haben. Die Rückbank ist ganz schmutzig und voller Blut.

»Last night I was carrying a kangaroo in my car.«

»Was???«

»I'm used to it«, meint die Frau.

Vielleicht irgendein serbischer Witz. War mit einem Känguruh unterwegs. Wenn man in Wirklichkeit wer weiß was im Auto gemacht hat. Na ja.

Veterinarska steht auf der Tür, die sie jetzt aufschließt. Tierarztpraxis.

»Ach so«, sage ich.

Irgendwann muss ich das alles Anita erzählen.

Die Frau macht Licht und bringt uns in ein Behandlungszimmer.

Sie ist dunkelhaarig, trägt eine große Brille in ihrem feinen Gesicht. Ihre Haut ist wie aus Porzellan. Sie wäscht sich die Hände und desinfiziert sie sorgfältig.

»Daria«, stellt sie sich jetzt vor.

»Frida, Ali«, sage ich.

An der Wand hängen Bilder von Hunden, Katzen, einem Pony. Daria reinigt unsere Wunden, was furchtbar brennt, und verbindet uns fachkundig.

»Hvala«, sagen wir, danke für alles.

Sie verschwindet kurz in einem Zimmer und kommt mit Kleidern unter dem Arm wieder.

»Hvala!«

Daria schlägt vor, uns jetzt zum Refugee Camp zu fahren.

»No way«, sagt Ali.

Aber ohne Geld können wir nichts mehr machen, wende ich ein.

Daria sagt, wir sollen uns entscheiden, denn sie ist jetzt schon zu spät dran und muss schnell los.

»Arbeitest du nicht hier?«

Sie schüttelt den Kopf. Wir sind hier in der Praxis ihres Vaters. Sie selbst ist Tierarzthelferin und hat zwei Jobs, erzählt sie.

»Morgens arbeite ich im Zoo und mache die Ställe sauber.«

»Es gibt hier einen Zoo?«

13

ه د ز ی س

Die Sonne geht auf, warmes Licht scheint auf das Fell einer schlafenden Löwin. Tolo e aftab heißt *Sonnenaufgang* auf Dari. Wir sind die ersten Besucher des Zoos, der idyllisch an einem See liegt. Die glatte Oberfläche schimmert blau.

Der Weg vom Parkplatz zum Eingang für Mitarbeiter führt am Ufer entlang, vorbei an Jugendstilvillen. Ein geheimnisvoller Turm steht mitten auf einer Wiese. Der ganze Ort kommt mir vor wie eine Oase. Daria verabschiedet sich.

»Hier könnte man Urlaub machen«, sage ich zu Ali. »So schön ist das.«

Ein Sonntagmorgen am See, ein Zoobesuch, und später zum Essen in ein *Restoran*.

»Wir machen doch Urlaub«, sagt Ali.

Die Löwin streckt sich, gähnt, nähert sich der Glasscheibe, vor der wir stehen. Sie checkt die Lage, wirft uns einen drohenden Blick zu und trottet dann zu einem Baumstamm, auf dem eine zweite Löwin liegt. Vor dem Stamm thront der Löwe wie ein König.

»Es geht ihm gut«, sagt Ali, »mit den zwei Frauen.«

»Umgekehrt wäre es auch schön«, sage ich, »eine Löwin mit zwei Männern.«

Ali lacht. »Nein, nein«, sagt er, »das wäre nicht schön. Zwei Männer und eine Frau, das geht nicht gut.«

»Aber ein Mann und zwei Frauen schon?«

Ali grinst. »This is allowed«, sagt er.

»Erlaubt bei dir?«

Ali lacht nur.

Wir streifen durch den sich lichtenden Morgennebel. Ich kann wieder laufen. Aber Daria hat gesagt, dass die Schmerzen wiederkommen, wenn die Wirkung des Schmerzmittels nachlässt, das sie jedem von uns gegeben hat.

Wir streicheln ein Kamel, das den Kopf genießerisch hin und her wiegt und gar nicht genug kriegen kann. Alis Hand trifft meine für eine Sekunde.

Ein Wegweiser leitet uns zum Tropenhaus, wo Daria gerade die Vogelvolieren säubert. Unser Angebot, ihr zu helfen, lehnt sie ab. Eigentlich sollten wir im Bett liegen, sagt sie. »Ihr hattet einen Schock!«

»Würden wir auch«, sagt Ali, »wenn wir eins hätten.«

»Sorry«, sagt Daria, »aber ich kann euch nicht mit zu uns nach Hause nehmen. Ich wohne mit meinen Eltern in einer winzigen Wohnung. Und meine Eltern …« Sie bricht ab.

»Wo kommst du eigentlich her, Frida?«

»Aus Deutschland.«

»Dobar dan«, ruft ein Tierpfleger, der gerade vorbeikommt.

»Dobar dan«, kreischt es aus dem Käfig. Das war ein Papagei.

»Taschakor«, sagt Ali zu dem Papagei.

»Taschakor«, wiederholt der Vogel sofort.

»What does taschakor mean?«, fragt Daria.

»Danke!«

»Taschakor, Daria«, bringt Ali dem Vogel bei.

Daria lächelt ein bisschen scheu. Ob Ali aus Syrien kommt, will sie wissen.

Ali verneint.

»Bis du kein Araber?«, fragt Daria.

»Ich komme aus Afghanistan.«

Daria ist verwirrt.

»Du bist doch Moslem, oder?«

Ali nickt.

Daria senkt die Stimme. »Ich habe keine Probleme mit ...« Sie sieht zu den Vögeln, als könnten die ihren Satz vollenden. »Aber die Leute haben Angst!«

»Ich habe auch Angst«, sagt Ali. »Angst vor den Leuten!«

Er folgt Darias Blick zu einem Terrarium mit Schlingpflanzen und einer Boa. Fahrig spielt sie mit dem riesigen Schlüsselbund, der an ihrem Gürtel befestigt ist.

»Wo hast du Ali kennengelernt?«, fragt sie mich.

»In Belgrad.«

»What did you do there?«

»I wanted to help refugees.«

»I see.«

Ich sage ihr, wie schlimm die Zustände in den Baracken von Belgrad sind, aus denen die Leute nun auch noch vertrieben wurden.

Daria sagt, dass es eben zu viele Flüchtlinge gibt in Belgrad und überhaupt in Serbien und dass sie selbst total genervt ist von diesem Zaun. »Sollen sie ihn doch aufmachen, dann ist hier Ruhe. Wir haben keine Kapazitäten!«

»I know«, sagt Ali.

Sie sieht ihn kopfschüttelnd an.

»I'm sorry, too«, sagt sie. Und dass die Serben doch ein gutes Herz haben, das soll er ihr glauben.

Ali nickt. Er sagt, dass ihm in Serbien die Leute am allermeisten geholfen haben, die selber kaum etwas hatten, die armen Serben im Slum.

Daria runzelt die Stirn. »Arme Serben im Slum? Es gibt keine Slums«, sagt sie. »Wir sind trotz allem ein zivilisiertes Land, in dem es Sozialwohnungen gibt und Hilfe für Obdachlose.«

Ali blickt verwirrt. »But they lived there. It was terrible. They have no water, no electricity, they have nothing!«

Daria will wissen, wo das gewesen sein soll.

»Es sind Roma«, mische ich mich ein.

»Er war bei den Zigeunern?«, fragt Daria erstaunt. Und sie fragt Ali, ob er denn nicht wüsste, dass das Leute sind, die sich nicht integrieren wollten und die daher so leben, wie sie eben leben wollen!

»Sie wollen nicht so leben«, sage ich.

Für einen Moment herrscht Stille. Taschakor, kreischt der Papagei.

»Hier in der Stadt sind viele«, sagt Daria dann. »Es gibt sogar welche, die arbeiten. Auf dem Buvlak.«

»Was ist das?«

»Ein Markt. Wie ein Basar; die Moslems gehen da einkaufen.«

»Aha.«

»Some of them work there, but most of them don't work – don't work at all.«

»Weil sie gar keine Erlaubnis bekommen«, sage ich. »Weil keiner sie haben will!« Das Thema kenne ich durch Anita nur zu gut.

Daria schüttelt den Kopf. »Sie wollen nicht arbeiten.«

Ich atme schwer aus.

»Hast du ihnen Geld gegeben?«, fragt Daria mich. »Haben sie gebettelt?«

»Wovon redet ihr?«, will Ali wissen.

»Von den Roma.«

Ali weiß gar nicht, was das ist.

»Eine Minderheit.«

»Nie gehört.«

»Ist egal, Ali!«

»Kurden?«

»Nein, es sind keine Kurden.«

Ich muss lachen. »Es sind Roma.«

Daria zieht die Schultern hoch.

»My best friend is Roma«, sage ich.

Daria streift die Arbeitshandschuhe ab.

»What do they look like?«, fragt Ali.

Daria zieht jetzt auch noch die Augenbrauen hoch, legt die Stirn in Falten.

»Beautiful«, sage ich, »einfach beautiful.«

Ali lächelt. »Dann bist du auch eine von ihnen, Frida.«

14

چهارده

Das Tropenhaus ist gestaltet wie ein Urwald. Schmale Pfade führen durch einen kleinen Hain aus Kokospalmen. Manche Bäume stoßen oben an die hohe gläserne Decke. Über uns der Himmel. Ein perfekter Raum für die Nacht. An die feuchte Luft und den strengen Geruch haben wir uns schnell gewöhnt.

Wenn der Zoo schließt, werden wir uns hier drinnen verstecken und die Nacht im Warmen verbringen. Einen Platz zum Schlafen haben wir uns schon ausgesucht, auf moosigem Grund an einem liebevoll angelegten Teich, in dem drei kleine Krokodile schwimmen. Nur ein Netz trennt uns von ihnen.

Nach kurzer Zeit kennen wir das Vokabular des Papageis, auch wenn wir es nicht verstehen, und füttern ihn mit deutschen und persischen Brocken. »Taschakor« ist sein neues Lieblingswort.

Ich versuche, dem Vogel »Refugees welcome« beizubringen. Ali grinst.

»Glaubst du, Reshad und die anderen haben es über die Grenze geschafft?«, frage ich.

»No idea.«

Bestimmt werden bald die ersten Besucher kommen und unseren Dschungel mit ihrem Lärm stören.

Wir schlafen auf dem Moos, bis wir von Kindergeschrei geweckt werden. Familien kommen und gehen, und wir suchen uns eine Bank zum Sitzen.

»Ich sollte meine Mutter anrufen«, sage ich. »Sie kann uns Geld schicken. Aber wohin?«

»In den Dschungel«, sagt Ali.

Ohne Pass kann ich kein Geld bekommen, denn über die Western Union Bank kann meine Mutter zwar etwas verschicken, aber um es abzuholen, braucht der Empfänger einen Pass. Erst jetzt fällt mir ein, dass ich ja auch dringend die EC-Karte sperren lassen muss. Schwierig, ohne Telefon. Alles ist schwierig ohne Telefon. Wir beschließen, jemanden zu fragen, ob wir das Handy benutzen dürfen.

Eine Frau mit blondem Pferdeschwanz schiebt eine leere Schubkarre. Ich fasse mir ein Herz.

»Excuse me, do you speak English?«

»Okay«, sagt die Frau.

»Please, could I use your mobile phone? It is very important.«

Die Frau stellt die Schubkarre ab.

»I lost all my money and my phone.«

Schweigen.

»Perhaps we can help you«, sagt Ali. »We can help you cleaning or something.«

Die Frau schüttelt verständnislos den Kopf und geht weiter.

Auch eine Familie mit drei kleinen Kindern lehnt es ab, uns telefonieren zu lassen.

»Na ja«, meint Ali, »die Leute sehen, dass wir nicht von hier kommen. Sie denken, wir telefonieren nach Afghanistan, und das ist echt teuer.«

Wir folgen einem Besucher-Tross nach draußen, und stehen bald vor dem Affenhaus. Die Leute lachen über die Orang-Utans aus Borneo und packen Brote aus.

»Lass uns in unseren Dschungel zurückgehen«, sage ich. »Und frag bitte nicht mehr nach einem Handy.«

Aber Ali will es jetzt wissen und fragt in die Runde, ob uns jemand helfen kann.

»Mobile phone?«

Die Leute verstehen natürlich nicht, warum wir im Zoo sind, wenn wir kein Geld und kein Telefon haben. Eine Frau sagt, dass sie das Telefon nicht dabeihat. Die anderen Leute tun so, als wären wir gar nicht da.

»Sorry, Mister, do you speak English?« Und dann fragt er, ob wir ein Brot von ihnen bekommen. »Sorry, Madam, we are hungry.«

»Ali, komm! Es hat keinen Sinn!«

Ich habe Angst, jemand könnte die Polizei rufen. Dann müssen wir den Zoo verlassen und wissen nicht, wohin.

»Morgen sind wir reich«, sagt Ali, »und dann geben *wir* den armen Leuten etwas zu essen.

* * *

Wir folgen dem beschilderten Rundweg und geraten unversehens in ein Wildschweingehege. Ali weicht zurück, weil die Schweine *haram* sind, obwohl die kleinen Ferkel echt süß aussehen.

Kleine Kinder laufen hinter ihnen her. Die Eltern mustern uns, besonders Ali wird misstrauisch beäugt. »Angeglubscht«, würde Anita sagen. Wir sind ihnen anscheinend nicht geheuer. Dabei sehen wir nicht sehr gefährlich aus. Wir bieten wohl eher einen jämmerlichen Anblick, Ali mit seinen Verbänden an den Armen und ich mit meinem verbundenen Bein. Die Kleider sind von Darias Onkel und Tante. Beigefarbene Stoffhosen und Sweatshirts mit Schulterpolstern. Wann mag das modern gewesen sein!? Ein kleines schwarzes Schwein nähert sich uns ohne Vorurteile.

»Du könntest dir eine Scheibe von ihm abschneiden«, versuche ich Ali auf Englisch sinngemäß zu übersetzen. Er findet den Spruch sehr lustig und erinnert sich an den Zoo in Kabul, in dem es zuletzt noch genau zwei Tiere gab: einen Braunbär und ein Schwein.

»Ein Schwein? Das ist doch verboten, unrein, haram!«

»Ja, total haram. Die Chinesen haben es dem Zoo geschenkt. Es ist ein weißes Schwein, und die Leute kommen alle, um sich gemeinsam vor ihm zu ekeln!«

»Das arme Schwein!«

Ali meint, dass das Schwein ja nicht versteht, was die Leute reden, und dass das Schwein es weitaus besser hat als der Bär, der von Kindern mit Plastikflaschen beworfen wird.

Mein rechtes Bein schmerzt jetzt wieder; bei jedem Schritt sticht es in meiner Wade, und ich bin langsamer als die Schildkröte, die hier bei den Wildschweinen herumkriecht.

Endlich haben wir das Tor erreicht. In einer Steppenlandschaft fressen Erdmännchen hoch aufgerichtet klein gehackte Eier. Ganz dicht bei uns liegen weitere Eier herum, bestimmt gekocht, noch ungeschält. Ali beugt sich über die Mauer und greift nach einem Ei. Ein massiger Mann taucht neben uns auf und guckt uns unverhohlen an.

»Sorry«, sagt Ali, das Ei bereits in der Hand. »We are hungry.«

»I am Hungary!«, sagt der Mann.

Der Mann spuckt Ali ins Gesicht, dann packt er ihn und verdreht ihm den Arm.

»No«, schreie ich.

Ali verzieht keine Miene.

»Go back to hell«, ruft der Mann. Eine Frau erscheint, einen Jungen an der Hand.

»Istvan!«

Der Mann lässt los.

Wir wollen so schnell wie möglich zurück ins Tropenhaus. In unseren *Dschungel*. Aber es wie verhext. Als wir in den

Zoo gekommen sind, haben wir überhaupt nicht auf den Weg geachtet. Wer hätte gedacht, dass das so ein großes Gelände ist, ein Gewirr aus kleinen Pfaden, die zwischen Hecken und Gebüsch verschwinden, sodass man sich verliert und sich verläuft wie in einem Labyrinth!? Wir laufen unentwegt die gleiche Runde, und jedes Mal wenn wir denken, wir haben es, wir erkennen den Abzweig, tauchen wieder andere Tiere auf. »Wir müssen die Affen finden«, sagt Ali, »dann wissen wir es wieder.«

»Hatten wir die Flamingos schon?«

Ich will mich jetzt einfach irgendwohin setzen. Mich ausruhen.

»Was sind Flamingos?«

Ich habe gar nicht gemerkt, dass ich Deutsch gesprochen habe.

»These birds!«

In einiger Entfernung von uns liegt ein Nilpferd in einem Wasserbecken. Hinter ihm wie auf einer Werbepostkarte rosa leuchtend die Flamingos. Wir betreten einen Pfad, den Gewächse aus aller Welt säumen. Da zu dieser Jahreszeit noch nichts blüht, kann man anhand der zahlreichen Schilder, die im Boden stecken, allenfalls erahnen, was hier im Werden begriffen ist. Ich frage mich, wie Frühling in Afghanistan aussieht. Aber ich habe nicht die Kraft, die Frage laut zu stellen. Wir sollten uns auf den Weg konzentrieren.

* * *

Bald haben wir den von Besuchern belebten Teil des Zoos hinter uns gelassen. Hier ist niemand. Man hört keine Kinder mehr, und wir sehen auch nirgendwo Mitarbeiter des Zoos. *Namibia*, steht auf einem Schild im Gehölz. Dann folgt die Elfenbeinküste. *Côte d'Ivoire*. Kurz darauf *Marokko*. Offenbar soll hier etwas entstehen. Aber das Einzige, was bislang wächst, sind graue Blätter und Stängel. Nach ein paar Schritten endet der afrikanische Kontinent.

Links mündet ein Pfad in einen Birkenhain, rechts geht es auf eine Weide. Dort grasen Mufflons. Ein granitfarbener Felshügel markiert die Gabelung.

»Komm, Frida!«

Wir klettern hinauf, uns mühsam gegenseitig stützend. Es fängt an zu regnen. Ein Schotterweg führt zu einer Reihe von Käfigen. Viele Augen sind auf uns gerichtet; Schleiereule, Uhu und Waldkauz sitzen stumm und wie eingefroren an ihrem Platz.

Es ist kalt, der Regen riecht nach Frost; der serbische Winter hält Einzug. An den letzten Käfig in der Reihe grenzt ein etwas größeres, überdachtes Gehege.

»Palange barfi«, ruft Ali aus.

15
هدزناپ

Ein weißer Leopard liegt auf einem Steinquader, nur wenige Meter von uns entfernt, die Augen unverwandt auf uns gerichtet.

Es ist das schönste Tier, das ich je gesehen habe. Das lange Fell ist grau-weiß mit schwarzen Punkten an Kopf und Nacken. Wie gestempelte Rosetten sehen die kreisrunden, nach innen heller werdenden Flecken an seinen Flanken aus.

»Wie ist er hierhergekommen?«, flüstert Ali.

»War es ein Leopard, der dich im Gebirge gerettet hat?«

Schneeweiß und felsgrau ist seine Erscheinung, silbrig glänzt die Stirn; sein buschiger Schwanz ein Schweif wie die Milchstraße, fahl und doch leuchtend in der Dunkelheit.

Mahtab, Mondlicht. Das Gehege ist viel zu klein für das große Tier. Mit dem Maschendrahtzaun und dem Wellblechdach kommt es mir irgendwie behelfsmäßig vor. Ein einfacher, lächerlich niedriger Jägerzaun, der im Abstand von etwa zwei Metern um die Unterkunft des Leoparden herumführt, soll die Besucher wohl davon abhalten, sich dem Gehege zu nähern.

Ali steigt über die kleine Barriere, presst das Gesicht an den Draht.

»Biya inja.«

Der Schneeleopard erhebt sich. Er legt den Kopf schräg und beginnt zu schnurren. Wie eine Katze, nur viel lauter, wie ein Motor, der angesprungen ist. Seine Größe ist beeindruckend. Er würde den Löwen wohl noch überragen.

»Mahtab«, ruft Ali, »biya inja.« Seine Stimme klingt zärtlich und zornig.

Der Leopard steigt von seinem Steinplatz und beginnt auf und ab zu gehen. Immer schneller geht er nach rechts, nach links, wieder zurück. Plötzlich bleibt er stehen, ein Zucken läuft durch seine Beine. Er verharrt in einer seltsamen Stellung, ein Bein angewinkelt, wie kurz vor dem Sprung. Ich weiche zurück. Stelle mich unter das Vordach des Nachbarkäfigs, der leer zu sein scheint. Ali steht im Regen und scheint alles um sich herum zu vergessen. Hinter mir flattert etwas auf, mir entfährt ein spitzer Schrei. Ali dreht sich zu mir um, der Schneeleopard sieht ebenfalls in meine Richtung. Ich höre einen knurrenden Laut, der von ihm auszugehen scheint. Dann beginnt er zu jaulen. Im gleichen Moment zerreißen jähe, scharfe Schreie die Luft.

Ich stolpere davon und gelange zu einem schmalen Durchgang, in dem eine Schubkarre steht. Als ich dem Weg folge, traue ich meinen Augen kaum. Hier ist das Tropenhaus. Ich stehe am Hintereingang unseres Dschungels! Die Tür ist nicht verschlossen.

Die Luft ist feucht, der Kokospalmen-Wald steht schwarz vor mir. Ich habe Angst, mich von der Tür wegzubewegen.

Ich gehe in die Hocke, schlinge die Arme um die Knie, vergrabe den Kopf in den Händen und mache die Augen zu.

Ich höre das Wasser im Krokodilsbach plätschern, den Regen dumpf auf das Plexiglasdach prasseln. Wie spät mag es wohl sein?

* * *

»Frida. Manush Janan. *Mahtab.*«

Ich öffne die Augen und hebe den Kopf.

Ali hockt sich neben mich, nimmt meine Hand.

»Darf ich das ...?«

Ich bin so froh, dass er da ist. Ich muss weinen. Ali küsst mir die Tränen von den Wangen. Er ist wie verwandelt. Ganz gelöst, wie befreit.

»Darf ich das?«

Ich nicke.

Er nimmt mich, küsst mich auf den Mund und umfasst mich.

»I'm with you.«

»Ja«, sage ich.

»Bale«, flüstert er. *Ja!*

Er küsst mich auf den Nacken. »Doste daram, I love you!«

Alles ist verwandelt.

»Ich habe mit dem Palange barfi gesprochen«, sagt Ali. »He recognised me.«

»The Snow Leopard?«

»Ja. Verstehst du, Janan, meine Liebste?«

»Es war ein Schneeleopard, der dich im Gebirge gerettet hat«, sage ich.

»Yeah!« Ali lacht übermütig, zieht mich an sich. Das Wasser rauscht stärker, der Regen trommelt, die Luft ist satt.

»Was flüsterst du?«

»Nothing.«

»Tell me!«

Ich höre Alis Herzschlag.

»Aus der Zwei wird die Eins«, flüster er

»Das ist höhere Mathematik«, murmele ich.

Die Nacht gehört uns.

* * *

»We have to disappear, Frida.«

»Bitte nicht!«

Ich kann mir nicht vorstellen, jemals wieder von hier wegzugehen. Ich ziehe ihn zurück auf unser Lager.

»Ich will nicht.«

»Ich auch nicht.«

Aber Ali will mir etwas zeigen.

»Bleiben wir nicht mehr über Nacht?«

Ali küsst mich. »Nein«, flüstert er.

Draußen ist es kalt. Es hat aufgehört zu regnen, aber von den Bäumen fallen schwere Tropfen. Ali zeigt mir ein Loch im Maschendrahtzaun des Leopardengeheges. Ein großes Loch. Ich starre auf die klaffende Lücke. Starre auf Ali. Er ist verrückt!

»Aber das ist ein wildes Tier!«

Ali führt mich weg vom Gehege, über ein Stück Wiese, das an einer Mauer endet. Wir sind an der Außenmauer des Zoos angekommen, die rundherum um das ganze Gelände führt.

»Er ist gesprungen«, sagt Ali. »Es sah wunderschön aus.«

Ali sieht wunderschön aus. Alles an ihm scheint zu leuchten. Er fährt sich durch die Haare. Wache ich oder träume ich?

»Du hast ein wildes Tier freigelassen.«

»Mit deinem Werkzeug.« Ali lacht.

Ich muss auch lachen, aber es ist nicht lustig.

Wir klettern auf die Mauer, was mit verletzten Armen und Beinen nicht einfach ist. Arm in Arm sitzen wir schließlich oben, den Blick auf den See gerichtet.

»Are you mad at me?«

»Nein, ich bin nicht sauer. I'm just …« Ich weiß nicht, was ich sagen soll.

Ali küsst mich.

Wir küssen uns auf der Mauer, bis wir fast herunterfallen.

»I'm mad about you«, sagt Ali. *Verrückt nach mir.*

»Weil dein Schneeleopard jetzt frei ist?«

»Schon immer«, sagt Ali und zitiert seinen Lieblingsdichter. »Liebende müssen sich nicht suchen. Sie sind verbunden.«

»Sie sperren uns ein«, sage ich, »weil du ein gefährliches Tier auf die Leute losgelassen hast.«

Ali lächelt überheblich.

»Sie sperren uns in seinen Käfig, und die Leute zahlen Eintritt dafür, dass sie uns betrachten dürfen. Zum Essen gibt es eine lebende Gazelle, die wir selbst erlegen müssen.«

»Der Schneeleopard frisst Gazellen?«

»Ja, er ist sehr schnell.«

Wir blicken über den See ans andere Ufer. Irgendwo läuft jetzt der Palange barfi. Ali sagt, er flieht ins Gebirge. »Er will ja nach Hause, nach Afghanistan.«

»Ach, Aljusch. Du denkst, es ist …?

Ali antwortet nicht. »Nur das Meer«, sagt er, »das wird schwer. Ich weiß nicht, wie lange er schwimmen kann.«

Das Wasser vor uns glänzt schwarz, der Mond ist hinter Wolken verschwunden. Eine Eule ruft, der Ton hängt über dem See.

In Bosnien gibt es ein Gebirge, erzähle ich Ali, in dem sein Schneeleopard leben könnte.

»Dann ist er der erste Schneeleopard in Europa«, sagt Ali.

Ein Tier heult auf.

»Wir müssen weg, Ali, wir müssen sofort weg!«

»Das ist der Löwe«, sagt er.

»Sicher?«

»Ja.«

»Und warum heult er jetzt?«

»Weil er auch rauswill.«

Ali zwinkert mir zu. Ich beiße mir auf die Lippen, greife mir an die Stirn. »Der Schneeleopard flieht vor den Menschen«, sagt Ali, »er greift sie nicht an.«

»Sicher?«

»Nein«, sagt Ali.

Wir springen von der Mauer. Hierbleiben ist keine Option. Wir gehen los, ohne zu wissen, wohin.

16

هدزناش

Der Buvlak, das ist ein riesiger Markt. Kleine zerbeulte Autos, voll bepackt bis obenhin, fahren vor den Toren der Markthalle vor. Ein Mercedes mit Anhänger ist auch dabei, und drei kleine Kutschen, jede von einem Pferd gezogen. Einer der Kutscher sieht nicht älter aus als zehn. Was hierher transportiert wird, nehmen bereitstehende Händler in Augenschein. An der Frontseite der Halle sind richtige Läden angebaut, winzige Geschäfte, die allesamt Haushaltswaren vertreiben.

Es riecht nach Kaffee und warmem Brot.

»Zeit für ein Frühstück«, findet Ali.

Wir halten Ausschau nach einer Bäckerei und nach einem Bäcker, entdecken aber nur Läden mit bunten Badehandtüchern und Sportklamotten. Die Leute sind alle beschäftigt und schenken uns keinerlei Beachtung.

Einer der Händler hängt ein Batman-Badetuch vor seinen Laden.

»Guck mal, Frida, this is my towel – Batman!« Alis Augen leuchten. Er führt mich zu dem Geschäft und grüßt den mit seinem Sortiment beschäftigten Mann lächelnd. »Dobar dan!«

Der Mann spricht uns an. Erst auf Serbisch, dann tatsächlich auf Deutsch. Er spricht fast akzentfrei. »Halbes Leben im Ruhrgebiet verbracht«, sagt er. Und seine halbe Familie sei auch noch dort.

»Dein Freund ist kein Deutscher?«

»Er ist Afghane.«

Ali, der ja nichts versteht, wirft mir einen besorgten Blick zu.

»Afghanistan«, sagt der Mann nachdenklich. Er hat ein rundes, sympathisches Gesicht und freundliche Augen. Sein Blick streift unsere seltsame Aufmachung.

»Habt ihr was angestellt?«

»Wir sind jedenfalls auf der Flucht«, sage ich.

»Devlésa«, murmelt er mehr zu sich als zu uns. Das heißt so etwas wie Inshallah auf Romanes.

»Mit Gottes Hilfe«, sage ich leise, um ihm zu bedeuten, dass ich seine Sprache verstanden habe.

Er guckt erstaunt. »Kommt rein!«

Er bietet uns zwei kleine Hocker an, auf denen er uns Platz nehmen lässt, während er hinten in seinem Laden herumhantiert. Mit einem Tablett kommt er wieder, das er in Ermangelung eines Tisches auf dem Boden abstellt.

»Kaffee?«

Samed, so heißt der Mann, und seine Frau Fatma, die sich kurz darauf auch zu uns gesellt, betreiben den Haushaltswarenladen gemeinsam. Die beiden stammen aus dem Kosovo, sie sind Roma. Flüchten ist für sie, wie Fatma sagt, »etwas, was wir kennen«. Sie ist klein und zierlich, die langen Haare trägt sie zu einem Dutt hochgesteckt. Ihre Erscheinung ist elegant.

»Du sprichst Romanes?«, fragt Samed.

»Nicht viel.« Ich erzähle ihnen von Anitas Familie. Fatma und Samed nicken, die Geschichte wiederholt sich, sagen sie. Ob sie selbst von Abschiebung betroffen waren, sagen sie nicht. Mit ihrem Geschäft stehen sie auch weit besser da als die Roma, die ich bis jetzt in Serbien oder in Bosnien kennengelernt habe.

Samed bietet Ali eine Zigarette an. Alis Miene ist die ganze Zeit über ungläubig vor Erstaunen darüber, dass ich mit den beiden rede, als wären sie mir ganz vertraut.

»Drei zu eins«, murmelt er.

»Drei zu null«, lache ich, »oder denkst du, die Aktion Schneeleopard ist einen Punkt wert?«

Er drückt meine Hand ganz fest. Wir denken beide das Gleiche.

»Habt ihr Hunger?«

Fatma bringt uns zu einem Stand in der Markthalle und kauft uns warmes, mit Gemüse gefülltes Brot, das uns beiden *kostlisch* schmeckt. Wir dürfen hierbleiben, haben Fatma und Samed beschlossen.

In einem Kabuff hinter dem Verkaufsraum gibt es eine Toilette und ein Waschbecken. Luxus. Statt einem Spiegel – und ich würde wirklich gern mal sehen, wie ich aussehe – hängt eine Weltkarte an der Wand. Samed zeigt Ali, wie die Roma vor über tausend Jahren von Indien nach Griechenland und von dort weiter nach Europa gelangt sind. »This is almost exactly my way«, sagt Ali. Mit seinen dunklen Augen und den dichten, tiefschwarzen Haaren könnte er Sameds Sohn sein.

Fatma zeigt uns, wie wir später einen Kleiderständer vor einen Teppichberg schieben sollen, um uns dahinter ein Schlaflager zu bauen. Wenn wir wollen, meint sie, können wir uns jetzt schon hinlegen. Ich sehe bestimmt furchtbar müde aus. Aber unsere Erlebnisse haben uns hellwach gemacht; so schnell müssen wir nicht schlafen. Lieber bieten wir ihr unsere Hilfe an, und innerhalb kürzester Zeit bin ich bereits Fachverkäuferin für schreiend bunte Bettwäsche und für Badehandtücher mit Hollywood-Motiven. Als sie sieht, dass der Verkauf anläuft, lässt sie uns sogar allein. Sie fährt mit einem Stapel Tischwäsche davon, den sie zu Hause besticken wird.

Die Kunden sprechen mich auf Romanes oder Serbisch an, und Samed, der mit Abrechnungen beschäftigt an seinem Kassentisch sitzt, ruft ihnen zu, dass ich aus Deutschland komme und nicht so gut verstehe. Wenn er das sagt, lachen die Leute und finden es schön – but lace –, dass eine

Deutsche auf dem Buvlak arbeitet. Viele können ein bisschen Deutsch.

Schon um neun Uhr ist richtig viel los. Weil es hier alles gibt, sagt Samed, und weil alles günstiger ist als woanders.

»Neuerdings kommen auch Ungarn über die Grenze, um hier bei uns billig einzukaufen.«

»Ungarn!«, rufe ich erschrocken aus.

Ali, der mir beim Einsortieren der Waren hilft, schreckt hoch.

Samed grinst. »Nema Problema«, sagt er. »Es sind arme Leute, die hierherkommen.«

»Auch arme Leute können böse sein«, sage ich.

Der Buvlak schließt um achtzehn Uhr seine Tore. Fatma und Samed vertrauen uns den Schlüssel ihres Ladens an, in dem wir uns jetzt ein Nachtlager einrichten. In unserem Rücken die riesige dunkle Markthalle, vor der Ladentür der leere Parkplatz. Wir legen uns auf einen Berg von Teppichen, freuen uns über die warme Bettwäsche, die uns Fatma bezogen hat.

»Kennst du Donald Duck?«, frage ich Ali.

»Wen?«

Ich klopfe auf die Decke. Ali hat noch nie etwas von Disney-Comics gehört. Ich stelle ihm Donalds Neffen vor, die auf der weichen Biber-Bettwäsche, die ich heute ohne Sameds Hilfe zwei Mal verkauft habe, bewaffnet mit einem Sonnenschirm, an den Strand watscheln. Ali löscht das

Licht, damit man von draußen nicht ahnt, dass hier jemand die Nacht verbringt.

Am Morgen wachen wir auf, als es noch dunkel ist, rollen die Teppiche sorgfältig zusammen und warten, bis Samed erscheint. Wie geht es jetzt weiter?

Wir sind beide etwas verlegen, als er klopft. Samed ist ganz geschäftig und kurz angebunden, zeigt uns, wo das Kännchen steht, in dem sie den Kaffee zubereiten. Ich koche das Wasser mit Zucker auf, mische das Kaffeepulver darunter, schwenke die Kanne und lasse das Gebräu zweimal aufkochen. Samed nickt anerkennend, als er den ersten Schluck nimmt. Draußen fahren die Männer vor, die ihre Waren abladen. Vollgestopfte Autos parken, Imbissbuden werden eingerichtet.

Samed betrachtet Alis verbundene Arme.

»Nema problema«, sagt Ali.

Gemeinsam helfen wir beim Ausladen der Waren. Ich öffne die Kartons, die mir die beiden in die Ladentür stellen, und sortiere die Sachen in die Regale ein. Neben den ganzen Autos und den brüllenden Händlern stehen die Pferdekutschen, die wir schon bei unserer Ankunft gesehen hatten. Eins der Pferde scharrt mit den Hufen, unruhiger als die anderen. Der Junge, dem es gehört, spricht Ali an. Seinem Pferd steckt ein Nagel im Huf. Ali holt eine Zange und zieht den Nagel heraus, während der Junge sein Pferd beruhigt.

In Afghanistan, erzählt mir Ali, als er zu mir in den Laden tritt, war er selbst öfter mit der Kutsche unterwegs.

Wir winken dem Jungen zu, der sein Pferd geschickt zwischen den parkenden Autos hindurchlenkt. Breitbeinig steht er da, links die Zügel, rechts eine Zigarette. Für ein Lächeln ist er zu cool. Wir sehen ihm nach. Ich stelle mir Ali als kleinen Jungen vor, in Afghanistan.

Die zweite Nacht auf dem Buvlak beginnt mit langen Gesprächen, die wir aneinandergekuschelt unter der Donald-Duck-Bettdecke führen. Ali möchte ganz viel von mir wissen. Wie es da ist, wo ich lebe, warum meine Eltern nicht mehr zusammen sind. Ich erzähle sogar von den Depressionen, an denen meine Mutter litt. Wir flüstern die ganze Zeit, obwohl uns niemand hören kann. Außer Gott, sagt Ali. »But God is Love.«

Als ich in der Nacht wach werde, ist Ali nicht da. Auf dem Klo brennt Licht. Ich höre weder die Spülung noch Wasser laufen. Nach einer Weile rufe ich nach ihm. Keine Antwort. Ich stehe auf, klopfe an die Tür. »Everything okay!«

Ich gehe zurück ins Bett.

»Mach das Licht aus«, sagt Ali, sowie er die Klotür aufmacht. Sein Ton ist schneidend. »Es soll doch keiner sehen, dass wir hier sind!«

Ich springe auf. Ali überholt mich auf dem Weg zum Lichtschalter, und kurz bevor es dunkel wird, sehe ich, dass er blutet. Unterhalb des Verbandes, den ihm Fatma heute Morgen gewechselt hat, blutet sein Arm.

»Ist deine Wunde aufgegangen?«, frage ich ins Dunkel.

»Sorry«, sagt Ali. Er greift nach einem Handtuch, das am Boden liegt. »It's not dangerous«, murmelt er.

»Bist du verrückt, was soll der Scheiß!?« Er hat sich den Unterarm absichtlich aufgeritzt.

Schweigend liegen wir nebeneinander. Die Frage, warum er sich ins eigene Fleisch schneidet, stelle ich nicht.

»I'm too bad for you«, flüstert Ali, »a bad man.«

Ich richte mich auf. »Mad man«, sage ich. »Batman«, gibt Ali zurück. Wir lachen, seltsam genug.

»Gut, dass du den Bolzenschneider im Leopardenkäfig vergessen hast.« Ich weiß ja, dass Ali kein Mitleid gebrauchen kann. Ob ich ihn immer noch mag, fragt er. »Saublöde Frage«, stelle ich fest. Keine Ahnung, warum ich gerade nicht am Ausrasten bin. »Doste daram«, flüstert Ali.

Wir wachen auf, als sich der Schlüssel im Schloss dreht und Samed im Laden steht. Es ist uns peinlich, dass wir noch nicht auf sind, aber Samed scheint unser Chaos aus Teppichen und Klamotten gar nicht wahrzunehmen.

»Ihr könnt nicht mehr bleiben«, sagt er statt einer Begrüßung.

Er hat eine Tageszeitung mitgebracht, legt sie uns aufgeschlagen hin. Der Grenzzaun nach Ungarn ist abgebildet und darunter eine Gruppe von Flüchtlingen, die offenbar gerade von der Polizei abgeführt werden.

»Was steht da, Samed?«

»Es gibt schärfere Kontrollen, die Regierung hetzt jetzt die Leute gegeneinander auf. Flüchtlinge sind ab jetzt Feinde unseres Staates. Katastrophal!«

Ali reicht mir meine Hose, die ich mir unter der Decke anziehe. Samed läuft auf und ab, den Blick starr geradeaus gerichtet.

»Sie schicken Kontrollen in die Läden, um zu sehen, ob jemand illegal Flüchtlinge beschäftigt. Auch jemanden aufnehmen ist verboten.«

Ich stehe auf, räume rasch unser Nachtlager beiseite.

In der Stadt wird jeder kontrolliert, meint Samed. »Gespenstisch. Es sind kaum mehr Leute auf der Straße. Nur Polizei. Überall. Ich musste drei Mal meinen Ausweis zeigen.«

Er schlägt vor, dass wir uns bis zum Abend in der Markthalle aufhalten. Wir sollen zwischen den Ständen spazieren gehen und möglichst nicht auffallen. Erst wenn sein Geschäft schließt, dürfen wir zurückkommen. Wir ziehen unsere Schuhe an. Samed setzt sich an seinen Kassentisch, stützt den Kopf in die Hände.

»Der Zaun wird unter Strom gesetzt«, sagt er, »da kann man mit Werkzeug nicht mehr ran.«

Ali und ich streifen über den Buvlak, betrachten gleichgültig Taschen in allen Größen und Farben, Haushaltswaren aller Art – ein Stand bietet auf drei Quadratmetern Duschgel von Nivea, Lockenwickler, Fernseher, Badezimmerfliesen und Nutella an.

Vor der Halle auf dem Parkplatz werden Autos auf- oder umgerüstet, Motoren gewechselt, dazwischen sitzt ein Schuhputzer auf einem Badezimmervorleger und preist seine Dienste an.

Ali guckt interessiert. »Ich kann auch Auto fahren«, sagt er.

»Ich auch.«

»Nice«, sagt Ali.

»Do you have a permission?«

»Permission?«

Ali lacht. Der Junge mit dem Pferd fährt vor. Ali erzählt, dass es in Isfahan Pferdekutschen für Touristen gibt. In der Ferne ertönt eine Polizeisirene.

»Und wohin jetzt?«

»No idea.«

Wir gehen das Pferd streicheln.

»Wir haben einen freien Tag«, scherze ich, aber wir würden beide so gerne Samed und Fatma im Laden helfen. Ali meint, ich könnte auch nach Belgrad zur Botschaft, mir neue Papiere beschaffen und dann nach Deutschland fahren.

»Spinnst du? Are you mad?«

»Are you mad at me?«, fragt Ali.

Sachte klopft er dem Pferd auf die Fessel, sodass es bereitwillig das rechte Vorderbein hebt. Er kontrolliert den Huf, in dem gestern der Nagel steckte.

»Tun dir die Arme nicht weh?«, frage ich.

»Ich will dir nicht wehtun«, entgegnet er.

»Warum machst du so was?«

Er richtet sich auf.

»Ich wollte nicht, dass du das siehst.«

Ich zucke mit den Achseln.

»Es ist so schön mit dir, Frida«, sagt Ali nachdenklich, »so schön!«

»Aber –?«

»Es hat nichts mit dir zu tun, gar nichts!«

Ich nicke.

»Alles hat mit allem zu tun«, sage ich. Ali wischt sich mit der Hand über die Augen. »Meine Mutter hat früher manchmal den Kopf an die Wand geschlagen«, sage ich.

Ali kann nicht fassen, was ich da gerade gesagt habe. »Your mother hurt ...?«

»Past times. Sie macht das nicht mehr.«

»Poor girl«, sagt Ali.

»Ich? Quatsch.«

»Kwaasch!« Ali streicht mir übers Haar. »Alles wird gut werden«, sage ich, »wir schaffen das schon.«

»What I did last night«, sagt er, »I won't do it again.«

»Last night I was carrying a kangaroo in my car«, sage ich.

* * *

Zwei Tage wanderte Ali weiter am Fluss entlang.

Der weiße Leopard war verschwunden, aber Ali war ihm trotzdem auf der Spur. Er fühlte sich nicht allein, obwohl die zwei Tage und Nächte die einsamsten in seinem bisherigen

Leben gewesen waren. Der Lauf des Wassers führte ihn. Manchmal musste er klettern, schwimmen, sogar tauchen. Es war besser für ihn, dem Fluss zu folgen in eine unbekannte Richtung, als gar keine Richtung zu haben.

Ali lernte viel vom Wald, vom Wasser, über die Tageszeiten und die Nachtzeiten ohne Uhr. Und so gelang es ihm tatsächlich, auf eigene Faust das Gebirge zu überwinden. Er landete in einer Stadt, in der ihn eindrucksvolle Bauwerke, Villen, Paläste, Brücken, Moscheen empfingen und der Duft von Rosen. Es war die Stadt Isfahan. Ali war überwältigt von den Eindrücken. Er kam sich selbst vor wie ein wildes Tier, als er durch das Gewimmel der belebten Straßen ging und mit großen Augen alles in sich aufnahm, die Bilder, die Farben, die Gerüche.

Nach ein paar Tagen des Herumstreunens – Tagen, an denen er mit niemandem sprach und auch kein Bedürfnis danach verspürte – hatte er das Gefühl, als wäre ein Schleier vor die Stadt gezogen, vor die Straßen und Plätze, die so schön gestaltet waren, dass man meinte, man sei in einem Märchen aus vergangenen Zeiten.

Alles, sagt Ali, fand hier hinter einem Schleier statt, den er nicht lüften durfte. Eine Hülle aus Schweigen umgab jeden, den er ansprach. Ali wurde von den Leuten auf der Straße gemieden oder sogar verhöhnt.

»Ich war«, sagt Ali, »im Iran nicht erwünscht. Viele von uns sind dorthin geflüchtet, aber keiner bekommt jemals einen Pass oder eine Arbeitserlaubnis!«

Ali arbeitete auf einer Baustelle. Wie alle Afghanen, sagt er, war er billig zu haben.

Nachts streifte Ali durch die Straßen der Stadt, in der zumindest die Rosen auch für ihn dufteten, und saß auf der Brücke Sio Se Pol, die über den Fluss führte, der ihm das Leben wiedergeschenkt hatte. Der Zeynadah-Rud.

Auf der Brücke, von der Ali sagt, dass sie dreiunddreißig Bögen hat, die nachts beleuchtet sind, und dass Familien auf den Stufen, die zum Wasser hinunterführen, picknicken, dass die Männer hier rauchen und Schach spielen, lernte er Sayra kennen, die auch aus Afghanistan stammte. Sie war zusammen mit ihrer Familie geflüchtet. Ali erzählte ihr, dass er seine Mutter und die Geschwister in Pakistan zurücklassen musste, weil die Taliban hinter ihm her waren. In Sayra begegnete ihm ein Stück seiner Heimat. Sie trafen sich jeden Tag, heimlich, da ihre Eltern es nicht wissen durften, in der Mitte der Brücke Si-o-se Pol in Isfahan.

»Ich habe ihr ganz viel erzählt«, sagt Ali, »aber nicht von meinem Schneeleoparden. Davon weißt nur du.« Einen Moment lang muss ich an Jakob denken.

Der coole Kutscher kommt zurück. Ob wir kurz auf seinen Wagen aufpassen könnten? Er will etwas essen gehen.

Nur zu gern setzen wir uns zusammen auf sein Kutscherbänkchen.

»Warum ist Liebe *on the run* gefährlich, Ali?«

Seit dem Tag, da Ali Sayra kannte, hatte er das Gefühl, dass er an der Schönheit der Stadt teilhatte. Sie saßen zusammen in der Abendsonne, gingen spazieren, blickten aufs Wasser. Sayra trug einen Tschador, um sich vor den Blicken der Leute zu schützen, und Ali tat, als wäre er ihr Bruder. Jeden Tag nach der Arbeit beeilte er sich, auf die Brücke zu kommen.

Eines Morgens kamen zwei Männer auf die Baustelle, die Ali beiseitenahmen und ihm erklärten, dass es gutes Geld gebe und gute Chancen für junge Afghanen, wenn sie bereit wären, nach Syrien zu gehen.

»Nach Syrien?«, fragte Ali. »In den Krieg?«

»Du bekommst eine Aufenthaltserlaubnis, wenn du wiederkommst«, sagten sie.

Wenn ich wiederkomme!

Die Männer drohten ihm. Ali rannte weg. Seinen Job war er jetzt auch los. Er ging zur Brücke und wartete, bis es Abend wurde und Sayra kam, seine »Schwester«.

Die tröstete ihn. Wir gehen zusammen, versprach sie ihm. Ihr Vater hatte einem Schleuser bereits Geld gegeben, alles war organisiert.

Doch dann kam Sayra nur noch selten zum Treffpunkt. Sie sagte, ihre Eltern wollten nicht, dass sie allein in die Stadt ging. Ali verstand die Sorge.

»Wann geht es los?«, fragte er sie ein paar Mal. »Wann flüchten wir?«

»Bist du mit ihr gekommen?«, frage ich.

»Nein!«

Am vereinbarten Tag zur vereinbarten Zeit erschien sie nicht. Sayra wollte Ali auf der Brücke abholen. Um halb sieben am Abend.

Ali wartete den ganzen Abend und die ganze Nacht auf der Brücke, ging von einer Seite auf die andere Seite, aber niemand kam.

»Ich habe von Montag bis Freitag jeden Tag gewartet und aufs Wasser gestarrt.«

Am Freitag besuchte er die Moschee zur Gebetszeit.

Hinterher lud ein Mann ihn ins Teehaus ein. Er bestellte Ali etwas zu essen und lieh ihm auch sein Handy, woraufhin Ali sich bei Facebook einloggte. Sayra fand er nicht, aber einen anderen Bekannten, der in die Türkei geflohen war und sie gesehen hatte.

»Sayra?«, schrieb er. »Die ist in Izmir.«

Ali ging auf die Toilette und übergab sich. Wie er die Blicke der anderen Männer hasste.

»I hated my life.«

»Willst du rauchen?«, fragte jemand.

»Nein«, sagte Ali. Der Mann mit den Zigaretten lächelte kalt. Ali wusste, dass der Mann gekommen war, um ihn abzuholen und in irgendeinen Krieg hineinzuziehen. Syrien. Afghanistan. Überall war Krieg.

»Ich rauche nicht mit Ihnen«, sagte er.

Ali war in dem Moment alles egal. Sein Leben war ihm egal.

»Das Mädchen ist falsch«, hörte Ali den Mann sagen.

Woher wusste der von einem Mädchen?

»Die Frauen zerstören uns«, fuhr der Mann fort.

Ali nickte. Der Mann roch nach Opium.

»Glaubst du an Allah?«

Ali blickte den Mann argwöhnisch an. Männer wie dieser hatten seinen Vater in Afghanistan umgebracht.

»Seid ihr mir gefolgt, um mich jetzt auch umzubringen?«, fragte Ali.

»Erzähl weiter, bitte.«

»Ich konnte nichts essen und nicht einmal Tee trinken. Ich habe einfach nur dieses Zeug geraucht, das mich abgeschottet hat gegen alle Gefühle.«

Viele Taliban kamen jetzt in das Teehaus, die Kalaschnikow offen über dem langen Kaftan. Sie brachten die Dunkelheit in den hellen Raum. Aber Ali blieb sitzen, unfähig, aufzustehen und zu gehen. Draußen blühten die Rosen. Aber es roch nach Munition. Es roch nach explodierenden Granaten, nach Verwüstung.

Ali dachte an den Tod. Und auf einmal fand er die Dunkelheit, die diese Männer mitbrachten, so schön wie ihre Gewänder, ihre Bärte, ihre Männlichkeit.

Er stellte sich vor, wie Sayra mit anderen Männern zusammen war. Sollte sie doch nach Europa gehen. Sollte sie doch werden wie alle anderen dort.

»Was heißt das?«, frage ich.

»Ein Mädchen ohne Stolz. Die mit jedem ins Bett geht.«

»Was ist dann passiert?«

»Ich saß in einem Loch.«

»What?«

»In a hole in the earth.« Ali verzieht den Mund. In einem Loch im Boden, mehr kann er nicht dazu sagen. Da war einfach nur Erde. Und Fels.

»Eine Höhle?«

Ali nickt. »Yes, a cave.«

In der Höhle waren noch andere Gefangene. Ali erinnert sich nicht, wie lange er hier ausharrte. Stunden, Tage.

Irgendwann kamen die Männer, die ihn eingesperrt hatten, und stießen ihn hinaus. Die Sonne brannte über der Wüste. Er wusste nicht, in welchem Land er war. Er hörte Arabisch, Persisch, Englisch, Französisch. Es waren viele Männer hier. Sie zeigten ihnen, wie sie stehen, gehen und schießen sollten. Einige Tage oder Wochen, Ali vermag es nicht zu sagen, verbrachte er in der Ausbildung der Taliban. Dann wurden weitere Gefangene gebracht. Die wurden gefoltert. Ali sagt mir nicht, was er gesehen hat. Aber dass er, als die Reihe an ihm war, um sein Leben rannte. Die Männer lachten, sie machten sich nicht die Mühe, auf ihn zu schießen, denn das Gelände war abgesperrt, und sie wollten ihn lieber mit Folter bestrafen als ihn einfach abknallen.

Die Vermummten mit den Kalaschnikows waren überall. Ali sagt, dass von diesem Ort der Welt noch nie jemand berichtet hat, weil kein Journalist dorthin kommt. »Wer sich dahin verirrt, verliert seinen Kopf.«

Ali sieht mich an. »Sorry, das ist hässlich.«

»Ja.« Die Bilder, die sich in meinem Kopf festsetzen, machen mir Angst.

»But you survived«, sage ich.

»It was a fight, face to face!«

Ob ich noch mehr hören will?

Der junge Kutscher kommt zurück. »Policija«, keucht er und zeigt auf die Markthalle. Wir sollen sofort weg.

Wir springen vom Kutschbock, die Polizei fährt vor. »Don't worry«, sagt Ali. »It's a game. Like hide and seek.«

Arm in Arm bewegen wir uns auf einen Zeitschriftenstand zu und tun so, als würden wir uns in die Lektüre von Magazinen vertiefen. Der Zeitungsverkäufer guckt misstrauisch.

»Komm, gehen wir weiter.«

Ich tippe Ali an die Schulter, aber in dem Moment sehe ich auf der Titelseite einer Zeitung riesengroß unter einer Schlagzeile in kyrillischer Schrift ein Foto des Schneeleoparden.

17.

هفده

Am Abend, als der Markt die Tore schließt und die Stände abgebaut sind, wagen wir uns zurück zu Samed. Stumm deutet er nach draußen. Auf dem Parkplatz steht ein Transporter, den wir mit zusammengerollten Teppichen vollpacken sollen. Das ist unser Fluchtfahrzeug.

Wir legen uns auf eine schmale Matte, eng aneinandergepresst, zwischen bis zum Dach getürmte Teppichrollen. Unsere Füße stoßen an Teppiche, die wir im hinteren Bereich der Ladefläche quer hingelegt haben. Es ist kalt. Ob wir eine Bettdecke mitnehmen dürfen? Samed hat an alles gedacht.

»Das war Fatma«, sagt er, als er uns zudeckt.

Dass wir es über Ungarn gar nicht erst versuchen, meint er. Dadurch dauert es ein bisschen länger.

»Wir fahren über Bosnien.«

»Bosnien?«

»Wir fahren über Bosnien nach Kroatien.«

Dass die Grenze nach Bosnien-Herzegowina leichter zu überqueren sein soll als die nach Ungarn, kann ich mir nach meiner Erfahrung im vergangenen Jahr nicht vorstellen. Überall musste ich meinen Pass vorzeigen. Und wie soll das dann jetzt erst sein!?

Ali gibt zu bedenken, dass nicht so viele Flüchtlinge über Bosnien einreisen, weil der Weg zu lang ist. Doch ist das nicht gerade ein Argument für eine schärfere Kontrolle? Und ein Transporter mit Teppichen erscheint mir extrem verdächtig.

»Ist doch klar, dass die hinten reingucken!«

Ali erzählt mir, wie man normalerweise unterwegs ist, wenn man keinen Luxusliner zur Verfügung hat wie wir jetzt. Man ist auf einer Ladefläche eingequetscht mit zwanzig anderen Leuten, ohne frische Luft und ohne dass man sich bewegen kann, und das über viele Stunden und Tage. Er betet für alle, die jetzt gerade in so einem Horrortransporter unterwegs sind. Inshallah, murmele ich dazu. Ali zieht mich sanft an sich.

Wie in einem Nest liegen wir, kichern bei jeder Bremsung, die uns noch näher aneinanderdrückt, und genießen jede Minute, die gemeinsam vergeht. Wir fliegen.

»Guten Morgen in Bosnien!«

»Was? Wie ist das möglich?«

Wir haben die Grenze verschlafen.

Samed gibt Ali Feuer. »We can beat them, just for one day«, sagt er. Seine Augen lachen.

Der Bus parkt an einem breiten Fluss. Weidenbäume

wachsen am Ufer, silbrig glänzende Zweige hängen ins Wasser.

»Wo sind wir?«, frage ich.

Samed lächelt.

»Hast du ihnen Geld gegeben? Kanntest du die Grenzer?«

Samed lacht. »Roma und Grenzer sind keine Freunde!«

»Sag doch, was hast du gemacht?«

»Ich habe sie abgelenkt«, sagt er nur.

Wie kann man denn Grenzbeamte ablenken?«, fragt Ali verblüfft.

»Devlésa«, sagt Samed, »mit Gottes Hilfe.«

»Inshallah«, ruft Ali aus.

* * *

»Da drüben ist Kroatien.« Die andere Seite des Flusses ist ungefähr fünfhundert Meter entfernt. »Keine Angst«, meint Samed, »wir werden nicht schwimmen!«

Ali fragt, ob es eine Brücke gibt.

»Es gibt eine Brücke«, sagt Samed, »aber die können wir nicht nehmen.« Er schließt den Transporter ab.

Vom Ufer aus hat man einen wunderschönen Blick auf schiefergraue Berge am Horizont. Ali blickt gebannt dorthin. »Frida Jan, look at the snow!« Ganz oben scheint wirklich Schnee zu liegen.

»Weiter südlich sind die Berge noch höher«, sagt Samed. »Das ist der Balkan.«

Ein einzelner Feigenbaum wächst neben weißen Weiden. Er ist noch grün, aber er trägt keine Früchte mehr. Die Vegetation ist hier anders als in Serbien, und es ist noch viel wärmer.

Unter dem Feigenbaum liegt ein Boot am Ufer, fast verborgen unter grünen und braunen Blättern, unter Erde und vom Baum gefallenen und verdorrten Früchten – perfekt getarnt.

»Gehört das Boot dir?«

»Nein, aber ich wusste, dass es hier liegt.«

Mit den Händen schaufeln wir die ganzen Blätter aus dem Boot und lösen den Knoten, mit dem es am Stamm des Feigenbaums befestigt ist, um es anschließend zum Fluss zu tragen. Es ist ein grün gestrichenes Holzboot, innen weiß lackiert, mit zwei kleinen Holzbänkchen, eins für den Rudernden und eins im Bug für Mitfahrer.

Wir schieben es ins Wasser. Samed hält das Boot fest, lässt erst mich und dann Ali einsteigen. Wir sitzen im Bug. Dann springt er hinterher, löst die beiden Ruder aus der Verankerung und taucht sie in den Fluss. Zwanzig Jahre lang ist er hier nicht gewesen, sagt er.

»Hast du hier gelebt?«

»Ich bin hier gelandet, als ich auf der Flucht war.«

Es war zur Zeit des Bosnienkriegs. Samed war in Lebensgefahr.

Er zeigt stromaufwärts. »Auf der Brücke haben die Scharfschützen gewartet und ganze Familien hingerichtet. Die Toten haben sie ins Wasser geworfen.«

»Das war ja wie in Afghanistan!«, sagt Ali.

Eine Frau versteckte Samed bei sich. Es ist ihr Boot, in dem wir jetzt sitzen, um den Fluss zu überqueren.

»Das ist nämlich nicht so leicht, wie man denken könnte«, sagt Samed. »Die Sava ist ein sehr komplexes Gewässer. Sie ist tückisch, aber auch sanft, wenn man weiß, wie man sich ihr nähern muss.«

Versonnen guckt Samed ins Wasser.

»Die Strömung ist hier sehr stark, und es gibt Stellen, die gefährlich werden können. Sie hat mir den Fluss gezeigt. Mit ihr habe ich das Wasser kennengelernt. Zusammen haben wir viele Menschen, die auf der Flucht waren, auf die andere Seite des Ufers gebracht. Dieses Boot war ein Fluchtfahrzeug!«

Nacht für Nacht haben er und die Frau gemeinsam Flüchtlinge von Bosnien nach Slowenien gebracht, keinen haben sie unterwegs verloren.

»Wow«, sagt Ali, »das ist sehr schön.«

Langsam und noch sehr ruckartig bewegt sich das Boot vom Ufer weg.

»Samed«, fragt Ali, »wie hast du das gemacht, dass wir über die Grenze gekommen sind?«

Samed zieht die Ruder mit aller Kraft durchs Wasser. Er

antwortet nicht. Stattdessen erzählt er uns noch mehr von der Frau, ohne ihren Namen zu nennen.

»Sie hat ihr ganzes Leben, oder eine ganze Zeit ihres Lebens, an diesem Fluss verbracht, und sie hat mir gezeigt, wie ich den Fluss kennenlerne. Und dann«, Samed guckt ganz ernst, »habe ich sie ebenso kennengelernt wie den Fluss. Manchmal hatte ich das Gefühl, sie und der Fluss sind eins.«

Mehrmals weicht Samed Stellen aus, an denen das Wasser kreiselnd zusammenläuft. Er ist höchst konzentriert. Ständig ist er in Bewegung, richtet sich auf, beugt sich vor, zurück, bremst mit den Rudern, zieht wieder an. Bald ist er außer Atem. Er ist lange nicht mehr so in Form wie früher, sagt er.

»Wir Roma halten uns nicht fit, wenn wir älter werden«.

»Warum nicht«, fragt Ali.

»Weil das unter unserer Würde ist.« Samed lacht herzlich, atmet heftig, hält einen Moment lang inne, doch sofort treibt das Boot ab. Ali bietet seine Hilfe an, aber Samed meint, dass man echt verloren ist, wenn man den Fluss nicht kennt.

»Und, kennst du ihn noch?«

Samed nickt. »Ich liebe ihn.«

Er lässt das Boot ein Stück flussabwärts treiben und lenkt dann mit dem linken Ruder ein. Wasser spritzt mir ins Gesicht. Ich wende mich ab und sehe den Wellen hinterher, die wir aufwirbeln.

Das Wasser strömt an uns vorbei. Grasbüschel treiben mit dem Boot.

»Es war mitten in der Nacht, man hat die Hand vor Augen nicht gesehen, und das Wasser war schwarz.«

Samed hält inne, mitten im Ruderschlag, kurz bevor die Ruder ins Wasser tauchen. »Als ich dich gesehen habe«, sagt er, »habe ich an die Frau gedacht.«

»Mich?«

Etwas in mir wird angesprochen. Wie ein Muskel, den man noch nie bewegt hat, kribbelt es in meiner Stirn zwischen den Augen. Was habe ich mit dieser Frau zu tun?

»Wo ist sie jetzt?«, fragt Ali.

Wir bewegen uns auf die Mitte des Flusses zu. Das Wasser strömt stärker, die Wellen werden wilder, sodass wir schwanken und ein Stück zurückgetrieben werden.

Samed rudert wieder ein Stück flussabwärts. Schwerelos gleiten wir dahin. Ein Käfer schwimmt auf einem Blatt, Alis Pupillen glänzen wie die Wassertropfen, die am Holz abperlen.

»Alles vergeht«, sagt Samed, »alles kehrt zurück.«

* * *

Auf der anderen Seite des Flusses herrscht milchiges Licht, die weißen Weiden am Ufer spiegeln sich im Wasser.

»Alles ist zwei Mal vorhanden«, sagt Samed.

Er hilft mir aus dem Boot, meine Beine zittern, aber weniger von den Schmerzen, die ab und zu noch zu spüren sind, wenn ich an die Hunde denke, als von der Macht der Gedanken, die mich nicht loslassen.

In einer Hütte ganz in der Nähe ruht Samed sich aus. Er kennt den Unterstand von früher. Ali und ich gehen am Ufer spazieren.

Später rudert Samed zurück, um das Auto zu holen. Wir sollen hier auf ihn warten.

Ali wäscht sich das Gesicht.

»Wollen wir schwimmen?«, frage ich ihn.

»Are you mad?«

Es ist sehr kalt. Wir legen unsere Kleider in die Hütte und nehmen die Verbände ab, die uns Fatma zuletzt erneuert hatte.

»Wir brauchen sie nicht mehr«, behaupte ich einfach mal.

Unsere Wunden sind verkrustet. Mein Blick auf seinen von früheren Verletzungen vernarbten Körper kommentiert Ali mit einer Anspielung auf unser erstes Kennenlernen. »This is fashion, isn't it?«

Bevor ich etwas darauf erwidern kann, läuft er zum Wasser und springt hinein.

»First«, ruft Ali triumphierend, »endlich wieder ein Punkt für mich!« Er spritzt mich nass. Wir überwinden die Kälte und schwimmen am Ufer entlang, dann rennen wir in die Hütte, in unseren Palast, wie Ali sagt.

Wir hören das Wasser rauschen und unseren Herzschlag.

* * *

Die Taliban schossen, Ali rannte und fiel hin, noch bevor er getroffen war. Die Männer traten und schlugen auf ihn ein, um zu sehen, ob noch eine Reaktion von ihm kam. Ali weiß nicht, wie er es geschafft hat, seinen Körper wie leblos wirken zu lassen. Als sie von ihm abließen, griff einer nach Alis Kalaschnikow, um sie dem vermeintlich Toten abzunehmen, aber Ali war schneller.

»I killed them.«

Ali hält inne. »Es ist unmenschlich, dass ich das konnte.«

»Aber sonst wärst du doch selbst tot gewesen.«

»Ich habe getötet.«

»Du musstest es tun.«

»Ich habe eine Grenze in mir überschritten«, sagt Ali heiser. Seine Stimme wird rau in der Erinnerung an das Geschehene.

»I hate my life.«

Ich streiche ihm über das Gesicht, über die Augen.

»Geh niemals weg«, sagt Ali, »don't go away.«

»Ich bin da«, sage ich.

* * *

Samed ist da. Die meiste Zeit stand er am Grenzübergang. Er hat jeden Teppich aus dem Transporter tragen müssen, das hätte ewig gedauert. Er grinst. Unglaublich, dass wir vorhin nicht kontrolliert worden sind.

Wir nehmen unsere Plätze wieder ein und kehren zurück in die wohlige Wärme unseres Buvlak aus Teppichen. Wie im Bauch eines Walfischs liegen wir hier, schwimmen mit ihm durch die Weltmeere von einem Kontinent zum anderen, ohne auch nur einmal auf ein Hindernis zu stoßen. Was Samed mit den Grenzbeamten macht, wohin er unseren Wal lenkt, wissen wir nicht, und wir wollen es auch nicht mehr wissen. Wir fahren einfach. Der Himmel im Heckscheibenfenster ist jede Minute anders: heller, dunkler, sonniger, milchig trüb, bewölkt oder voller weißer Wolken, die sich verwandeln, wenn sie mit uns ziehen. Wir sehen Männer und Frauen, Katzen, ein Nilpferd, und unendlich viele Landschaften. Die Wolken sind Berge und Hügel, Wald, See, Fluss und Meer. Ein Küstenstreifen bauscht sich dramatisch auf, und dann entsteht durch eine winzige Verschiebung am Wolkenhimmel ein Gebirge. Wir sehen den Schneeleopard.

Samed hält an, um sich auszuruhen.

Auf dem Parkplatz finden wir eine englische Tageszeitung, in der von kroatischen Polizisten berichtet wird, die Flüchtlinge auf der Straße aufgegriffen und gewaltsam in einen Bus gezwungen haben, der zurück nach Mazedonien fuhr. In Ungarn wurden Afghanen mit Elektroschocks gequält.

Doch wir fühlen uns sicher in unserem Gefährt. An den Motor, der unter uns wummert, habe ich mich gewöhnt. Das Herz des Walfischs, nennt Ali das Geräusch.

Ich habe das Gefühl, dass die Zeit beim Fahren stillsteht. On the run gibt es keine Vergangenheit und keine Zukunft. Von mir aus könnte die Fahrt ewig weitergehen. Aber Samed hat allmählich genug vom vielen Fahren.

Ali betet auf einem Grünstreifen zwischen zwei Parkplätzen. Ich lerne Dari. Ali lernt Deutsch. *Ich bin, ich war, ich werde sein.*

»Was wirst du, Ali?

»Ich werde zur Schule gehen.«

»Und dann?«

»Ich werde Arzt.«

Arzt werden ist ein langer Weg für jemanden, der etwa drei Jahre lang nicht mehr in der Schule war.

»Warum Arzt?«

»Egal!« Ali mag das deutsche Wort *egal.* »Egal, I can do everything, Frida Jan.« Er probiert seine neuen Deutschkenntnisse aus. »Zum Beispiel ich kann lernen Koch!«

»Sehr gut.«

Afghanisches Essen ist lecker. *Qabeli* heißt der afghanische Reis, der mit Rosinen und vielen Gewürzen gekocht wird.

»Kannst du das …?«

»Naturlisch!«

»Ich habe gedacht, in Afghanistan kochen nur die Frauen.«

»Ich habe es in Pakistan gelernt.«

»Kochen da auch die Männer?«

Ali lacht. »Nein, Frida, überall kochen die Frauen. Aber überall ist dieser Krieg, und die Leute sind krank. Wenn du mit deinen jüngeren Geschwistern allein bist, musst du für sie kochen. Das ist normal. Ich habe meiner Mutter immer geholfen. Jetzt kocht mein Bruder für die Familie.«

»Ist deine Mutter wieder krank?«

Ali nickt. Und dann erklärt er mir, wie man beten muss, um Gott wirklich zu erreichen.

»Meinst du, das geht nur bei Muslimen? Dass man Gott erreicht?«

»Nein«, sagt Ali, »du kannst das auch.«

»Wie großzügig von dir«, sage ich, aber Ali lacht nicht.

Samed bremst scharf ab, Ali schützt meinen Kopf mit der Hand. Damit ich mich nicht anstoße.

»Ich war nicht lange in der Schule«, sagt er, »aber ich habe etwas von meiner Mutter gelernt. Ich kann warten.«

»Und dichten«, sage ich.

18

Samed klopft an die Heckklappe. »Wir sind in Deutschland.«

»Deutschlaan?«, wiederholt Ali ungläubig.

Ich habe ganz fest geschlafen.

»Kommt raus!«, ruft Samed.

»Deutschlaan«, ruft Ali, »wir kommen, wir kommen!«

»Er hat Deutsch gelernt«, bemerkt Samed heiter in meine Richtung.

Ich will nicht raus. »Bestimmt regnet es«, sage ich.

Ali ist schon nach draußen gekrochen.

»Nein«, widerspricht Ali, »nein, nein, Frida. Deutschlaan ist schoon, sehr schoon. No rain in Deutschlaan.«

Mit steifen Beinen bewege ich mich um unseren Walfisch herum. Der Himmel ist graublau, die Sonne scheint. Eine typisch deutsche Raststätte mit italienischer Kaffee-Werbung und Toiletten mit Sanifair-Gutscheinen erwartet uns. Von zwei Mal fünfzig Cent kaufe ich Ali Kinderschokolade. Dann geht es weiter.

Zum ersten Mal dürfen wir vorne sitzen.

Auf der Autobahn ist Stau. Im *Stop-and-go*-Verkehr kommen mir viele Gedanken, an meine Mutter, an Anita, an die Uni, an Geld. Ich habe ja nicht einmal mehr ein Portemonnaie. Ich würde mir gern die Zähne putzen. Samed reicht uns seine Kräutermischung, getrocknete Blätter, die einen guten Geschmack im Mund hinterlassen und ein kleines Gefühl von Rausch.

»Das bildest du dir ein, Frida«, lacht Samed, als ich es ihm sage. »Das sind nur Kräuter!«

Der Verkehr kommt jetzt völlig zum Erliegen. Lange Zeit stehen wir hinter einem Peugeot mit der Zahl 9999 auf dem Nummernschild.

»Wo wollt ihr hin?«

Verrückte Frage.

»Wo wohnt deine Familie, Samed?«

»In Köln.«

Köln würde mir gefallen. Eine Stadt am Fluss. Ich könnte ja auch dort zur Uni gehen.

Ali kann nicht verstehen, warum wir nach Köln gehen sollten, wenn meine Mutter in einer anderen Stadt lebt.

Der Verkehr läuft jetzt wieder stockend. Samed flucht auf Romanes über einen Fahrer, der vor ihm nach links ausschert, ohne zu blinken.

»Ist es noch weit?«

»Zweihundertfünfzig.«

»Wir können auch nach Köln mitfahren, und von dort allein zu meiner Mutter …«

Samed wehrt ab. »So was machen wir nicht«, meint er. Bei den Roma bringt man die Familie von Tür zu Tür. Das ist Ehrensache beziehungsweise eben ganz normal.

»Entspann dich, Frida. Wir sind bald da.«

Plötzlich löst sich der Stau auf, und Samed fährt auf die ganz linke Spur. Wir hören Musik von David Bowie, und zum ersten Mal hören wir Samed singen. Er kennt jeden Song von Bowie und wir nach dreieinhalb Stunden auch.

I wish you could swim

Like the dolphins, like dolphins can swim

Ich sitze in der Mitte, Ali hat den Arm um mich gelegt, ich halte seine linke Hand in meiner rechten und schließe die Augen, bis Samed verkündet, dass wir da sind und dass ich jetzt mal sagen müsste, wo es langgeht.

Meine Mutter ist nicht da, der Schlüssel liegt in unserem Versteck. Sie wird übers Wochenende weggefahren sein. Es ist mir nicht unrecht, erst einmal mit Ali allein hier zu sein.

Ich sehe nach, was im Kühlschrank ist, aber das bekommen die beiden gar nicht mehr mit. Ali schläft auf dem blauen Hochflorteppich vor meinem Bett sofort ein, und Samed hat sich auf das Sofa im Wohnzimmer gelegt. Ich gehe erst einmal ins Bad, dusche eine Ewigkeit. Mein rechtes Bein schmerzt ein bisschen. Die Wunde ist fast verheilt. Unglaublich, dass sich nichts entzündet hat unterwegs, weder bei mir noch bei Ali. Die letzten Tage hat es gar nicht mehr wehgetan.

Ich betrachte mein Gesicht, das mir verändert vorkommt. Mein Blick ist klar, meine Augen wirken tiefer.

You are like deep water.

Ich tusche mir die Wimpern, obwohl das vor dem Schlafengehen keinen Sinn macht, trage goldenen Lidschatten auf, lächele mein Spiegelbild an.

Lange stehe ich am offenen Fenster. Nachbarn haben Sperrmüll vor die Tür gestellt. Ein großer grauer Plüschelefant steht neben einem Lampenschirm und einem alten Computer auf dem Bordstein. Schaumstoff quillt aus seinem Körper. Bestimmt hat den mal jemand auf dem Rummel gewonnen.

Der Naqash, von dem Ali mir erzählt hat, würde jetzt bestimmt aus dem Elefanten, der Lampe und dem PC etwas Neues schaffen. Die Leute in Belgrad kommen mir in den Sinn. Die schwangere Sunita.

* * *

Am Morgen bricht Samed auf. Er hupt, er legt die Hand aufs Herz, und ich vermisse ihn schon jetzt.

Ein Tag beginnt – in einer Wohnung mit Badezimmer, Küche, mit meinen eigenen Sachen. Unschlüssig schaue ich in meinen Kleiderschrank. Was soll ich anziehen? In den letzten Wochen habe ich einfach getragen, was mir in die Hände gefallen ist. Im wahrsten Sinne des Wortes. Jetzt frage ich mich, was Ali an mir am besten gefällt.

Die Wohnung gefällt ihm. Das Müsli, das ich ihm anbiete, schmeckt ihm. Auch seinen Humor hat er behalten.

Erst einmal müssen wir für Ali warme Sachen zum Anziehen besorgen. Dann zur Behörde. Ich versuche telefonisch, eine neue EC-Karte zu bestellen, und erfahre nach einer Viertelstunde in der Warteschleife, dass das weder per Telefon noch online möglich ist. Ich soll die neue Karte postalisch bestellen.

Wir überreden uns gegenseitig zu einem Ausflug nach draußen.

»Wir sind Ninjas«, sagt Ali, »wir sehen die anderen, aber die sehen uns nicht.«

Wir müssen einfach nur unser Kraftfeld aktivieren und werden unbeschadet durch alles hindurchgehen. So stellen wir uns das vor, aber jegliches Vorstellungsvermögen endet, wenn man sich bei der Ausländerbehörde einfindet, um einen Asylantrag zu stellen. Da ich das ganze Prozedere schon einmal mit Anita gemacht habe, weiß ich, an welche Stelle wir uns wenden müssen. Ali ist erstaunt, wie gut ich mich auf dem Rathaus auskenne. Ich erzähle ihm, dass ich wegen meiner Freundin schon öfter hier war, aber Anitas Fall macht nicht unbedingt Mut. Sie ist ja hier geboren, hier aufgewachsen, und hat trotzdem, wegen ihren Eltern, den Abschiebungsbescheid bekommen. Weil ihre Eltern hierher geflüchtet sind, erkläre ich Ali, aber jetzt nicht mehr bleiben dürfen. Es ist kompliziert.

»Es ist bescheuert«, sagt Ali, der das Wort gerade von mir gelernt hat. Er überlegt, ob es überhaupt Sinn macht, dass er sich anmeldet. Ich bin auch unsicher. Bis vor Kurzem war es für Afghanen kein Problem, Asyl zu bekommen. Das weiß ich, weil in dem Heim, in dem Anita erst einmal unterkam, viele Afghanen und Pakistani waren, die keine Abschiebung fürchten mussten.

»Nicht zu dem Zeitpunkt«, meint Ali. Denn bis vor Kurzem, sagt er, gab es auch noch keinen Zaun zwischen Serbien und Ungarn. »Time is changing, Frida.« Es klingt wie ein Vorwurf.

»Ist es denn in Frankreich besser?«

Er weiß es auch nicht. Ursprünglich hatte er nach Frankreich gehen wollen. Aber nur weil er jemanden kennt, der dorthin gegangen ist. Es war ihm egal, ob es Frankreich, Deutschland, Schweden oder Norwegen ist. Hauptsache, er kann irgendwo ein neues Leben anfangen, Geld verdienen und für seine Familie zu Hause sorgen.

»Geld schicken, meinst du.«

In die Schule will er auch. Deutsch lernen. Ali will ganz viel, weil er viel Zeit versäumt hat. Vor dem Büro der Ausländerbehörde drücke ich ihn an mich. Aber er ist jetzt zu nervös, um sich aufmuntern zu lassen. Außerdem ist er es noch nicht gewöhnt, dass man sich in der Öffentlichkeit so nah miteinander zeigen kann.

* * *

»Afghanistan«, sagt die Sachbearbeiterin mit einem Tonfall, als wäre jemand gestorben. »Das tut mir leid.«

»Was tut Ihnen leid?«

Sie gibt Ali ein Formular zum Ausfüllen.

»Für erwachsene Afghanen gibt es zurzeit so gut wie keine Chance auf Asyl«, sagt sie.

»I'm seventeen years old.«

»Alle sind erst siebzehn, wenn sie ankommen«, sagt die Sachbearbeiterin.

Es klingt nicht einmal unfreundlich, vielleicht hat sie sogar Mitleid mit den abgewiesenen Afghanen, aber ihre Stimme ist belegt mit einer Schicht Teilnahmslosigkeit. Sie druckt uns Formulare aus und gibt sie uns mit nach Hause.

»Ausfüllen und wiederkommen«, weist sie uns an.

»When will I have my interview?«, fragt Ali.

Er meint die Anhörung beim Bundesamt für Migration und Flüchtlinge. Ali hat heute Morgen schon über Facebook Kontakt mit einigen Afghanen aufgenommen, die auch in der Gegend sind und die die Anhörung schon hinter sich haben.

»Nach der Anhörung wird entschieden, wie es weitergeht«, erkläre ich, zu Ali gewandt. Ali fragt auf Englisch, wie lange er ungefähr auf den Termin wird warten müssen.

»Er bekommt Bescheid«, sagt die Sachbearbeiterin auf Deutsch zu mir.

Als er unterschreiben soll, zögert Ali. Er muss unterschreiben, sagt sie, sonst wird das Verfahren nicht eingeleitet und er kann auch kein Zimmer in einer Unterkunft beziehen.

Ich übersetze auf Englisch.

Ali schüttelt den Kopf.

»Wir müssen uns noch mal besprechen«, sage ich, »wir melden uns wieder«.

»Sie müssen sich auch melden«, sagt sie, »denn wenn er sich nicht meldet, ist er illegal im Land.«

Sie sieht an Ali vorbei zur Tür. »Der Nächste bitte!«

»Wiedersehen«, sage ich.

Auf dem Flur warten viele, die in der gleichen Situation sind. Ali tauscht sich mit ein paar Afghanen aus und wirkt von Minute zu Minute wütender. Als wir draußen sind, sagt er, dass ich auf keinem Fall jemandem erzählen soll, was er mir erzählt hat. Ich weiß nicht, was er meint.

»Story of Taliban.«

»Okay«, sage ich.

Ali geht es um die Anhörung beim Bundesamt, die, wenn er sich anmeldet, in einigen Wochen in Braunschweig stattfinden soll. Er hat gerade mit Leuten gesprochen, die die Anhörung schon hinter sich haben.

»Und?«, frage ich.

»Einer von ihnen«, sagt Ali, »hat erwähnt, dass er Kontakt zu Taliban hatte. Er musste vor ihnen flüchten, und wenn er jemals wieder einreisen würde, wäre er tot, noch bevor er einen Fuß in seine Heimatstadt setzt.«

Ali spricht so leise, dass ich ihn kaum verstehen kann.

»Es ist doch richtig, dass er das gesagt hat«, wende ich ein.

Ali schüttelt den Kopf. Dem Mann wurde diese Erwähnung offenbar zum Verhängnis. Die Taliban hatten ihn entführt, später gelang ihm die Flucht. »Aber die deutschen

Behörden wollen ihn jetzt abschieben, weil er mehrere Morde gestanden hat. Dabei hat er die Leute ja nicht freiwillig getötet.« Ali fasst sich an den Kopf. »They don't understand!«

Ich verstehe.

»Was soll ich sagen, wenn sie mich fragen, wie ich entkommen bin?«

Ich weiß es nicht. Wir werden uns vorbereiten müssen. An der Uni wird, laut einem Aushang vor dem Ausgang des Rathauses, eine kostenlose Rechtsberatung für Geflüchtete angeboten. Sprechstunde ist morgen um zehn Uhr.

»Da gehen wir hin«, sage ich.

Ali zuckt mit den Achseln. »Vielleicht«, sagt er.

»Oder wir gehen an die Uni. Da gibt es die Refugee Law Clinic.« Dort würden wir Jakob treffen, wie seltsam.

Der afghanische Mann, mit dem Ali gesprochen hat, steht jetzt draußen und bietet Ali eine Zigarette an.

»Taschakor.«

Sie reden auf Dari, und dann sagt mir der Mann auf Deutsch, dass es in der Nähe einen persischen Verein gibt, in dem Jugendliche sich treffen und Theater spielen. »Der Leiter, Farin, hat viele Kontakte. Er gibt auch Tipps wegen der Anhörung.«

»Willst du dahin?«, frage ich Ali, als wir uns verabschieden.

»Don't know.«

* * *

Bei dem persischen Verein treffen wir Farin. Ob das eine gute Idee war? Die Stimmung bei der Theaterprobe, zu der wir stoßen, ist sehr gedämpft; vier von sieben afghanischen Mitspielern haben einen Abschiebebescheid bekommen.

Farin, der selbst aus dem Iran stammt, zeigt sich besorgt.

Er spricht mit Ali. Ich weiß nicht, was sie reden, aber Ali wirkt sehr verschlossen.

»Du hast eine Freundin aus Deutschland«, sagt der Iraner zum Schluss, »du bist nicht allein.«

Eigentlich wollte ich mit Ali gern in der Stadt etwas trinken gehen – ich habe zu Hause in meinem Zimmer noch ein bisschen Geld gefunden –, aber jetzt haben wir beide keine Lust mehr, draußen herumzulaufen.

Viele Sprachen sind auf den Straßen zu hören. Während ich weg war, hat bei uns um die Ecke ein arabischer Laden eröffnet, der Shishas und Handys im Fenster ausgestellt hat. Früher gab es so etwas nicht in dieser Gegend. Wir kaufen zwei günstige Handys. Ali guckt weg, als ich bezahle, und redet kein Wort mit dem Besitzer des Ladens, obwohl der den Anschein erweckt, als würde er gern mit ihm ins Gespräch kommen.

»Netter Typ«, sage ich, als wir rausgehen, »und ein netter Laden.«

Ali zieht die Augenbrauen hoch.

Habe ich etwas Falsches gesagt?

»Konnte dir dieser Farin noch etwas sagen?«, frage ich Ali.

Ich ernte ein giftiges Lächeln. »Er hat doch nur dich angeguckt«, sagt Ali. »Kein Wunder, dass du ihn nett findest!«

»Wie bitte?« Ich sehe Ali mit hochgezogenen Brauen an. »This is too much«, sage ich.

»Finde ich auch«, sagt Ali trocken.

»Sorry, dass ich keinen Tschador trage wie deine Freundin in Isfahan!«

Auf dem ganzen Nachhauseweg sprechen wir nicht mehr miteinander.

* * *

Bei mir angekommen, legt Ali sich ins Bett. Ich höre ihn telefonieren, er klingt aufgeregt. Er sagt mir nicht, mit wem er spricht, ob er seine Familie informiert hat, dass er angekommen ist.

Ich programmiere das neue Handy, kontaktiere Anita, melde mich aus Serbien zurück. Auch bei ihr ist die Stimmung gedrückt. Sie schreibt mir auf WhatsApp, dass es jetzt feststeht. Der Versuch, mithilfe einer Anwältin erneut einen Aufenthalt für die Familie zu erkämpfen, ist gescheitert. »Abschiebebescheid kam vor drei Tagen«, schreibt sie.

»Wir kommen sofort«, antworte ich.

»Wer ist *wir*?« Anita schickt ein Smiley mit Herzaugen hinterher.

»Ich habe in Serbien jemanden kennengelernt.«

»Serbe? Roma???«

»Er ist aus Afghanistan.«

Abschiebebescheid. Wie soll ich Anita denn jetzt noch helfen?

Ich lege mich zu Ali und frage ihn, ob er irgendetwas braucht.

Er lächelt. »Alles okay«, sagt er, »everything is okay.«

Er tippt auf seinem Handy herum. Scheißspruch. Ich sehe ja, dass gar nichts okay ist. Er nimmt meine Hand, streichelt sie, aber ich fühle nicht das Gleiche wie sonst. Ich schiebe mein Bein über seins, aber er zieht sein Bein weg.

»Not now, sorry«, sagt er.

»Was ist los?«

»Nothing«, sagt Ali.

Als würde sich Gift hier ausbreiten, das wir einatmen müssen, ob wir wollen oder nicht.

Ali richtet sich auf. Er seufzt tief. Er ist gerade mit etwas beschäftigt, sagt er, aber das würde wieder vorbeigehen.

Beschäftigt mit mir, mit der Situation, mit etwas in seiner Heimat? Wenn ich nichts erfahre, kann ich auch nichts machen.

Ich soll aufhören, mich an der Vergangenheit festzuhalten.

Ich bin wie vor den Kopf gestoßen. Was meint er? Dass ich Sehnsucht nach ihm habe? Sehnsucht nach unserer Zeit zusammen? Ist das schlimm?

»Sorry, Frida, but I need some time for myself.«

Ich stehe auf, gehe ins Bad, wasche mir die Haare.

Ali klopft an.

»Es ist alles noch da, Frida Jan.«

Alles. Ich wünschte, er würde es aussprechen: *Doste daram.*

Wir gehen zusammen zu Anita ins Heim. Es ist vermutlich die gleiche Unterkunft, in der auch Ali angemeldet wird. Sollte er sich bei der Behörde registrieren lassen.

»Ich gehe zur Behörde, ja«, stimmt er mir sogar zu. »Warum nicht Deutschland!?«, setzt er fort, »in other European countries it's gonna be the same shitty situation.«

Ich nicke.

»In Frankreich ist es nicht besser als hier«, schimpft er. »Und Schweden ist weit. Und auch da verschärfen sie die Gesetze.«

»Es tut mir leid, dass das so demütigend ist für dich«, sage ich.

»Oh, no, Frida, don't care!«

Ali meint, dass ihm die Demütigungen total egal sind, die Frau auf der Behörde kratzt ihn nicht; was ihn nur jetzt schon verrückt macht, ist die Tatsache, dass er sich, sobald er einen Abschiebebescheid bekommt, einen Anwalt nehmen muss. Das kostet Geld. Geld, das er nicht hat. Und wenn er es hat, will er es nach Hause schicken.

»Ich kann dir etwas geben!«

Ali winkt ab.

* * *

Wie absurd es ist, dass Anita nicht mehr dort leben kann, wo sie aufgewachsen ist. Sie ist in ihrer Geburtsstadt und doch nicht zu Hause.

Sie, ihre Eltern und ihre Geschwister freuen sich total, mich zu sehen, auch Ali begrüßen sie herzlich. Wir gehen in einen Gemeinschaftsraum, da sie für die ganze Familie nur ein einziges Zimmer zum Schlafen bekommen haben. Roma und Albaner haben die schlechtesten Zimmer. Anita lacht. Dann fängt sie an zu weinen. Es ist ihr egal, was sie hier für ein Zimmer haben. Der Antrag auf Asyl wurde abgelehnt. Das ist ihr nicht egal. Das ist richtig »Scheise«, wie ihr Vater immer wieder laut ruft.

Sie zieht mich beiseite. Wir sollen nicht darüber reden, aber ihre Eltern hätten beschlossen, sich nicht noch einmal abschieben zu lassen.

»Das heißt?«

Anita flüstert. »Wir werden abhauen.«

»Wohin?«

»Du wirst es erfahren.«

Die Mutter bringt Kaffee, wir schieben ein paar Tische zusammen.

Anita mustert Ali.

»Hier sind auch viele Afghanen«, sagt sie.

»In welcher Kategorie befinden die sich?«, fragt Ali sarkastisch.

»Im Moment sind wir gleich«, sagt Anita. »Afghanen, Albaner, Roma sind unten.« Aber Afghanen würden nicht so schnell abgeschoben, meint sie, weil das teuer ist. Ein Flugzeug nach Kabul kostet mehr als ein Bus nach Pristina im Kosovo oder nach Bosnien. Oder ein Billigflieger. Anita weiß Bescheid. »Na ja«, sagt sie, »wir haben keine andere Beschäftigung.«

»Außer Arabisch lernen«, sagt Aferdita, Anitas kleine Schwester.

»Ich spreche Dari«, sagt Ali zu ihr.

»Ja, ja«, sagt Aferdita und wirft ihre Haare zurück, »weiß ich doch. Du bist aus Afghanistan.«

Deutsch redet in der Familie keiner mehr, wie ich bemerke. Untereinander wird nur noch Romanes gesprochen, das war früher anders.

»Im Heim kann keiner Deutsch außer dem Hausmeister«, meint Anita lakonisch. Sie redet Englisch mit Ali. Seit wir hier sind, wirkt er wieder besser gelaunt. Fast schon fröhlich.

Er erzählt von Samed, der uns so gut bei sich aufgenommen hat. Die Familie klatscht in die Hände. Wunderbar. But lace, einer von uns hat euch geholfen. Wunderbar, but lace, wie Frida uns geholfen hat.

Verlegen senke ich den Blick. Lieber würde ich zur Familie gehören. Früher habe ich oft im Rosenwinkel übernachtet, aber hier kann ich ja nicht bleiben.

Als wir uns verabschieden, sagt Ali, dass er sich bei der Behörde anmelden und dann demnächst auch hier wohnen wird. Und dass er auch null Chance auf Bleiberecht hat.

»Welcome to the refugee club«, ruft Anita.

Ein paar der Umstehenden lachen. Sie winken ihr zu, scherzen in verschiedenen Sprachen. Ali fragt Anitas Vater nach Tabak. Sie rauchen zusammen vor dem Gebäude. Anita und ich gehen mit hinaus, stellen uns etwas abseits und wissen nicht so recht, was wir reden sollen. Mit halbem Ohr höre ich, wie Ali von Leuten erzählt, die sich Banjara nennen und von denen er vermutet, dass sie Roma sind. »They live in India and in Afghanistan.«

Im Gegensatz zu Samed spricht Anitas Vater kein Wort Englisch.

»Er versteht dich nicht«, sage ich zu Ali hinüber.

Ali wirft mir einen finsteren Blick zu und wendet sich von mir ab.

Anita und ich stehen etwas verloren herum.

»Ich will auch rauchen«, sagt sie.

»Dann mach es doch«, sage ich eine Spur zu scharf.

»Mein Vater soll nicht wissen, dass ich rauche.«

Ich zucke mit den Achseln.

»Wir haben uns lange nicht gesehen«, sage ich.

»So lang warst du gar nicht weg, Frida.«

Mir kommt es lang vor. »Viel passiert bei mir.«

Anita legt den Kopf in den Nacken, zwinkert in Alis Richtung.

»Ich freu mich für dich.«

Ali fängt ihren Blick auf und lächelt.

Ich mag es nicht, wie Ali Anita anguckt. Ich sehe, wie

schön er sie findet. Noch nie zuvor war ich eifersüchtig auf Anita.

»Scheißsituation«, sagt sie.

Als wir aufbrechen und ich mit Ali zu Fuß durch die Stadt gehe, frage ich, ob er nicht mehr bei mir wohnen will. Verwundert guckt er mich an. Ich hätte doch selbst gesagt, dass er sich anmelden und in der Unterkunft ein Zimmer beziehen muss.

Ich weiß nicht, ob ich das gesagt habe. Eigentlich ging es nur um die Registrierung. Schon in Belgrad sei das ein Problem gewesen, faucht er. Alles gerät in Schieflage. Vorhin hat Ali gesagt, *alles* ist noch da.

»Ist sie Muslima?«

»What?«

»Anita«, sagt Ali.

»Yes.«

Nicht, dass die Religion für Anita jemals eine große Rolle gespielt hätte.

»Morgen ist Freitag«, sagt Ali, »ich würde gern in eine Moschee gehen. Vielleicht weiß sie, wo ich eine Moschee finde.«

»Ich weiß auch, wo die Moschee ist«, sage ich schroff. »Gefällt sie dir?«

»What?«

»Meine Freundin. Sie ist hübsch.«

Er bräuchte jetzt nur zu sagen, dass ich auch hübsch bin

oder dass es egal ist, ob ich hübsch bin, weil er *mich* liebt und nicht meine Freundin, aber er sagt nichts. Und als ich vor der Haustür in Tränen ausbreche, schweigt er. Schweigend gehen wir in die Wohnung. Im Bad heule ich wie verrückt, aber Ali kommt nicht, um mich zu trösten. »What have I done?«, frage ich ihn, lasse mich aufs Bett fallen.

Ali sitzt auf dem Boden. Woran er schuld sein soll, will er wissen. Ich fange von dem Iraner an und von Alis Unterstellung. Dass das absurd ist und dass aber er anscheinend gar kein Problem hat, einer anderen Frau schöne Augen zu machen.

»Männer und Frauen sind verschieden«, sagt Ali.

»Was heißt das? Du darfst alles, ich darf nichts?«

Ali antwortet nicht.

»So ist es wohl in Afghanistan«, sage ich.

»Sure«, sagt er.

»Wir sind nicht in Afghanistan«, sage ich.

»Aber ich bin trotzdem Afghane«, sagt er.

»Ich kann das nicht. Ich kann das nicht aushalten!«, stoße ich verzweifelt hervor.

»Was denn?«, schreit Ali.

»Ich habe den Iraner nicht angemacht, weil er mich nicht interessiert. Niemand interessiert mich. Nur du.«

Ali steht auf, geht zum Fenster, steckt sich eine Zigarette an. Kalte Luft vermischt sich mit dem Rauch. Ich fühle mich elend.

»Entschuldigung«, sagt Ali. »Ich wollte dir nicht wehtun.«

19

٥دزون

Am nächsten Tag geht Ali ganz früh zur Behörde und dann direkt ins Heim. Er will alles allein machen, er will keine Hilfe von mir. Ich rufe Anita an, sage ihr aber nicht, wie schlecht es mir geht.

»Ist er schon bei euch?«

»Ali?«

Natürlich Ali. Von wem rede ich denn sonst!?

»Kommst du vorbei, Frida?«

Ich sage, dass ich es noch nicht weiß, weil ich so viel zu tun habe. Anita fragt nicht nach. Sie sagt, dass Ali mit ihnen essen kann.

Ihre Familie bekocht ihn, weil er mein Freund ist und weil ich zu ihnen gehöre. So sagt es Anita. Noch während wir telefonieren, beschließe ich, nicht hinzugehen.

Den ersten Abend, den Ali mit ihnen verbringt, bleibe ich zu Hause. Ausgerechnet heute kommt Mama zurück. Als sich der Schlüssel im Schloss dreht, liege ich immer noch auf dem Bett.

»Ach«, sagt meine Mutter, als ich ihr mit verheulten Augen im Flur entgegengehe, »kannst du ihn nicht vergessen?«

Sie meint Jakob.

Jetzt muss ich doch ein bisschen lachen. »Jakob ist Schnee von gestern.«

»Guck mal raus!«, sagt sie und macht eine Kopfbewegung zur Haustür. Es schneit.

»In Serbien erfrieren jetzt die Flüchtlinge«, sage ich.

Meine Mutter stellt ihren Koffer ab. »Weinst du deswegen?«

»Ich weine ja gar nicht.«

Wir gehen zusammen Pizza essen. Mama meint, dass Männer es hassen, wenn Frauen weinen. Sie lacht. Früher hat sie wirklich viel geweint.

»Er ist Afghane«, sage ich.

»Egal, was er ist«, entgegnet Mama, »alle Männer hassen es, wenn Frauen weinen.« Sie winkt den Kellner herbei, einen jungen Mann mit großer schwarzer Brille, der mir zuzwinkert. »Guck doch«, sagt Mama, »wie der dich anstrahlt.«

»Keiner strahlt mich an«, sage ich barsch, »und vor allem strahle *ich* keinen an.«

Mama schneidet mir ein Stück von ihrer Pizza ab. »Probier mal!«

Auf der Pizza ist Schinken vom Schwein, und ich muss daran denken, wie Ali gesagt hat, dass das nicht nur haram ist, weil Schweine Allesfresser sind, sondern weil sie den

Menschen ähnlich sind und etwas an uns weitergeben können, was uns schadet. Ali hat das besser erklärt. Jetzt, wo ich es Mama halb scherzhaft erklären will, verblasst es, und ich erinnere mich kaum noch an sein Argument, das mir so schlüssig erschien.

Meine Mutter guckt besorgt. »Wo ist Ali jetzt?«

»Im Heim, bei Anita.«

Wir sind nur zwei, Mama und ich. Sie sind viele. Sie essen jetzt zusammen. Ich schlinge das Pizzastück herunter und fühle mich schlecht dabei.

Nach dem Essen gehen wir eine Runde spazieren. Der Kanal in der Nähe unserer Wohnung ist zugefroren.

»Was denkst du, Frida?«

Der Stein, den ich in den Kanal werfe, kann der Eisdecke nichts anhaben. Irgendwann wird sie schmelzen, und der Kiesel wird im Wasser landen.

»Hast du schon mal von dem persischen Dichter Rumi gehört?«, frage ich.

Meine Mutter schüttelt den Kopf. Zu Hause erzähle ich ihr ein bisschen von meiner Reise, verschweige die Hunde und den Zoo, erwähne aber Samed.

»Wie seid ihr denn bei dem gelandet?«, fragt sie.

Ich weiß nicht, wie ich das sagen soll. Um doch noch etwas Erheiterndes zu unserem Abend beizutragen, erzähle ich ihr von der Nacht in der verlassenen Klinik, wie wir die ganzen Kleider gefunden haben. *Doctors without borders.* Mama lacht schallend. Filmreif findet sie das.

* * *

Ali reagiert nicht auf meine Nachricht, er ist offenbar gar nicht online. Anita ruft ein paarmal an, aber ich kann einfach nicht rangehen. Am nächsten Tag fahre ich schon morgens, ohne mich anzukündigen, ins Heim, wo ich ihn aber nicht antreffe. Anita finde ich im Gemeinschaftsraum, wo sie mit ein paar versprengt im Raum auf Plastikstühlen sitzenden Leuten einen Bollywood-Film anguckt, und ich setze mich zu ihr.

»Schade, dass du gestern nicht mehr gekommen bist«, sagt sie. »Er hat auf dich gewartet.«

Ich sage nichts.

»Bist du sauer?«, fragt Anita.

»Ne.«

»Er musste zur Behörde«, erklärt sie.

Aha. Er findet sich also allein zurecht. »Und wie geht es bei euch weiter?«

»Keine Ahnung«, meint Anita, es klingt fast gleichgültig. »Musst du meinen Vater fragen.«

Alles ist vergiftet. Anita ist verändert. Macht das dieses Heim? Bei Licht betrachtet ist es ziemlich hässlich hier.

»Ich hasse die Männer«, sagt Anita, »die mich den ganzen Tag anstarren.«

»Wo sind deine Eltern?«

»Im Zimmer. Wir schlafen fast die ganze Zeit. Haben ja nichts zu tun.«

»Soll ich dir Schulsachen besorgen? Bücher?«

Anita lächelt etwas überheblich, wie ich finde. Diesen Ausdruck kenne ich überhaupt nicht an ihr. Sie hat sich immer für alles interessiert.

»Keine Lust«, sagt sie. »Keinen Bock mehr auf Deutschland.«

»Kann ich gut verstehen.«

»Willst du mitgucken?«

Unschlüssig bleibe ich neben Anita sitzen.

»Welche Zimmernummer hat Ali?«

»Oben irgendwo«, sagt sie, »frag Uwe.«

»Wer ist das?«

»Der Hausmeister.«

Uwe bringt mich bereitwillig zu Ali, beziehungsweise zu einem Zimmer, das vollgestopft ist mit Tüten und Taschen, Schuhen und Wäsche. Ein junger Mann probiert Schuhe an.

»Caritas downstairs«, sagt Uwe zu ihm. Und zu mir sagt er, dass hier noch drei weitere Männer schlafen. »Die sind hier zu viert«, sagt der Hausmeister.

»Afghanen?«, frage ich.

»Syrer.«

Ich gehe zurück zu Anita. Nachrichten laufen, auf Arabisch.

»Nur nimmt uns ja auch kein anderes Land«, sagt sie unvermittelt. »Und Lust auf Mitleid habe ich schon gar nicht«, fügt sie hinzu, als sie meinen Blick auffängt.

Erinnert mich an Ali.

»Soll ich Ali sagen, dass du da warst?«

Mein Handy klingelt. Es ist tatsächlich Jakob. Mit meinem Exfreund am Ohr verlasse ich die Unterkunft.

* * *

Jakob sitzt bereits im Café, als ich mein Fahrrad draußen abschließe.

Er winkt mir zu. »Gut siehst du aus«, begrüßt er mich.

Das Kompliment freut mich. Und er setzt noch hinzu, wie toll er es findet, mich zu sehen. Vielleicht denkt er, dass ich die Geschichte zwischen uns noch mal hervorhole, aber ich habe andere Dinge im Kopf.

»Wie war es auf deiner Reise, Frida?«

Die Bedienung kommt an unseren Tisch. Wir bestellen Cappuccino, und Jakob fragt nach Streuselkuchen, weil er weiß, dass ich den mag. Ich habe keinen Appetit auf Kuchen, finde es aber trotzdem sehr süß von ihm.

»Also, wie war Serbien?«, fragt er noch mal.

Da ich nicht in der Lage bin zu antworten und entschuldigend etwas rede von *viel erlebt, weiß gar nicht, wo ich anfangen soll*, berichtet er mir vom Stand seiner Hausarbeit, in der es um die Rückführung straffälliger Asylbewerber geht. Ich versuche zuzuhören.

»Du hörst ja gar nicht zu«, sagt Jakob, aber es klingt nicht mal genervt.

»Kannst du dir vorstellen, dich für jemanden einzusetzen, der von Abschiebung bedroht ist?«, frage ich.

»Anita?« Jakob nickt. »Klar. Mache ich sowieso. Gibt es was Neues bei ihr?«

Ungeachtet der Tatsache, dass Anita kein gutes Wort für meinen Exfreund übrig hat, ist Jakob völlig solidarisch.

»Anita hat wieder einen Abschiebungsbescheid bekommen«, fange ich an.

»Scheiße.«

»Ja.«

»Es tut mir leid, dass ich so blöd war«, sagt Jakob plötzlich.

Er legt einen Moment lang seine Hand auf meine.

»Du bist schon besonders«, murmelt er.

Ich erzähle von Serbien. Dass ich zu der NGO wollte und stattdessen einen Flüchtling kennengelernt habe, Ali, mit dem ich dann über die Grenze gegangen bin. Ich erzähle ihm von Dragan Mihanovic und dem Bolzenschneider, aber dann kommen mir die Tränen, und ich halte inne und unterdrücke das Weinen. Jakob ist so gebannt, dass er das gar nicht wahrzunehmen scheint.

»Du bist mit einem Afghanen geflüchtet? So richtig illegal und alles? Wie kann ich mir das vorstellen?« Jakob sieht mich mit großen Augen an.

Ich ziehe die Schultern hoch. »Ich muss los, Jakob.«

»Ja, klar.«

»Lass nur, ich übernehme das«, meint Jakob, als ich in dem Portemonnaie, das mir Mama mitsamt Kreditkarte ausgeliehen hat, zu kramen beginne.

»Danke.«

Wir umarmen uns.

»Kann ja sein, dass du es dir noch mal anders überlegst, das mit Ali«, sagt er.

Ich schließe mein Fahrrad auf.

* * *

Zu Hause steht Ali vor der Tür.

»Wie gut, dich zu sehen, Ali!« Ich falle ihm um den Hals. drücke ihn noch, als er sich schon von mir löst.

»Wo warst du heute, Ali?«

Er schiebt mich von sich und mustert mich, und ich meine eine Spur Geringschätzung in seinem Blick zu lesen.

»Und wo warst *du*?«, fragt er zurück.

Mir schnürt sich die Kehle zu, ich kann gar nicht antworten.

»Ich habe einen Job. Deswegen bin ich gekommen«, sagt Ali tonlos. Ich beiße mir auf die Lippen, suche mit den Augen seinen Blick, doch er weicht mir aus.

Noch einmal erklärt er, dass er gekommen ist, um mir zu sagen, dass er einen Job hat.

Was meint er genau? »Illegal?« Meine Stimme ist kaum mehr als ein heiseres Flüstern.

»What?«

Ali zieht die Augenbrauen hoch. Ich schäme mich für die Frage. Gerade angemeldet, wird er wohl kaum eine Arbeitserlaubnis bekommen haben.

»Du wolltest doch zur Schule!? Ich dachte, wir suchen eine Schule für dich, wo du einen Abschluss machen kannst.«

»Ich bin über achtzehn«, sagt er.

»Bist du nicht.«

Ich presse die Lippen aufeinander. Hätten sie ihm bei der Behörde geglaubt, dass er siebzehn ist, wäre alles einfacher. Aber auch so denke ich, dass sich eine Schule finden müsste. Egal, wie alt er wirklich ist.

»Ich habe keine Zeit.«

Keine Zeit, in die Schule zu gehen? Er hat alle Pläne über den Haufen geworfen.

»Bist du weiter weg? Und wie lang?«

»Es ist eine Baustelle«, sagt Ali.

»Okay.« Meine Stimme klingt immer noch heiser. »Du hast neue Sachen an«, sage ich.

»Caritas collection.«

Was habe ich falsch gemacht?

Ich mache kein Licht, als ich in mein Zimmer gehe.

You don't know me, Janan.

Im Dunkeln bleibe ich auf meinem Teppich sitzen, kann gar nichts denken. Der Kloß im Hals bleibt. Irgendwann überwinde ich mich aufzustehen und rufe Anita an, die total froh ist, dass ich mich melde. Sie muss mir etwas sagen. Absurderweise denke ich, dass es mit Ali zu tun hat. Natürlich geht es um die Abschiebung.

»Frida«, flüstert Anita, »wir hauen ab. Wir haben einen Tipp bekommen. Die Abschiebung soll diese oder nächste Nacht durchgezogen werden.«

»Alles klar«, sage ich leise. »Ich komme zu dir.«

»Ich rufe dich an«, sagt Anita, »hier ist jetzt dicke Luft. Wir müssen noch packen.«

»Alles klar«, wiederhole ich stumpf.

Anita schweigt eine Weile, dann sagt sie: »Frida, als du weg warst, haben wir etwas beschlossen. Ich werde heiraten!«

Ein paar Sekunden kann ich gar nichts rausbringen.

»Ach so«, sage ich dann.

Anita lacht kurz auf. »Ach so«, macht sie mich nach.

»Warum hast du mir nichts erzählt?«

Blöde Frage. Anita wollte noch lange nicht heiraten, sie hatte gar keinen Freund, war meines Wissens in niemanden verliebt. Dass sie jetzt heiratet, bedeutet erst einmal, dass ihre Eltern jemanden gefunden haben, der zu ihr passt – ich nehme an, jemanden aus der entfernteren Verwandtschaft – und der vor allem Papiere hat. Durch die Heirat wird sie Bleiberecht bekommen. Wenigstens eine in der Familie kann dann legal in Deutschland bleiben, so werden die Eltern gedacht haben.

»Magst du ihn?«

»Er ist süß«, sagt Anita, »neunzehn, wohnt in Bochum. Da war ich noch nie.« Sie kichert, und ich muss auch kichern. »Ist nicht so schlimm«, sagt sie. »Seine Familie ist toll.«

»Und ich hatte schon gedacht, du willst Ali heiraten.«

Anita prustet ins Telefon. »Blöde Kuh«, lacht sie.

»Wann soll das passieren mit der Heirat?«

»Passieren ist gut«, lacht Anita wieder. Dann wird sie ernst. »Ehrlich, Frida, ich kann doch keinen klaren Gedanken fassen. Seit einem Jahr hängen wir jetzt irgendwo ab.«

»Schick mir ein Bild von ihm.«

»Mach ich.«

Wir schweigen.

»Feiert ihr trotzdem?«

»Wie trotzdem?«

»Ich denke, ihr haut heute Abend ab!«

»Ach sooo, das meinst du«, sagt Anita, als wäre ihr kurzzeitig entfallen, was da ansteht. »Ja, natürlich. Ohne Feier kann ich ihn ja nicht heiraten, oder?«

»Verstehe«, sage ich. »Wann denn?«

»Schon jetzt am Wochenende«, sagt Anita. »Muss ein bisschen schnell gehen.«

»Miss Undercover«, nenne ich sie.

»Mrs Undercover bitte«, sagt Anita, »bedenke, dass ich bald einen Ehemann habe.«

Plötzlich fängt sie an zu weinen. Und genauso plötzlich beruhigt sie sich. »Schön, dass du wieder da bist«, sagt sie, als wäre ich jetzt gerade erst angekommen.

Und so fühlt es sich auch an. »Bitte ruf mich an, Anita, wenn ihr losfahrt.«

»Das ist mitten in der Nacht.«

»Egal. Total egal!«

20
ت س ى ب

> Jenseits von richtig und falsch liegt ein Garten.
> Ich treffe dich dort.
>
> *Dschalāl ad-Dīn ar-Rūmī*

Kurz vor zwei Uhr am Morgen ruft Anita an, lässt es nur ein Mal klingeln. Ich rufe sofort zurück.

»Tut mir leid, dass ich so spät anrufe«, flüstert sie.

Ich mache Licht und suche mit einer Hand meine Kleider zusammen, ziehe meine Jeans an.

»Ich wollte nur Tschüss sagen.«

Ich hatte sowieso kein Auge zugetan und auch mehrmals vergeblich versucht, Ali zu erreichen. »Bin gleich bei euch, Anita.«

»Ab jetzt habe ich erst mal kein Handy mehr«, sagt sie.

Ich werfe mir eine Jacke über und stürze aus dem Haus, fahre mit dem Rad, so schnell ich kann, quer durch die Stadt zu Anita.

Das Wohnheim ist dunkel. Zwei Autos parken davor, eins mit französischem, eins mit niederländischem Nummernschild. Die Fahrer steigen aus. Einen kenne ich, es ist der Sänger Izedin, ein Onkel von Anita. Bevor ich mir überlegen kann, ob ich hier ungünstig, vielleicht zu auffällig stehe oder überhaupt die ganze Aktion störe, erscheint Anitas Familie. Stumm verlassen sie die Unterkunft, jedes Kind trägt eine Tasche, Anita und ihre Eltern haben Koffer in der Hand.

»Manusch ist da«, sagt Anita zu ihrer Mutter. Wir umarmen uns alle, drücken uns ganz fest, bis Izedin meint, dass es jetzt genug ist und dass sie fahren.

»Wo ist die Hochzeit?«, frage ich.

Izedin dreht sich zu mir. Er sagt etwas auf Romanes zu Anita.

»Sie weiß Bescheid!«, entgegnet sie.

Izedin guckt mich streng an.

»Ich hole dich ab. Samstagnacht fahren wir.«

»Gut«, stammele ich, »super.«

Aferdita weint. »Ich will wieder zur Schule gehen«, höre ich sie immer wieder sagen, und als sie im Auto sitzt, schluchzt sie so laut, dass Anitas Vater zu brüllen anfängt.

»Danke, dass du gekommen bist«, sagt Anitas Mutter, die als Letzte einsteigt. Sie verteilen sich auf die zwei Autos. Die Männer quetschen die Taschen und Koffer hinein.

»Wofür denn?« *Danke.* Ich habe ihnen nicht helfen können.

»Holst du mich hier ab?«, frage ich Izedin.

»Ja,«, meint Anita, »komm am besten hierher, das ist am einfachsten.« Sie zwinkert mir zu. Izedin und der andere Onkel stecken sich gleichzeitig eine Zigarette an, geben sich gegenseitig Feuer, steigen in ihre Autos, ziehen die Fahrertür hinter sich zu.

Hinten öffnet sich ein Fenster. Anita winkt.

»Grüß Ali«, ruft sie noch.

Ich stehe an der Straße, bis die beiden Autos nicht mehr zu sehen sind, und schiebe dann mein Fahrrad bis zum Eingang des Wohnheims. Die Tür ist nur angelehnt. Im Gemeinschaftsraum sitzt ein Mann und trinkt Bier. Der Fernseher läuft stumm. Er sagt etwas zu mir in einer Sprache, die ich nicht verstehe, und da er ziemlich betrunken zu sein scheint, verabschiede ich mich schnell.

Im Zimmer von Anitas Familie sind die Betten abgezogen, die Bezüge ordentlich aufeinandergeschichtet. Typisch Anitas Mutter. Ich laufe durchs Haus, suche Alis Zimmer, ohne Licht auf dem Flur anzumachen. Eine Frau in einem blauen, zu großen Bademantel kommt mir entgegen.

»Excuse me, I'd like to see Ali! My name is Frida.«

Sie heißt Sayra – ausgerechnet. Dass ich mitten in der Nacht zu einem Jungen zu Besuch komme, scheint sie nicht zu wundern.

»Syrische men«, sagt sie und deutet auf Alis Tür.

Ich nicke.

Sie gähnt. »Gutnacht«, sagt sie.

Ich klopfe, einer der Syrer öffnet. Ali ist nicht da.

Nochmals gehe ich hinunter, betrete erneut den Raum, den Anitas Familie gerade erst verlassen hat, lege mich auf eins der Betten, höre noch jemanden auf dem Flur telefonieren, ein Kind schreit ein paarmal auf, ansonsten ist es ruhig. Bis die Polizei im Morgengrauen anrückt.

Ein Polizeitrupp, bestimmt über fünfzig Mann, stürmt das Haus. Ich verlasse das Zimmer. Für die nächsten fünfundzwanzig Minuten herrscht Ausnahmezustand. Da ich weiß, dass Anitas Familie nicht da ist, bin ich relativ ruhig. Zu hoffen bleibt, dass sie nicht noch jemanden mitnehmen wollen. Ich stehe im Flur, als die Horde aufläuft, die Tür zu Anitas Zimmer aufgerissen wird. Blitzschnell haben sie verstanden, dass keiner da ist, und Plan B wird umgesetzt. Das Haus wird abgesucht. Ich weiche in den Gemeinschaftsraum aus, was sich als Fehler erweist. Viele Leute warten hier drin, und die Polizei kontrolliert jeden Einzelnen. Eine Familie will den Raum verlassen, aber überall ist Polizei, und auf dem Flur beginnt eine Prügelei, wie man hier drinnen hören kann. Leute schreien, und neben mir weinen Kinder, bis auf einen Jungen, der laut lacht und Peng Peng ruft. Im Stockwerk über uns spielt sich das gleiche Drama ab. Gellende Schreie, dumpfe Schläge auf den Boden, Anweisungen über Megafon. Ein Mann wirft mir einen flehenden Blick zu und öffnet ein Fenster. Draußen bellen Hunde. Ich stelle mich neben den Mann, in dessen Augen die blanke Angst geschrieben steht. Er schwitzt. Alle schwitzen, die Luft ist schlecht.

Ich habe keine Lust, mir das Gesehene und Gehörte zu merken. Ich wusste schon vorher von meiner besten Freundin, wie das abläuft. Seit Serbien weiß ich auch, wie sich Pranken von Männern oder Hunden auf meiner Brust anfühlen. Und ein bisschen weiß ich, wie man gucken muss, um nicht mehr so viel zu sehen.

Als mich eine Polizistin nach meinen Papieren fragt, gebe ich mich als Ehrenamtliche aus. Es nützt keinem, wenn ich die Wahrheit sage. Ich mustere die Frau, die mich prüft, kopfschüttelnd. Kalte Wut füllt mich aus. Ich werde nicht explodieren. Ich bin kalt wie Eis.

* * *

Als die Polizei abrückt, »unverrichteter Dinge«, wie einer der schwer bewaffneten Beamten per Funk weitergibt, herrscht großer Aufruhr im Haus. Die Leute jammern, weinen, schreien, streiten. Ich gehe von Zimmer zu Zimmer, von Flur zu Flur. Leute von der Antifa sind auch eingetroffen.

»Bist du auch in der Telefonkette?«, fragt mich eine Frau.

Sie erinnert mich irgendwie an Carine.

»Nein.«

»Wir haben es zu spät erfahren«, sagt sie. »Aber wie gut, dass die Familie geflüchtet ist.«

Inshallah, denke ich. Wo kann Ali jetzt nur sein? Übernachtet er auf einer Baustelle?

Wir tauschen Nummern, und ein Typ mit roten Rasta-Locken trägt mich in eine Liste von Personen ein, die per SMS benachrichtigt werden, wenn eine Abschiebung stattfindet.

Ich begleite den Typ bis zur Tür, mache aber keine Anstalten, zu meinem Rad zu gehen.

»Bleibst du noch?«, fragt er.

»Mein Freund wohnt hier.«

* * *

Die Sonne geht auf. Ich fotografiere den Blick aus Anitas Fenster und schicke Ali das Bild per WhatsApp. »Tolo e aftab«, schreibe ich darunter.

Kinder werden von ihren Eltern in die Kita gebracht, viele sitzen in einem Fahrradanhänger und lassen sich kutschieren. Auf dem Buvlak wird jetzt reges Treiben herrschen.

Während draußen die Arbeitswelt ihren betriebsamen Lauf nimmt, schläft hier drinnen alles ein. Nach der Aufregung im Morgengrauen haben sich die Bewohner auf ihre Zimmer verzogen.

Jemand klopft. Ob ich am Deutschkurs teilnehmen möchte?

»No, thank you.«

Ich lege mich auf Anitas Bett und lausche der Stille. Ich schlafe ein, und als ich aufwache, bleibe ich einfach liegen, lausche wieder der Stille und stehe erst auf, als ich Stimmen auf dem Flur höre. Im Gemeinschaftsraum trinke ich Kaffee mit den Leuten, die gerade da sind. Keiner fragt mich, wo ich herkomme. Uwe kommt vorbei, auch er fragt mich nicht, was ich hier mache.

»Dit hat deine Freundin jut jemacht.« Uwe stammt aus Berlin, ist eigentlich Elektriker. »Die haben dit jerochen.«

Ich bleibe den ganzen Tag hier. Irgendwann muss Ali doch wieder auftauchen. Eine Frau begrüßt mich wie eine alte Bekannte.

»Sorry?«, frage ich.

Es ist die Frau von letzter Nacht, die jetzt natürlich keinen Bademantel mehr trägt, sondern Jeans, und die ich nicht gleich erkannt habe, weil sie ein Kopftuch um die Haare gebunden hat. Sie fragt, ob ich mit ihr einkaufen gehe.

Wir fahren mit dem Bus zu Aldi und danach zu einem Laden, bei dem Sayra – es fällt mir schwer, ihren Namen auszusprechen, weil er mich an Ali erinnert – persischen Reis und ein paar Gewürze kauft. Der Inhaber schenkt uns Pistazienplätzchen. Aus Isfahan, sagt er.

»Taschakor«, bedanke ich mich.

Ali schreibt nicht zurück, er war auch nicht online; an dem Foto, das ich ihm geschickt habe, sind keine blauen Häkchen.

Ich koche mit Sayra afghanischen Reis, der Qabeli heißt, wie Ali mir beigebracht hat.

Ehrenamtliche kommen, um Kinder zum Spielen abzuholen, die Erwachsenen bleiben sitzen. Ein paar Männer fragen mich nach einem Job. Sayra ist die Einzige, die gute Laune zu haben scheint. Als Alleinerziehende gehört sie im Augenblick noch zu denen, die keine Abschiebung nach Afghanistan befürchten müssen.

Nach dem Essen gehe ich aufs Zimmer, ich bin wieder schrecklich müde. Sobald ich liege, schlafe ich ein und träume nichts.

Dann ist es draußen schon wieder dunkel. Ich rufe meine Mutter an und sage ihr, dass ich bei Anita und Ali bin.

Ich beschließe, einfach weiterzuschlafen. Ich bin andauernd müde. Auch am nächsten Tag bleibe ich hier und verbringe die Zeit mit kurzen Gesprächen und viel Schlaf. Der Tag vergeht und die Nacht, und ein neuer Tag beginnt. Ali meldet sich nicht.

Die Leute um mich herum schlafen mindestens genauso viel wie ich. Viele liegen nachts wach, sagen sie mir, und können erst einschlafen, wenn der Tag anbricht. Ich bin allein im Zimmer. Andere wohnen zu viert oder sogar zu fünft, obwohl es viel Leerstand gibt. Zweihundertfünfzig Betten hat das Haus, aber nur achtzig sind belegt. Jeder könnte ein Einzelzimmer haben.

Uwe, den ich ab und zu treffe, meint, dass man die Leute nicht neu verteilen dürfe. Die Stadt hat beschlossen, dass man Zimmer freihalten muss, wegen potenzieller Neuzugänge. Er tippt sich an die Stirn.

Ich sehe ihn fragend an.

»Kommen ja keene mehr an.«

»Weil die alle in Serbien festsitzen«, sage ich.

Eigentlich darf ich hier nicht wohnen. Aber niemand stört sich an meiner Anwesenheit.

* * *

Ich trage Anitas Kleider. Im Schrank sind noch jede Menge Sachen von ihr. Stundenlang probiere ich Kleider an, schminke mich, mache mir die Haare. Ich gucke Fernsehen im Gemeinschaftsraum, Bollywood-Filme oder Nachrichten auf Arabisch. Mittags koche ich mit Sayra oder anderen Frauen, die ich in der Küche antreffe. Die alleinstehenden Männer kochen auch selbst. Ein älterer Afghane im Rollstuhl fragt mich, wo ich herkomme, woraufhin ich ihm erzähle, dass ich zu der Familie gehöre, die untergetaucht ist.

Viele Stunden liege ich einfach auf Anitas Bett und lese im Internet Gedichte aus Persien.

In der fünften Nacht liege ich wach nach einem Albtraum. Ich habe Ali gesehen. Er stand hinter dem Vorhang in einem Haus im Wald. Der Wind fuhr ins Zimmer, und ich stand auf, um das Fenster zu schließen. Dann fiel mir ein, dass das Fenster total zersplittert ist.

»Was machst du hier?«, fragte ich ihn. »Lass mich«, sagte er. Ich zog den Vorhang zur Seite, aber statt Ali war da auf einmal ein Tier, das mich ansah.

Drei Uhr. Mein Herz klopft. Das Handy klingelt. Eine Nummer mit französischer Vorwahl wird angezeigt.

Erst verstehe ich gar nicht, wer dran ist.

»Ali?«

Die Verbindung ist schlecht, ich höre den Anrufer nur abgehackt. »Reshad!«

»Reshad?«

»Yes.«

Sein Englisch ist am Telefon schwer zu verstehen, und er versteht mich ebenso wenig.

»Reshad! Where are you? In France?«

Keine Antwort.

»Reshad?«

»Don't know!«

»Where are you?«

»Ali?«, fragt Reshad.

»Reshad, here is Frida.«

»Frida«, wiederholt Reshad.

»Where are you?«

»Metz.«

»You are in Metz?«

»Yes, Frida, yes, I'm in Metz.«

Das Gespräch bricht ab. Ich rufe die Nummer zurück, ohne Erfolg. Ich probiere es über WhatsApp. Das klappt.

Ich überlege, ob ich bei Sayra klopfen soll, um sie ans Telefon zu holen. Reshad spricht nicht gut Englisch, und er scheint außerdem gerade in einer schwierigen Situation zu sein. Er wirkt irgendwie verwirrt.

»Are you in a room?«

Reshad weiß nicht, was ich meine.

»In a house?«

»No, Frida« Einen Moment lang klingt er ganz klar. Er sagt, dass er in einem Park ist.

In einem Park, mitten in der Nacht?

»You don't have a room?«

»No.«

Ich bekomme heraus, dass Reshad in Frankreich gestrandet ist. Dass er gerade bei Minustemperaturen in einem Park in Metz ist. Meine Versuche, ihn dazu zu bewegen, Richtung Innenstadt zu gehen, schlagen fehl.

»No city.«

»Do you have a jacket?«

»No, Frida, no jacket.«

Er muss dringend irgendwo Unterschlupf finden. Ich klopfe bei Sayra, aber die schläft so fest, dass sie mich nicht hört.

»Reshad? Wait a minute.«

Ich klopfe fester, Sayra öffnet. Sie wundert sich nicht, dass ich ihr mein Handy ans Ohr halte.

»Please tell my friend, that he should find a hotel. I'll send money to the hotel.«

Sayra versteht mich einigermaßen. Aber obwohl sie auf Dari mit Reshad spricht, wird die Sache nicht klarer.

»Frida«, höre ich ihn rufen.

Sayra gibt mir das Telefon zurück, schüttelt den Kopf. Reshad sagt, dass er nicht aus dem Park herausfindet. »Ist der Park in der Stadt Metz?«

Sayra fragt nochmals nach.

»Yes, Frida.«

Reshad ist zu konfus, um aus diesem Park herauszufinden. Was er will, kann er auch nicht sagen.

»I'm tired, Frida.«

Sayra zieht sich zurück.

»Can you send me a picture of the park?«

Das hat er verstanden. Er schickt mir ein Foto. Während ich mit ihm spreche, um ihn am Einschlafen zu hindern, googele ich den Park in Metz und finde ein Hotel in der Nähe. Ich schicke ihm die Adresse.

»This is close to you.«

»What?«

Reshad lacht seltsam.

»This is near, Reshad.«

»No money«, sagt er.

»I'll pay for you.«

Schweigen. Ich höre den Wind im Park.

»I call the hotel. I'll send money.«

Schweigen. Es ist zu kompliziert.

»Are you alone in the park?«

Schweigen.

»I'm tired.«

»Please, Reshad, stand up and walk.«

»Okay.«

»Do you see somebody?«

»No.«

Ich gebe ihm Aufgaben. Er soll mir sagen, wie groß der Park ist. Seine Größenangaben verstehe ich sowieso nicht, wichtig ist nur, dass er nicht einschläft. »Is there a lake?«

»What?«

»Water!? Do you see water in the park?«

»Yes. Don't know the word.«

»Good.«

Ich höre Reshads Schritte im Park, habe bald das Gefühl, die Anlage selbst zu kennen. Ich denke an den Paradiesgarten in Isfahan.

»Did you hear from Ali«, frage ich ihn irgendwann.

»No.«

»And Wassiullah? Dawit? Where are they?«

Reshad weiß es nicht.

Ob sie noch zusammengeblieben sind nach dem Überfall an der Grenze, will ich wissen.

»Yes.«

Aber wo sie jetzt sind, kann er mir nicht sagen.

Als es Morgen wird, habe ich ihn so weit, dass er den Park verlässt.

»Wie heißt die Straße, Reshad?«

Er sucht ein Straßenschild, und als er es gefunden hat, suche ich im Internet nach einem Hotel in der Nähe.

Ich rufe dort an und frage, ob ich mit Kreditkarte ein Hotelzimmer buchen könnte.

»Oui, Madame.«

»Merci, Madame, très bien!«

Aber dann ist es doch nicht très bien.

Als ich ihr sage, dass gleich ein junger Mann auftauchen wird, der das Zimmer braucht, das ich im Begriff bin zu buchen, verändert sich ihre Tonlage.

»Un jeune homme, pas vous?«, fragt sie, mit übertrieben hoher Stimme.

»Oui.«

»Bitte, Sie müssen ihm helfen. Er ist minderjährig, er ist verwirrt, halb erfroren, es ist ein lieber Junge, der …«

»Sans papiers?« Die Frau erklärt mir, dass das leider nicht möglich ist.

Ich spreche wieder mit Reshad. Immerhin ist die Nacht vorbei, und er ist nicht in der Kälte eingeschlafen. Ich hoffe inständig, dass er jemanden finden wird, der ihm hilft.

»Du musst zum Rathaus gehen, Reshad. Das heißt auf Französisch Hôtel de Ville.«

Ich höre Stimmen in Reshads Nähe.

»Did you meet somebody?«

Reshad hat andere Refugees getroffen, offenbar ist er immer noch im Park, jetzt aber wenigstens nicht mehr allein.

»Thank you for this night, Frida.«

* * *

Ich habe keine Lust mehr zu schlafen. Lieber gehe ich in die Küche, koche türkischen Kaffee für mich und ein paar Frauen, die auch gerade aufgestanden sind. Die meisten Leute schlafen noch. Mit dem Kaffee setze ich mich in den

Gemeinschaftsraum, wo schon wieder der Fernseher läuft. Ich suche ein deutsches Programm und schaue das Morgenmagazin an.

»Deutsch«, sagt eine Frau, die hereinkommt und sich zu mir setzt, »deutsch gut!«

Wir sitzen zusammen, die Frau und ich, und trinken Kaffee. Wir haben beide keine große Lust zu reden. Ich frage sie nicht einmal, wie sie heißt. Als ich ausgetrunken habe, lasse ich die Tasse ein paar Minuten stehen und kippe sie dann auf die Untertasse, um den Kaffeesatz zu betrachten, der in der Tasse geblieben ist.

Die Frau guckt interessiert zu, dann kippt auch sie ihre Tasse um. Wir gucken uns das Miniaturgebilde auf dem Tassenboden an. Dann holt sie eine andere Frau, die ihr übersetzen soll, was ich dort sehe. Ich muss lachen. Das Muster in ihrer Tasse ist eine Landschaft mit hohen spitzen Bergen, in denen Wesen wohnen mit spitzen Hüten. Beide Frauen lachen laut. Die Wesen mit den Hüten tragen einen Beutel am Körper.

»Geschenke«, sage ich.

Bald kommt ein Mann mit Hut und bringt dir etwas Schönes mit, sage ich. Die Frau lacht hell auf. Ihre Freundin eilt in die Küche, um neuen Kaffee zu kochen. So beginnt mein fünfter oder sechster Tag im Heim. Ich weiß nicht mehr, ob heute Donnerstag ist oder Freitag.

Gegen elf Uhr füllt sich der Raum, die Leute frühstücken, und weil sich herumgesprochen hat, dass eine junge Frau aus

Bosnien die Zukunft vorhersagen kann, drängen sich viele Leute um meinen Platz. Frauen, Männer und Kinder bringen ihre ausgetrunkenen Kaffeetassen, damit ich ihnen zeige, wann und wie sie umgestürzt werden müssen. Wichtig ist, dass man die ausgetrunkene Tasse nicht sofort stürzt. Erst nach ein paar Minuten kann man das machen, sonst ist der Satz hinterher zu flüssig. Wenn man die Tasse auf einen Unterteller gestürzt hat, wartet man wieder ein bisschen. Dann hebt man die Tasse hoch und dreht sie mit Bedacht auf die richtige Seite. So entsteht ein Bild auf der Innenwand der Tasse.

Der Mann im Rollstuhl ist als Erster dran. Ehrerbietig lassen die anderen ihn vor. Zwei Kinder wischen die Tischplatte ab. Der Mann dreht die Tasse, sieht mir in die Augen. Seine Augen schimmern hell. Jetzt die Tasse. Der Mann flößt mir ein bisschen Respekt ein.

Er deutet auf eine Vielzahl von Linien und Punkten. Bei genauerem Hinsehen zeichnet sich ein Wald ab.

»Was noch?«

Der Junge, der den Mann im Rollstuhl zu mir geschoben hat, übersetzt.

Ich sehe noch ein Haus, und eine Frau, die aus dem Haus herausguckt. Ihre Beine sind zwei Bäume, die im Tassenboden wurzeln. Ihre Haare wachsen in den Himmel. Der Mann hat den Blick auf die Tasse geheftet, als wäre es die Zeitung mit den neuesten Meldungen aus seiner Heimat.

Der Junge, der den Rollstuhl des Mannes schiebt, übersetzt wieder. »Er möchte bitte wissen, was Sie sehen!« Der Junge flüstert mir zu, dass sein Vater in Kabul für die Regierung gearbeitet hat.

Der Mann runzelt die Stirn.

Ich beeile mich, das Bild zu deuten. »Sehen Sie? Am Himmel ist eine Wäscheleine gespannt.« Das Wort Wäscheleine versteht natürlich niemand. »Am Himmel hängen Kleider. Kleider von der Frau und von dem Mann. Und der Mann sind Sie.«

Ich sehe dem Mann in die hellen Augen.

»Und die Frau?« Auf einmal lächelt der Mann, klopft mir auf die Schulter. Schalk blitzt in seinen Augen auf.

»Erzähl weiter«, sagt der Junge. Ich habe Angst, etwas Falsches zu sagen. Vielleicht ist seine Frau allein in der Heimat oder sie ist tot.

»Die Frau ist schwanger«, sage ich, »und sie ist gesund. An der Wäscheleine hängt ein Kleid. Für ein kleines Mädchen.«

Der Mann küsst mir die Hand. Er lacht so, dass ihm die Augen tränen.

Die Leute strömen zu mir, um genauso lachen zu können wie der Mann im Rollstuhl. Ein Ehepaar aus Aserbaidschan sitzt stundenlang neben mir, während ich Tasse um Tasse deute. Während die Leute noch rätseln, was sie erkennen können, habe ich jedes Bild klar vor Augen.

»Wie heißt du?«

»Shoeib.« »Mohammed.« »Mustafa.« »Majid.«

In manchen Miniaturen sehe ich winzig kleine, aber scharf geschnittene Gesichter, deutlich wie Fotografien. Ich erzähle den Kindern von Eichhörnchen, die einen Geburtstag feiern, und von einem Wildschwein, das sich auf die Party verirrt. Ein bedrückt wirkendes Mädchen aus Aserbaidschan bekommt leuchtende Augen und weicht mir nicht mehr von der Seite.

Ein junges Mädchen guckt mich so eindringlich an, dass mir die Tränen kommen. Sie mag keinen Kaffee und ich kann auch keinen mehr trinken. Eine ältere Frau, die aus Aleppo stammt, beginnt zu singen.

»Was siehst du?«, fragt das Mädchen.

»Ich bin keine Hellseherin«, antworte ich. Aber das Wort Hellseherin kennt sie nicht.

Die Sängerin räumt die Kaffeetassen ab, sieht sich jedes einzelne Miniaturbild aus Kaffeesatz noch einmal an.

»Was siehst du«, frage ich das Mädchen.

Sie sieht mir unverwandt in die Augen.

»Ich sehe dich«, sagt sie und lacht.

»Bist du schon lange hier?«

»Zehn Monate.«

Aus der Küche hören wir den Gesang der Syrerin.

»Das ist Kurdisch«, sagt das Mädchen. »Ich bin auch Kurdin.«

Im Fernsehen laufen BBC-News. Rakka. Ein kurdisch geführtes Militärbündnis hat Menschenrechtlern zufolge mit dem lange erwarteten Sturm auf Rakka begonnen, die Hauptstadt des »Islamischen Staates« in Nordsyrien. Im Morgengrauen haben heftige Kämpfe gegen die Terroristen am nördlichen und östlichen Stadtrand eingesetzt, erklärt die Syrische Beobachtungsstelle für Menschenrechte.

* * *

Es riecht nach Essen. Der Mann, der neulich so betrunken war, kann sehr gut kochen, wie mir versichert wird. Ich nehme einen Teller an, bekomme aber fast nichts hinunter, weil ich bei jedem Bissen an Ali denken muss, der alles mit mir geteilt hat.

Can we share.

Ich gehe mit dem kurdischen Mädchen auf den Flur, wo kleine Kinder herumtoben zwischen Männern, die in die Heimat telefonieren und dabei auf und ab gehen. Ich klopfe an Sayras Tür. Als eine der wenigen ist sie noch nicht im Gemeinschaftsraum aufgetaucht. Sie öffnet nur einen Spalt, dann lässt sie mich herein. Von ihrem Bett aus gucke ich zu, wie sie sich die Haare macht und sich anschließend ein Tuch um den Kopf bindet. Sie hat viele Tücher zur Auswahl. Sie schüttelt den Kopf. In ihrer Heimat, meint sie, hatte sie über hundert Stück. Ob ich eins anprobieren möchte?

Das grüne Tuch mit goldenen Spitzen behalte ich auf, als ich mit Sayra den Bus nehme, um zu Aldi zu fahren.

Anschließend ist sie zum Skypen verabredet, und ich

ziehe mich auf Anitas Zimmer zurück. Zu dem grünen Tuch passt ein Oberteil von Anita, das mit Gold-und Silberfäden durchwirkt ist. »Romski Style«, hatte sie dieses Teil genannt. Das kurdische Mädchen steht vor meiner Tür. Sie lacht, als sie mich so sieht.

»Wie heißt du?«

»Manusch«, sage ich. »Und du?«

»Ich heiße Gulistan.« Gulistan heißt Rosengarten auf Kurdisch. Sie will mein Handy haben, um mich in meiner Aufmachung zu fotografieren.

»Komm«, ruft sie, »wir gehen nach draußen.«

Sie fotografiert mich vor der Hauswand. Ich lächele und komme mir vor wie *eine von ihnen*. Oder wie eine andere, von der ich bislang nichts wusste.

Dann reicht mir Gulistan das Handy, weil gerade jemand anruft. Es ist Anita.

»Denk daran, dass Izedin dich heute Nacht abholt«, sagt sie. »Geh zum Heim!«

»Ich bin schon da«, sage ich.

* * *

Kleiderberge auf dem Boden, auf Sofas und Betten, aufgerissene Schränke und Schubladen. Etwa dreizehn Mädchen jeden Alters, Anitas Geschwister mit eingerechnet, sind dabei, sich anzuziehen, einander die Haare hochzustecken oder winzige, haftende Perlen in den Hochsteckfrisuren zu befestigen. Da bei der Hochzeit mehrmaliger Kleiderwechsel angesagt ist, müssen viele Kombinationen probiert und in Taschen und Koffer gepackt werden. Die erwachsenen Frauen, die hier herumschwirren, sehen aus wie Königinnen. Alle Mädchen sehen aus wie Bräute. Kurz vor zwei hat mich Izedin abgeholt. Ich glaube, die ganze Fahrt über hat er nur zwei Sätze zu mir gesagt. Ob mir warm genug ist im Auto. Und einmal hat er gefragt, ob es mich stört, wenn er das Fenster ein bisschen offen lässt, damit der Rauch abziehen kann. Er hat nämlich die ganze Fahrt über geraucht. Wir haben sechs Stunden lang Musik gehört, und ich habe gar nicht darauf geachtet, wo genau wir hinfahren. Meine Sehnsucht nach Ali wuchs mit jedem Song. Einmal haben wir gehalten, weil ich auf die Toilette musste, da ist Izedin ausgestiegen und hat vor der Klotür auf dem Parkplatz auf mich gewartet. *Romski Style.*

Bis zum Beginn der Feier sind es noch viele Stunden. Izedin hat mich abgesetzt und ist zu den Männern gefahren, die jetzt das Fest vorbereiten müssen. Sieben Stunden, die alle hier anwesenden Frauen und Mädchen mit Anproben und Frisieren ausfüllen. Anita selbst ist gar nicht da. Sie ist bei einer speziellen Hochzeitsfriseurin. Die Stimmung ist entspannt trotz des Chaos. Niemand ist genervt, alle haben zwischendurch Zeit für einen Kaffee, der in der linken Hand balanciert wird, während die rechte den Lockenstab um Haarsträhnen wickelt. Vier Lockenstäbe sind abwechselnd im Einsatz zum Glätten, Lockendrehen, Umfrisieren. Manche der Mädchen färben sich erst jetzt die Haare.

»Lass los«, schreit ein Mädchen. »Lass los!«

Zwei Mädchen streiten sich um ein Kleid in der richtigen Größe. Die Kleider sind golden mit roter und schwarzer Spitze. Genau das gleiche Kleid tragen auch die Schwester und die Cousine und die Freundin. Die beiden Mädchen lassen gleichzeitig los. Und entscheiden sich für ein anderes Kostüm. Jetzt tragen sie beide Grün mit Gold und darüber eine bodenlange goldene Schleppe.

Allmählich muss ich mich auch in eine der Prinzessinnen im Gefolge von Anita verwandeln. Müde ziehe ich mir goldene Gewänder an und lasse mir die Haare frisieren. Mein Handy klingelt. Eins der vielen Mädchen, die ich nicht voneinander unterscheiden kann, bringt es mir an den Schminktisch.

»Jakob?«

Er will mich zu einer Erstsemesterparty einladen. »Stell dir vor, wer auch da ist! Deine Freundin Maribel!«

»Woher kennst du Maribel?« Mit ihr bin ich zur Schule gegangen.

»Sie studiert mit mir Jura.«

»Aha.«

Um mich herum Prinzessinnen und Königinnen. Im Spiegel meine geröteten Augen. Die Tante bringt mir Lidschatten und Puder. Es staubt um mich herum.

»Ich bin leider nicht da!«

»Schade.« Jakob klingt ganz aufgeräumt. »Wo bist du denn schon wieder?«

Ich zögere. Anitas Tante steckt eine Haarnadel zwischen die Lippen.

»Bei einer Hochzeit.«

»Wer heiratet denn?«

Ich überhöre die Frage geflissentlich.

»Ja, das ist wirklich schade«, sage ich, »Party klingt gut.«

»Viel Spaß bei der Hochzeit«, verabschiedet sich Jakob. Im Hintergrund ertönt Musik.

Perfekt geschminkt, mit Perlen in den Haaren, fahre ich mit den anderen in der gewohnten Autokolonne ins Nachbardorf. Ich trage ein goldenes Kleid, genau wie Anitas Schwestern.

Im Saal, in dem bestimmt zweihundert Leute versammelt sind, die alle zur nahen und entfernteren Verwandtschaft gehören, herrscht eine flirrend aufgeladene Atmosphäre.

Eine Band spielt, und auf einmal beginnt Izedin zu singen. Die Musik ist so laut, dass man sich nur brüllend verständigen kann. Anita ist noch nicht zu sehen. Als sie erscheint, wird ein roter Teppich ausgerollt. Die Frauen beginnen zu tanzen. Ich werde in den großen Kreis gezogen. Man muss die Schritte einhalten, und wenn man etwas falsch macht, wird man es später auf dem Hochzeitsvideo sehen. Denn das Aufzeichnen der Hochzeit ist mindestens ebenso wichtig wie das Fest selbst. Es wird gefilmt mit mehreren Kameras, die Videos werden später in der Verwandtschaft herumgereicht.

Ich strenge mich an, die Schrittfolge hinzukriegen, aber

der Tanz funktioniert synkopisch, und niemand ist in der Lage, es einem so zu zeigen, dass man es kapiert.

Die Rituale beginnen. Jetzt tanzen nur bestimmte Mädchen und Frauen, offenbar diejenigen, die in das Zeremoniell eingewiesen sind. Ich setze mich an die Seite.

Der *inner circle* besteht aus ungefähr dreißig Personen. In den Zeremonien, für die jeweils die Kleider gewechselt werden, geht es um den Abschied der Braut von ihren Eltern. Es sind Szenen, in denen jedes Mädchen und jede Frau eine Rolle spielt, die sie genau nach bestimmten Regeln ausfüllen muss. Es gibt viele Regeln hier. Ich sitze am Rand, trinke Cola und übe mit den Füßen unter dem Tisch den scheinbar so einfachen Tanz. Eine Formation verlässt den Saal, eine andere tritt auf. Oder sind das dieselben Mädchen, die sich blitzschnell umgezogen haben?

Anita wird hereingeführt, einen Schleier vor dem Gesicht.

Die Frauen bilden jetzt einen großen Kreis um einen kleineren. Die Kreise sind Sonnen, die sich umeinander drehen im immer gleichen Tempo. Alle tragen goldene Kleider, es blitzt und blinkt, eine Frau ist schöner als die andere. Es ist nicht so, dass die Braut heraussticht, weil sie das Brautkleid trägt. Aber die Braut wird sich sieben Mal verwandeln, bevor sie ihr letztes, ein majestätisches purpurrotes Gewand anzieht, das den Höhepunkt des Festes markiert. Alle anderen Frauen sind dann in Schwarz und schlicht gekleidet.

Die Männer haben ihre Sitzplätze verlassen, um den Kreisen, die sich vor ihnen drehen, mit erhobenen Armen zu huldigen.

Ich stehe zwischen den Männern, die mit den Armen schwingen, und den Frauen, deren Füße sich im Gleichschritt bewegen.

Anitas Vater schenkt mir eine Cola ein und reicht mir den Becher. Wir stoßen an mit Cola aus Plastikbechern.

»Tanz, Frida!«, ruft er. Ich hebe die Arme und drehe sie, sodass er fröhlich lacht. »Av sasti!«, ruft er. Das heißt: Sei froh.

Anitas Vater lacht. Er hat Tränen in den Augen, weil er von seiner Tochter Abschied nehmen muss. Am Ende der Nacht wird sie von der Familie ihres Mannes abgeholt und wohnt dann zukünftig bei ihm, den Schwiegereltern und den Geschwistern ihres Mannes.

Mein Blick fällt auf eine Frau, die soeben die Tanzfläche betritt. Ihre schwarzgrauen dichten Haare hängen bis auf die Hüften. Dabei ist sie nicht mehr jung, und alle Frauen, die keine Mädchen mehr sind, tragen die Haare in Hochsteckfrisur. Ihre Kleidung ist dunkelgrün. Auch ihre Augen sind grün. Etwas Wildes umgibt diese Frau. Mein Herz klopft, als ich sie sehe. Sie kommt mir bekannt vor, ohne dass ich wüsste, woher. Sie reiht sich ein, und ihre Füße bewegen sich in der üblichen Schrittfolge. Unter dem Tisch klopfen meine Füße den Takt. Jetzt tanzt die Frau aus der Reihe und bewegt sich auf mich zu. Soll ich mit ihr tanzen? Ich zeige auf meine Füße. Die Schritte, ich beherrsche sie nicht gut.

Doch die Frau tritt vor mich hin und nimmt meine Hände. Am Rand des Kreises, in dem die anderen Frauen weitertanzen, geradezu stoisch, mit gleichmütiger Miene, tanzen wir beide unseren eigenen Tanz. Sie führt mich und ich führe sie. Ganz leicht sind unsere Bewegungen, die kleinen Schritte. Wir drehen uns voreinander, zart und ohne Druck. Sie klatscht ab und zu in die Hände. Ich kenne sie. Aber wer ist das?

Sie hat mich zum Tanz aufgefordert, und ihr Lachen mit goldblitzenden Zähnen macht mich froh.

Die Frau führt mich fort. Die Musik ist ohrenbetäubend laut. Ich weiß nicht, welche Sprache die Frau spricht, neben der Sprache, in der wir tanzen. Wir bilden die Mitte des Kreises, der sich jetzt um uns schließt wie eine Blüte ihren Kelch. Ich weiß, wer das ist. Es ist die Fährfrau.

Wenn ich später mit Anita das Video der Hochzeit anschauen werde, wird man nur mich sehen.

Anita lächelt mir zu. Zum ersten Mal sehe ich sie lächeln. Auf einmal spüre ich ein Glück, eine Liebe zum Leben, die mich durchflutet wie Wasser. Ich bin im Fluss.

* * *

Die Nacht ist vorüber. Die Tür zum Saal wird geöffnet. Der engste Kreis der Familie, zu dem etwa fünfzig Personen zählen, bildet draußen ein Spalier. Jetzt erscheint Anita mit einer Schar Cousinen, alle im roten Samtkleid. Die Frauen, die mit mir draußen stehen, weinen. Anitas Mutter reicht mir einen schwarzen Stoff mit goldenen Pailletten, den ich mir umlege. Alle weinen. Mehrere Autos fahren vor. Es ist der Bräutigam mit seinem Gefolge, eine beeindruckende Aufstellung junger und älterer Männer in weißen gerüschten Hemden und schwarzen Hosen. Anita steigt ins Auto ihres Mannes. Die Männer, die alle rauchen, nehmen einen letzten Zug und werfen ihre Kippen ins gefrorene Gras, bevor sie mit meiner Freundin in die Nacht fahren. Ka dikhamen. Wir sehen uns.

Ich mache ein Bild mit dem Handy, auf dem nur abfahrende Autos zu sehen sind. Anitas Familie verabschiedet sich von mir, sie fahren jetzt auch – in ein Land, das es nicht gibt, weil es im sogenannten Untergrund liegt. Alles ist *sogenannt* dort und ungefähr, verschwommen und nicht zu fassen. *Scheise*, nennt es Anitas Vater.

* * *

Reshad hat versucht, mich zu erreichen. Ich rufe zurück.

Er redet hastig, atemlos, wieder ist er kaum zu verstehen, aber diesmal scheint er mir nicht verwirrt zu sein, sondern er klingt im Gegenteil so, als hätte er mir etwas Wichtiges mitzuteilen. Er sagt etwas von Ali.

»Are you still in Metz, Reshad?«

»Metz?«

Reshad verneint.

Ich frage mich, ob ich das mit Metz überhaupt richtig

verstanden hatte. Vielleicht war er auch ganz woanders. Jetzt jedenfalls ist er in Frankfurt.

»With Ali!«

Mit Ali in Frankfurt?

»He wants to go back to Afghanistan.«

Reshad kann mir nicht erklären, was los ist, und Ali möchte nicht telefonieren oder ist gar nicht in der Nähe. Ich muss nach Frankfurt.

»Are you next to Frankfurt, Frida?«

»Ich bin unterwegs«, sage ich.

* * *

»Hast du geheiratet?«, fragt mich Ali, er klingt nicht weniger aggressiv als vor einer Woche.

Ich friere in meinem Kleid. In fünfzig Minuten beginnt das Einchecken für freiwillig Ausreisende nach Kabul.

Ich lächele Ali an. Er soll nicht merken, dass ich zittere.

Ob er sich etwa freiwillig zur Ausreise gemeldet hat? Nachdem er jahrelang auf der Flucht war? Das wäre zu verrückt. Ich werfe Reshad einen Blick zu, um zu sehen, wie es ihm geht nach der Nacht im Park. Er lächelt mir vorsichtig zu.

Ali wird rot. Das habe ich bei ihm noch nie gesehen.

»I have seen you with your boyfriend.«

Er will sich eine Zigarette anzünden, seine Hände zittern.

Reshad zeigt auf ein Schild: Rauchen verboten.

»Und deshalb willst du jetzt nach Afghanistan?« Meine Stimme klingt wieder heiser.

»I don't have a boyfriend. Ich dachte, du bist das. My boyfriend. Ich brauche niemand anderen. Und ich habe niemand anderen.«

Ali hat mich mit Jakob in der Stadt gesehen.

»Du verstehst nicht, Ali. Dass *wir* zusammen sind.«

Ali guckt verwirrt.

»Ich verstehe die Regeln nicht, the rules, you know?«

»Welche Regeln?«

»Eure Regeln.«

Ali sieht so hilflos aus, dass ich ihm alles verzeihen würde.

»Ich weiß nicht, was los ist, Ali. Aber ich lasse dich nicht zurück nach Afghanistan. Wenn du dort hinfliegst, dann komme ich mit.«

Er hört mich gar nicht. Seine Beine zittern, er kann kaum normal stehen. »Was ist los, Ali?«

»Meine Mutter ist tot.«

Alles gefriert zu Eis.

»Was?«, flüstere ich. »Nein!«

»Doch«, sagt Ali auf Deutsch. »Meine Mutter ist tot.«

* * *

Wir sitzen mit Blick auf das Rollfeld, wir drei in einer Reihe, Ali in der Mitte zwischen Reshad und mir. Flugzeuge starten und landen. Es schneit große Flocken.

Alis Mutter war mit ihrem Bruder Sarkasch nach Afghanistan zurückgegangen. In Pakistan gab es zu viele Probleme, wie Ali andeutet, und dann bekam sein Onkel die Möglichkeit, als Dolmetscher für die Amerikaner anzufangen. In Kabul. Er nahm seine Schwester und deren Kinder mit. Aber zurück in der Heimat ging es Alis Mutter gesundheitlich wieder schlechter, und sie hatten dort keinen Arzt, der sie richtig behandeln konnte.

»Konnten die Amerikaner nichts für sie tun?«

Ali starrt durch mich hindurch.

»Sie können noch nicht mal meinen Onkel beschützen. Obwohl er für sie arbeitet. Drei Mal ist mitten in der Stadt aus einem fahrenden Auto auf ihn geschossen worden.«

Alis Stimme kippt weg.

»Ich habe meinen Bruder angerufen. Arif.«

»Wann hast du mit ihm gesprochen?«

»Bei dir in der Wohnung. Mit dem neuen Handy. Und Arif hat mir gesagt, dass sie Geld von mir brauchen.«

»Ich hätte dir doch Geld gegeben.«

Ali nimmt meine Hand. »Es war sowieso zu spät.«

Ali hatte im Heim ein paar Männer angesprochen, die wussten, wo man Schwarzarbeit finden konnte. Er fuhr auf die Baustelle.

Reshad legt den Arm um Ali, aber der schüttelt ihn ab.

»Ich muss nach Afghanistan!«

Reshad sagt, dass er gut verstehen kann, wie verwirrt Ali jetzt ist. Er hat auch Angehörige verloren. »Erst vor Kurzem«, sagt er.

Ali ist nicht in der Lage, seinem Freund zuzuhören.

»Ich muss meine Mutter beerdigen!«

Dass die Taliban ihn umbringen werden, ist ihm klar. »Das mache ich für meine Mutter.«

»Sie würde doch nicht wollen, dass du stirbst!«, sage ich.

Reshad redet eindringlich auf Dari. Er wird laut.

Ali stößt Reshad weg.

»Your brother, your sister – Ali, if you die, they are alone!«Mein Kehlkopf schmerzt.

»Madar muss eine Beerdigung haben. Ich bin ihr Sohn.«

»Dein Bruder wird sie beerdigen. Dein Onkel ist da.«

»Und ich bin hier, in Europa«, schreit Ali. Alle Leute drehen sich zu ihm um.

Als Reshad Ali davon abhalten will, sich am Schalter zu melden, schlägt der ihn. Reshad hält ihn am Ärmel fest, Ali tritt ihn, sie beginnen, sich zu prügeln. Als das Flughafenpersonal erscheint, liegen sie sich in den Armen. Beide weinen. Und ich weine auch. Wir halten uns ganz fest, und Ali fragt, ob er bei mir Asyl beantragen darf. Er lächelt unter Tränen und sagt, dass er nicht nach Afghanistan fliegen wird. »I hate my country.«

In der U-Bahn Richtung Innenstadt laufen News. Alle Flüge nach Kabul, bei denen freiwillige Rückkehrer und abgelehnte Asylbewerber mitreisen sollten, werden abgesagt. Wieder hat es einen schweren Anschlag in Afghanistan gegeben.

Terroristen haben sich als Soldaten verkleidet. In der Uniform der afghanischen Armee konnten sie ungehindert auf das Gelände des Militärs vordringen. Nach ersten Schätzungen haben sie über hundert Soldaten der afghanischen Armee während des Freitags-Gebets erschossen.

»Wärst du wirklich mit mir nach Afghanistan geflogen?«, fragt Ali.

»Was wäre mir denn anderes übrig geblieben!?«

»Gefährliche Frau«, murmelt er, als wir nebeneinander in der Bahn stehen. Ich lehne mich an ihn, und Ali zieht mich an sich. »Bitte geh nicht weg.«

»*Du* warst doch weg, Ali.« Ich muss lachen.

Reshads Blick streift mich, er grinst sichtlich erleichtert.

»Ich war nie weg von dir«, sagt Ali.

Reshad tippt uns an. »Was machen wir jetzt?«

»Ich habe zweihundert Euro verdient«, sagt Ali, »davon kann ich dir zum Beispiel etwas Warmes zum Anziehen kaufen, Frida, damit du in deinem Hochzeitskleid nicht erfrierst.« Er versucht ein Lächeln.

»Wir könnten dir zum Beispiel etwas Warmes zu essen kaufen, Ali, damit du nicht verhungerst.«

In der Nähe des Hauptbahnhofs steigen wir aus.

* * *

»Baryare madaram«, flüstert Ali, überreicht dem Angestellten der Western Union Bank sein Geld. *Für meine Mutter.*

Die Straße ist verschneit. Ali hebt mich mit Schwung über eine zugefrorene Pfütze.

»Ladet ihr mich zu eurer Hochzeit ein?«, fragt Reshad.

Ali wirft einen Schneeball nach ihm.

»Summer will come«, rufe ich.

Danksagung

Danke, Shoib und M.J., fürs Nahebringen der Poesie der afghanischen Sprachen.

Danke, Johanna, für das Porträt fürs Cover!

Ich danke Tanya, Pedja, Safed und Kenan für die Grenzgänge in Serbien und darüber hinaus!

Ganz in unserer Nähe, aber unsichtbar für die meisten, leben viele Menschen ebenfalls an einer Grenze. Illegalität ist ein leerer Raum, in dem Leute wie du und ich den ganzen Tag damit beschäftigt sind, an der nackten Wand hochzuklettern, um am Ende des Tages wieder zurückzufallen. Ich danke der Familie Osmani für ihre Kraft. Und wünsche mir, dass sich diese ganzen verkapselten Räume öffnen, dass die Menschen ringsherum aufwachen und kapieren, dass es keine *anderen* gibt, sondern nur uns, uns alle.

Deborah Ellis

Die Sonne im Gesicht

128 Seiten, ISBN 978-3-570-21214-1

Nur als Junge verkleidet kann Parvana die Herrschaft der Taliban überleben!
Als ihr Vater verhaftet wird, nimmt die elfjährige Parvana seinen Platz auf dem Markt in Kabul ein. Hier hatte er den vielen Analphabeten ihre Post vorgelesen. Wegen der restriktiven Gesetze der Taliban kann sie sich jedoch nur als Junge verkleidet in der Öffentlichkeit zeigen. Und begibt sich so in große Gefahr ...

5252

cbj

www.cbj-verlag.de